TIEMPO DE SILENCIO

LUIS MARTÍN-SANTOS

TIEMPO DE SILENCIO

EDICIÓN DEFINITIVA

Seix Barral ✶ Biblioteca Breve

Primera edición: 1961
Decimosexta edición, definitiva: octubre 1980
Decimoséptima edición: abril 1981
Decimoctava edición: noviembre 1981
Decimonovena edición: octubre 1982
Vigésima edición: febrero 1983
Vigesimoprimera edición: abril 1983
Vigesimosegunda edición: septiembre 1983
Vigesimotercera edición: marzo 1984
Vigesimocuarta edición: marzo 1985
Vigesimoquinta edición: marzo 1986
Vigesimosexta edición: mayo 1986
Vigesimoséptima edición: marzo 1987
Vigesimoctava edición: octubre 1987
Vigesimonovena edición: mayo 1988

ISBN: 84-322-0377-7

Depósito legal: B. 18.936 - 1988

Impreso en España

Sonaba el teléfono y he oído el timbre. He cogido el aparato. No me he enterado bien. He dejado el teléfono. He dicho: "Amador". Ha venido con sus gruesos labios y ha cogido el teléfono. Yo miraba por el binocular y la preparación no parecía poder ser entendida. He mirado otra vez: "Claro, cancerosa". Pero, tras las mitosis, la mancha azul se iba extinguiendo. "También se funden estas bombillas, Amador." No; es que ha pisado el cable. "¡Enchufa!" Está hablando por teléfono. "¡Amador!" Tan gordo, tan sonriente. Habla despacio, mira, me ve. "No hay más." "Ya no hay más." ¡Se acabaron los ratones! El retrato del hombre de la barba, frente a mí, que lo vio todo y que libró al pueblo ibero de su inferioridad nativa ante la ciencia, escrutador e inmóvil, presidiendo la falta de cobayas. Su sonrisa comprensiva y liberadora de la inferioridad explica — comprende — la falta de créditos. Pueblo pobre, pueblo pobre. ¿Quién podrá nunca aspirar otra vez al galardón nórdico, a la sonrisa del rey alto, a la dignificación, al buen pasar del sabio que en la península seca, espera que fructifiquen los cerebros y los ríos? Las mitosis anormales, coaguladas en su cristalito, inmóviles — ellas que son el sumo movimiento —. Amador, inmóvil primero, reponiendo el teléfono, sonriendo, mirándome a mí, diciendo: "¡Se acabó!". Pero con sonrisa de merienda, con sonrisa gruesa. "Qué belfos, Amador." La cepa MNA tan prometedora. Suena otra vez el teléfono. Lo olvido. "¿Por qué se ríe, Amador? ¿De qué se ríe usted?" Sí, ya sé, ya. Se acabaron los ratones. Nunca, nunca, a pesar del hombre del cuadro y de los ríos que se pierden en el mar. Hay posibilidad de construir unas presas que detengan la carrera de las aguas. ¿Pero, y el espíritu libre? El venero de la inventiva. El terebrante husmeador de la realidad viva con ceñido escalpelo que penetra en lo que se agita y descubre allí algo que nunca vieron ojos no ibéricos. Como si fuera una lidia. Como si de cobaya a toro nada hubiera, como si todavía nosotros a pesar de la desesperación, a pesar de los créditos. Esa cepa cancerosa comprada con divisas otorgadas por el Instituto de la Moneda. Traída desde el Illinois nativo. Y ahora, concluida. Amador sonríe porque alguien le habla por teléfono. ¿Cómo podremos nunca, si además de ser más torpes, con el ángulo facial estrecho del hombre peninsular, con el peso cerebral disminuido por la dieta monótona por las muelas, fabes, agarbanzadas leguminosas y carencia de prótidos? Sólo tocino, sólo tocino y gachas. Para los hombres como Amador, que ríen aunque están tristes, sabiendo que el último ratón de la cepa MNA perdido nos indica que nunca, nunca el investigador ante el rey alto recibirá la copa, el laurel, una antorcha encendida con que correr ante la tribuna de las naciones y proclamar la grandeza no sospechada que el pueblo de aquí obtiene en la lidia con esa mitosis torpe que crece y destruye, igual aquí que en el Illinois nativo, las carnes frescas de las todavía menopáusicas damas, cuya sangre periódicamente emitida ya no es vida sino engaño, engaño. "Betrogene." Muerte vencida. "Detente, coge el receptor-emisor negro, ordena al Ministro del ramo, dile que la investigación, oh, Amador, la investigación bien vale un ratón." No rías más y, sobre todo, no eches esas gotitas de saliva que hacen sospechar de tu educación y de tu inteligencia. "Én guerra comíamos las ratas. Para mí que son más sabrosas que el gato. De gato estoy ya hasta aquí. Los gatos que hemos tomado. Éramos tres. Lucio, Muecas y servidor." Proteínas para el pueblo desnutrido. Cuyas mitosis — éstas normales — carenciales, en el momento de la emigración de las motoneuronas hacia el córtex, por falta de tales principios renquean y perecen, tal vez disminuyen su número, tal vez se disponen de modo poco ordenado o deficiente, tal vez siguen mancas de las necesarias ramificaciones. Y así quedamos, incapaces para el descubrimiento de las causas de la neoplasia destructora. Amador me mira. Ve mi rostro ridículo. Eso le hace reír. En el binocular, a falta de electrónico, porque no hay créditos, haciendo un recuento de núcleos monstruosos y Amador, ya con su boina parda, todavía con su bata blanca puesta se va a lo de atrás, donde aúllan los tres perros flacos que sólo de vez en cuando orinan tanto y huelen tan fuerte. Amador, deseando acabar con los perros, como ha acabado con la cepa, espera una orden que yo no doy, sino que miro y escucho, queriendo oír lo que pueda decirme que me saque de esto. "Muecas tiene", dice Amador. Error. No todo ratón es cancerígeno. No todo ratón es de la cepa de Illinois nativo, hábilmente seleccionada entre dieciséis mil cepas, en laboratorios traslúcidos de paredes brillantes de vidrio, con aire acondicionado ex profeso para la mejor vida ratonil. Hábilmente seleccionada a través de las familias de ratones autopsiados, hasta descubrir el pequeño tumor inguinal y en él implantada la misteriosa muerte espontánea destructora no sólo de ratones. Las rubias mideluésticas mozas con proteína abundante durante el período de gestación de sus madres de origen sueco o sajón y en la posterior lactancia y escolaridad. Aunque hermosas, insípidas pero nunca oligofrénicas, con co-

9

rrecta emigración de neuroblastos hasta su asentamiento ordenado en torno al cerebro electrónico de carne y lípidos complejos, que utilizan ahora para hacer recuentos de mitosis en el palacio transparente. Así esa cepa aislada, extinguida ahora aquí por culpa de falta de vitaminas, tras haber gastado en ella los menguados créditos del Instituto. Traídos del Illinois nativo los ratones — machos y hembras — separados los sexos para evitar coitos supernumerarios no controlados. Con provocación de embarazo bien reglada. En cajas acondicionadas, por avión, con abundante gasto de divisas. Y ahora se han acabado, se han ido muriendo a un ritmo más rápido que el de la reproducción — ¡más rápido que el de la reproducción! — y Amador ríe y dice: "Muecas, tiene". Muecas vino aquí, a este aire cargado de olor de perro aullador que no orina. Al no orinar, víctima de su violenta carga afectiva, el perro elimina sus esencias por el sudor. Al no sudar más que por la planta de los pies, el perro elimina su aroma también por el aliento, con la lengua fuera así colocada a los fines de la transpiración. Cuando el perro ha sido operado y se le ha colocado un fémur de poliestilbeno o polivinilo, sufre tanto que demos gracias a que — aquí — las desteñidas vírgenes no cancerosas, no usadas, nunca sexualmente satisfechas, anglosajonas no existen para proyectar el rencor insatisfecho sobre la Sociedad Protectora. De otro modo, no hubiera aquí nunca investigación ya que se carece de lo más elemental. Y las posibilidades de repetir el gesto torpe del señor de la barba ante el rey alto serían ya no totalmente inexistentes, como ahora, sino además brutalmente ridículas, no sólo insospechadas, sino además grotescas. Ya no como gigantes en vez de molinos, sino como fantasmas en vez de deseos. Porque, ¿a quién importan los perros? ¿A quién molesta el dolor de un perro, cuando ni siquiera a su propia madre le importa lo más mínimo? Bien es verdad, que de esa investigación del polivilino nada puede resultar puesto que ya sabios, en laboratorios transparentes de todos los países cultos del mundo han demostrado que el polivinilo no es tolerado por los tejidos vitales del perro. ¿Pero quién sabe lo que puede aguantar un perro de aquí, un perro que no orina, un perro al que Amador alimenta sustancialmente con pan seco mojado en agua? No hay parangón y por eso mismo Muecas puede tener restos de la cepa. Reproducciones que sólo Amador conoce pueden haberse producido y cruces extraños con ratonas o con animales hembras de especie próxima o quizá idéntica. De ahí puede surgir el origen de otro descubrimiento más importante todavía por el que el rey sueco pueda inclinarse sobre nosotros hablando en latín o en inglés macarrónico con acento no de rubia mideluéstica y dar a Amador — al mismo Amador, vestido de pijama a rayas ya que no le da para frac — el codiciadísimo, el único. Muecas allí estará con su nueva cepa conseguida tras alta reflexión, tras cálculos de coeficientes, del crossing-over y determinación de mapas génicos. Tras implantación de cromómeros en glándulas salivares y reimplanto en las importantes por donde la vida es trasmitida. Amador sabe que Muecas tiene MNA. El Illinois importado no ha de haberse perdido del todo. Tras el transporte en cuatrimotor o tal vez bimotor a reacción, con seguro especial y paga de prima y examen con certificado del servicio veterinario de fronteras de los EE. UU., ha venido luego el transporte a manos del Muecas, en una caja de huevos vacía, hasta su chabola particular, donde sus dos hijas — una de dieciséis años y otra de dieciocho — ninguna de las dos rubia, ninguna de las dos con dieta adecuada durante la gestación en vientre toledano, crían también cepas. De ahí surgirá tal vez la nueva posibilidad de que el cáncer inguinal no sea inguinal, sino axilar. De que no sea de estirpe ectodérmica sino mesodérmica. De que no sea sólo mortal para el ratón y para la rata, sino que casualmente inoculado durante la cría poco cuidadosa a las dos "a Toledo ortae" muchachas no rubias, que entre cuidados médicos poco hábiles y falta de una operación precoz por error diagnóstico perezcan, dando origen a una autopsia que el padre alarmado y haciendo muecas de terror ante su posible también contagio, autorice y se descubran en sus axilas e ingles tumefactas, a pesar de su virginidad pregnantes, crecidas gruesas tumoridades, secretoras de toxinas que paralicen los débiles cerebros y dentro de las que — ¡oh milagro! — a despecho de la naturaleza aparentemente hereditaria de la cepa illinoica, un virus, un virus recognoscible incluso en los defectuosos microscopos binoculares de que gozamos gracias al paso del viejo señor de la barba y del que hemos obtenido, cultivándolo en repetidos pases en ovario de muchacha tolédica mal nutrida de la que la madre careció de proteínas mientras portaba el vientre, una vacuna aplicable con éxito a la especie humana. "Majestad, señores académicos, señoras y señores: El comienzo de nuestros experimentos, como en el caso del sabio inglés que fijó su atención en los hongos germinicidas, fue casual..." Amador dice que sí, que la cepa robada es la buena, la illinoica y que Muecas se llevó ejemplares de ambos sexos con el exclusivo objeto de conseguir mantener su pureza génica y así volver a vender estos ejemplares al laboratorio cuando se hubieran extinguido aquellos de los que — sin cálculo estadístico — había observado que la tasa de mortalidad era más alta que la tasa de nacimientos. "¿Pero no comprendes que es un ladrón, que no vamos a poder comprar a un ladrón lo que a nosotros mismos ha robado y que no es posible que la institución robada acceda a adquirir de nuevo a precio oneroso lo robado o lo que desciende de lo robado (por cierto, ¿qué garantía?) estando como estamos en un estado de derecho donde existen cosas tales como policía, jueces y capacidad denunciante del ciudadano libre?" "No hay pruebas", dice Amador. "No hay pruebas de que sean robados." Sí que las hay. La determinación microscópica de la aparición espontánea de los tumores inguinales. Sólo esta cepa entre todas las que contiene la península posee tan milagrosa y mortífera propiedad. Sólo ella sirve a los fines de la investigación. Sólo en ella se produce espontáneamente el fenómeno que sume a las familias humanas en la desolación y al individuo afecto en el dolor físico y en la autofagia progresiva de su propia sustancia viva hasta la muerte. De cómo la Genética — así utilizada — ha podido llegar a un resultado totalmente opuesto al que los primitivos pioneros de esta ciencia podrían desear (creación de una humanidad perfecta, extirpación de todo mal hereditario) haciendo aparecer una raza en que lo execrable es constante, la execrable presencia que preocupa al hombre tras la extinción de los microorganismos de tamaño medio, Amador no tiene idea. Pero hay en él un cierto estupor ante los recursos maravillosos por medio de los que la ciencia llega a ser constituida y por los que, como subproducto apenas atendido pero importante, los investigadores pueden contraer matrimonio y habitar en pisos construidos por el Estado y hasta él — Amador — vivir con la parva adición de propinas de los susodichos investigadores al sueldo mezquino. "En el fondo es un bien. Si no habría que parar. Las cuidan las hijas. Si no ya estarían muertas y no pariendo como paren que me creo que paren sin parar. Tiene hasta así la chabola de ellas." Pero, ¿por qué no se les mueren? ¿Qué poder tienen las mal alimentadas muchachas toledanas para que los ratones pervivan y críen? ¿Qué es lo que les hace morir aquí, en el laboratorio? Aunque no transparente ni con aire acondicionado, debe poseer condiciones de habitabilidad más semejantes a las de su homólogo del Illinois que la chabola del Muecas. Tal vez los gritos ininterrumpidos — gritos casi humanos porque la cirugía es tan humana — de los perros del fémur polivinílico, irritando el sistema nervioso de las MNA han acarreado su muerte prematura (prematura hasta para ratón canceroso) o al menos su desinterés por la procreación, olvidando así lo que de preciosa colaboración para la total erradicación del cáncer hay en su siempre-llevar, siempre-propagar cáncer. O tal vez más bien, en las hijas del Muecas hay una tal dulzura ayuntadora, una tal amamantadora perspicacia, una tan genesíaca propiedad que sus efluvios emanados bastan para garantizar el reencendido del ardor genésico y la siempre continua línea de descendientes tarados. Miro por el binocular con odio. La luz azul vuelve a iluminar la preparación y las mitosis inmóviles, coaguladas por el formol, tienen toda la apariencia de la voracidad. "No te vayas, Amador, todavía no he acabado yo." "Bueno." "Tú tienes la obligación de estar conmigo o con cualquier otro investigador hasta que nos vayamos, hasta que concluya la investigación." "Bueno." "No te vayas a creer la monserga esa de la jornada legal." "No, señor." "¿Trabajo yo acaso una jornada legal?" "No, señor." "Yo sigo buscando las mitosis." "Vaya." "Hasta que no puedo más." "Oye", digo. "Diga", dice. "A ver si le dices al Muecas que traiga sus ratones y que yo veré si son los de la cepa y que tal vez se los compre o que tal vez le denuncie por robo." "Son las fetén." "Pues que venga, y pronto." "No vendrá." "¿Por qué?" "Por lo de la denuncia del robo; ya antes le echó el Subdirector. No es la primera vez. Antes fueron gatos. Cuando les metían los alambritos en la cabeza y se olvidaban y él iba y los vendía otra vez, hasta que al ir a meterles los

14

alambritos se encontraron con los viejos todos oxidados. Claro que lo de las mitosis, es peor, porque se te mueren hagas lo que hagas. Pero los gatos aguantan como fieras, aunque se ponen nerviosos. Le mordieron al Muecas y a la hija casi le saltan un ojo. Pero aguantan." "Bueno, dile que venga." "No vendrá. El Mediodoble cree que se fue a las Américas. Si lo vuelve a ver, lo hunde. No viene nunca desde que dijo que había emigrado." "¿Y cómo se llevó entonces mis ratones?" "No, si la pareja se la di yo. Pues claro. ¿Y si no, cómo iba a saber que eran los fetén?" "Vaya." "Además, entonces había muchos. Morían como ratas todos los días. Es cuando los perros del polivinazo estuvieron tan lucidos." "Te daría propina don Óscar." "Pues claro." "Oye", digo. "Diga", dice. "Iremos mañana a su chabola." "Qué contento se pondrá."

Hay ciudades tan descabaladas, tan faltas de sustancia histórica, tan traídas y llevadas por gobernantes arbitrarios, tan caprichosamente edificadas en desiertos, tan parcamente pobladas por una continuidad aprehensible de familias, tan lejanas de un mar o de un río, tan ostentosas en el reparto de su menguada pobreza, tan favorecidas por un cielo espléndido que hace olvidar casi todos sus defectos, tan ingenuamente contentas de sí mismas al modo de las mozas quinceñas, tan globalmente adquiridas para el prestigio de una dinastía, tan dotadas de tesoros — por otra parte — que puedan ser olvidados los no realizados a su tiempo, tan proyectadas sin pasión pero con concupiscencia hacia el futuro, tan desasidas de una auténtica nobleza, tan pobladas de un pueblo achulapado, tan heroicas en ocasiones sin que se sepa a ciencia cierta por qué sino de un modo elemental y físico como el del campesino joven que de un salto cruza el río, tan embriagadas de sí mismas

aunque en verdad el licor de que están ahítas no tenga nada
de embriagador, tan insospechadamente en otro tiempo prepotentes sobre capitales extranjeras dotadas de dos catedrales
y de varias colegiatas mayores y de varios palacios encanta-
dos — un palacio encantado al menos para cada siglo —, tan
incapaces para hablar su idioma con la recta entonación llana
que le dan los pueblos situados hacia el norte a doscientos kilómetros de ella, tan sorprendidas por la llegada de un oro
que puede convertirse en piedra pero que tal vez se convierta
en carrozas y troncos de caballos con gualdrapas doradas sobre fondo negro, tan carentes de una auténtica judería, tan
llenas de hombres serios cuando son importantes y simpáticos
cuando no son importantes, tan vueltas de espalda a toda naturaleza — por lo menos hasta que en otro sitio se inventaron
el tren eléctrico y la telesilla —, tan agitadas por tribunales
eclesiásticos con relajación al brazo secular, tan poco visitadas
por individuos auténticos de la raza nórdica, tan abundantes
de torpes teólogos y faltas de excelentes místicos, tan llenas
de tonadilleras y de autores de comedias de costumbres, de
comedias de enredo, de comedias de capa y espada, de comedias de café, de comedias de punto de honor, de comedias de
linda tapada, de comedias de bajo coturno, de comedias de
salón francés, de comedias del café no de comedia dell'arte,
tan abufaradas de autobuses de dos pisos que echan humo
cuanto más negro mejor sobre aceras donde va la gente con
gabardina los días de sol frío, que no tienen catedral.

Es preciso, ante estas ciudades, suspender el juicio hasta
un día, hasta que repentinamente — o quizá poco a poco aunque esto apenas es creíble — tome forma una cosa que adivi-
namos que está presente y que no vemos, hasta que esa sustancia que se arrastra ahora por el suelo se solidifique, hasta
que los que ahora ríen tristemente aprendan a mirar cara a

cara a un destino mediocre y dejen vacías las grandes construcciones redondas o elípticas de cemento armado para recogerse en la intimidad estrecha de sus casas.

Hasta que llegue ese día, con el juicio suspendido, nos limitaremos a penetrar en las oscuras tabernas donde asoma sobre las botellas una cabeza de toro disecado con los ojos de vidrio, a pasear hasta muy entrada la madrugada por la calle del Nuncio o de la Bola donde se tropieza con las raíces cortadas de lo que pudo haber sido una ciudad completamente diferente, a contemplar en una plaza grande el rodar ingenuo de los soldados los domingos mientras los pájaros se suicidan uno a uno en el gran vientre vacío del caballo, a seguir los pasos precipitados como si fuera a alguna parte de una mujer pequeña y nerviosa por la noche, a abrazar a los borrachos que dimiten de la realidad, a contemplar la airosa apostura de un guardia cuando pasa una mujer que es más alta que él, a preguntar a un taxista de ojos amarillos de gato de qué modo es posible hacer una estafa en una tienda de paños, a frecuentar una sala de fiestas hasta que el portero gigante de uniforme verde nos conozca y nos deje pasar sin entrada haciéndonos una mueca cariñosa, a gastar la tarde entera en una cafetería sin que la camarera nos sonría una sola vez, a hacer como que bebemos y beber poco, a hacer como que hablamos y no decir nada, a hacer como que vamos al cine yéndonos al cuarto de la pensión con su colcha roja, a visitar el museo de pinturas con una chica inglesa y comprobar que no sabemos dónde está ninguno de los cuadros que ella conoce excepto las Meninas, a inventar un nuevo estilo literario y a propagarlo durante varias noches en un café hasta quedar completamente confundidos, a iniciar amistades que no nos acompañarán hasta la tumba y amores que no nos durarán hasta la noche, a visitar un baile de estudiantes donde las señoritas en-

tran gratis, a calcular cuántas piedras de mechero vende un
enano en una esquina, a descubrir cuántos billetes para el metro vende una mujer con un niño de pecho una mañana de invierno, a adivinar cuál es la ley económica que permite que
las cerilleras vendan los pitillos uno a uno y con el producto
alimenten suficientemente a sus amantes, a pensar cuál sería la
idea loca que echó todos los ciegos a la calle hasta en esos
días que la nieve cae endurecida y de noche sólo han salido
los que iban al estreno, a intentar imaginar cómo — Dios
mío — cómo vivía todo este pueblo en los que ellos mismos
dicen — ellos sabrán por qué — que fueron los años del
hambre.

De este modo podremos llegar a comprender que un
hombre es la imagen de una ciudad y una ciudad las vísceras
puestas al revés de un hombre, que un hombre encuentra en
su ciudad no sólo su determinación como persona y su razón
de ser, sino también los impedimentos múltiples y los obstáculos invencibles que le impiden llegar a ser, que un hombre
y una ciudad tienen relaciones que no se explican por las personas a las que el hombre ama, ni por las personas a las que el
hombre hace sufrir, ni por las personas a las que el hombre
explota ajetreadas a su alrededor introduciéndole pedazos de
alimento en la boca, extendiéndole pedazos de tela sobre el
cuerpo, depositándole artefactos de cuero en torno de sus
pies, deslizándole caricias profesionales por la piel, mezclando
ante su vista refinadas bebidas tras la barra luciente de un
mostrador. Podremos comprender también que la ciudad
piensa con su cerebro de mil cabezas repartidas en mil cuerpos aunque unidas por una misma voluntad de poder merced
al cual los vendedores de petardos de grifa, los hampones de
las puertas traseras de los conventos, los aprovechadores del
puterío generoso, los empresarios de tiovivos sin motor eléc-

trico, los novilleros que se contratan solemnemente para las capeas de los pueblos del desierto circundante, los guardacoches, los recogepelotas de los clubs y los infinitos limpiabotas quedan incluidos en una esfera radiante, no lecorbusiera, sino radiante por sí misma, sin necesidad de esfuerzos de orden arquitectónico, radiante por el fulgor del sol y por el resplandor del orden tan graciosa y armónicamente mantenido que el número de delincuentes comunes desciende continuamente en su procento anual según las más fidedignas estadísticas, que el hombre nunca está perdido porque para eso está la ciudad (para que el hombre no esté nunca perdido), que el hombre puede sufrir o morir pero no perderse en esta ciudad, cada uno de cuyos rincones es un recogeperdidos perfeccionado, donde el hombre no puede perderse aunque lo quiera porque mil, diez mil, cien mil pares de ojos lo clasifican y disponen, lo reconocen y abrazan, lo identifican y salvan, le permiten encontrarse cuando más perdido se creía en su lugar natural: en la cárcel, en el orfelinato, en la comisaría, en el manicomio, en el quirófano de urgencia, que el hombre — aquí — ya no es de pueblo, que ya no pareces de pueblo, hombre, que cualquiera diría que eres de pueblo y que más valía que nunca hubieras venido del pueblo porque eres como de pueblo, hombre.

La vida puede ser dura pero, a veces, la gente del pueblo qué carnes tan apretaditas tienen y qué bien saben andar o hacer gestos o reír disparatadamente cuando nada provoca a la risa o estremecerse como de voluptuosidad, cuando lo único que ocurre es que hace sol y que el aire está limpio. Esa engañosa belleza de la juventud que parece tapar la existencia de verdaderos problemas, esa gracia de la niñez, esa turgencia de los diecinueve años, esa posibilidad de que los ojos brillen cuando aún se soportan desde sólo tres o cuatro lustros la miseria y la escasez y el esfuerzo, confunden muchas veces y hacen parecer que no está tan mal todo lo que verdaderamente está muy mal. Hay una belleza hecha de gracia más que de hermosura, hecha de agilidad y de movimiento rápido, en la que puede parecer que es sólo vivacidad lo que ya empieza a ser rapacidad y en la que la fijeza hipnótica de la mirada puede equivocadamente suponerse más debida al brío del deseo que a la escasez de la satisfacción.

"Mi marido podía haberme dejado algo más pero no dejó sino su recuerdo, lleno para mí de encanto, con sus grandes bigotes y sus ojos oscuros y su marcialidad esquiva que nunca me permitió estar tranquila, porque él con su apostura gozaba en corretear tras las faldas, aunque más bien creo que eran ellas las que caían embobadas, pues a él no me lo imagino corriendo por ninguna; el caso es que siempre se encontraba con una en sus brazos, máxime cuando iba de uniforme que nunca dejó de gastar íntegra la masita en eso, en el adorno de su belleza y en su apostura. Además del recuerdo de su brillante estampa y de la niña — que ahí la tengo tan parecida a él con su apostura también y casi con su bizarría y por lástima incluso con un bozo moreno que me recuerda su bigote — me dejó la pensión del Estado para los caídos en el campo del honor y una medalla que, añadida a las trescientas veinticinco con cincuenta, sigue siendo muy poca cosa para dos mujeres solas. Había también algunas figulinas de China, que él había traído de su campaña de Filipinas que hizo tan joven y en la que no obtuvo medallas por culpa de las envidias. Y gracias a que me había hecho mi niña ya antes de ir a las islas porque cuando volvió estaba inútil para la fecundación, no — gracias a Dios — para el amor, sino solamente para que yo pudiera quedar otra vez en estado, a mí que me hubiera gustado tener tres o cuatro, pero él que era muy hombre y que no podía retenerse tuvo que ver con una tagala convencido de que era jovencita pura y de que estaba limpia, pero le tuvo que pegar la infección la muy sucia y se la pasó toda a caballo, sin lavados y sin cuidado ninguno hasta que se le emberrenchinó y le llegó a tupir los conductos y aunque luego hizo lo que pudo y el médico naval de la fragata que era tan amigo suyo le quiso corregir, como a otros que habían ido con él y habían caído por ser hombres con otras tagalas, pero no hubo nada que hacer y nos quedamos sólo con mi Carmencita que tenía ya veintiocho años cuando él cayó definitivamente a manos de moros, cuando la catástrofe. Además de las figuritas y de su desgracia trajo de Filipinas cinco abanicos y unos mantones de seda con aves del paraíso pintadas el primero y con flores exóticas el segundo y con una cara grande de indígena el tercero, que es muy raro que un mantón tenga este tercer dibujo, pero él precisamente por eso me lo trajo, porque siempre le aficionó lo raro y estrambótico. Estuvo siempre un poco tronado yo creo y no había manera de tenerle sujeto, siempre en el casino, siempre bebiendo un poco más de la cuenta, siempre luciendo su apostura y su garbo y su capacidad para ser más que los demás en casi todo, por lo menos con las mujeres por lo que yo pude apreciar personalmente y eso que es posible que él luciera sus facultades más fuera de casa hecho un perdido, que no en su casa donde yo era la legítima y estaba delante de él embobada con la boca abierta. Nunca me pude consolar de su pérdida y mi pobre niña tampoco que se quedó sin sociedad por falta de quien la representara y cuando su desgracia, se quedó soltera por falta de padre o de hermano mayor que obligara al cochino del novio a dar la cara, aunque — la verdad — yo casi me he alegrado del abandono porque era un hombre imposible que la hubiera hecho desgraciada y la hubiera hecho caer hasta lo más bajo. Yo me lo imagino hasta chuleándola, aprovechándose del buen palmito de mi hija y de la apostura heredada del padre que en ella, aunque algo varonil — no hombruna — había de ser tan poderoso atractivo para todos los hombres que la veían en aquella época y como entonces vinieron los años difíciles de la desmoralización total cuando todo estaba bien visto hasta unirse por lo civil sólo y divorciarse y luego los del hambre, persuadida estoy de que la hubiera chuleado a mi niña y la hubiera puesto en la cama de unos y otros, porque ella también — eso sí — con el temple heredado del padre no puede fácilmente quedarse quieta y sola y lo comprendo imaginando que pueda haber hombres que se parezcan al mío y que tengan ese gancho con las mujeres que la pobrecita de mi hija no lo pueda resistir a causa precisamente del temperamento que la dimos entre su padre y una servidora, que tampoco es de piedra a Dios gracias. El caso es que nos hemos defendido mejor, me creo yo, solitas las dos con alguna ayuda ocasional y transitoria que si hubiéramos tenido encima al parásito ese, padre de mi nieta, que no sé cómo ha salido tan preciosa siendo hija de ese padre, que ni siquiera tenía el aspecto propio de los hombres tan agradables, fuertes y enteros, sino que era alfeñique, hombre de trapo con maneras de torero o todo lo más de bailarín gitano y para mí, que ni siquiera era muy seguro que no fuera un poco a pluma y pelo, pero quizá por el contraste, mi hija tan varona se dejó conquistar, quizá porque era lo contrario de su padre al que le cogió miedo de pequeña porque algunas veces veía las palizas que a mí me daba y que yo, fuerte y todo como soy, no podía menos de recibir, ya que era tan hombre que completamente me dominaba y seducía. Así que mi hija prefirió un mediohombre que ella podía tener en un puño o doblar en pedazos cuando se le hubiera puesto en la idea hacerlo y que así y todo, fue suficiente a quitarla la doncellez ya algo apolillada y traer al mundo esa preciosidad que es ahora mi nieta con sus diecinueve que parece que se me va la cabeza cuando la veo, porque yo siempre he sido tan sensible a la belleza que no lo puedo resistir y más siendo de mi sangre, que me emociona. Porque hay que reconocer que el afeminamiento del padre visto en la hija hace bien. Ella ha salido más finolis que mi propia hija, tan a lo mi marido hecha, con su bigote oscuro y esos brazos tan fuertes, tan caliente de temperamento, tan atractiva pero poco presentable desde el punto de vista de la finura y la suavidad de los rasgos, de la flexibilidad del talle y del andar como sobre palillos. Además de las trescientas veinticinco con cincuenta y de mi niña y de la posibilidad de mi nieta y de los cachivaches filipinos y de los mantones y de cuatro sillas de caoba maciza del comedor y de un armario ropero grande con luna y de la cama de matrimonio alta estilo imperio, mi marido no dejó nada, así que tuvimos que poner pensión aprovechando el haber tomado un piso grande que estaba vacío y con renta baja y en buen sitio, en una bocacalle de Progreso, que aunque cerca de algunas casas malas, no lo estaba tanto como para ser confundidas y en cambio, podía animar a algunos caballeros a venir a vivir a nuestra casa. Yo no tenía dinero para comprar los muebles y empezar a tirar, así que tuve que echarme a la calle y visitar a todos los compañeros de mi marido, los que no habían caído cuando la tragedia que — pobrecillos — eran bastantes, sino que habían encontrado manera de no estar allí y éstos eran los que mejor podían ayudarme pues, con facilidad, podían ponerse en lugar del muerto y al verme a mí suponer que veían vestida de negro y con la tupida pena con que yo me cubría la cara, a sus propias mujeres; lo que no sé si realmente les impresionaría tanto porque no sé yo de muchos matrimonios que hayan sido tan unidos como el mío. Aquél sí que era hombre, siempre estuvo a la altura de las circunstancias; me estimaba a mí y sabía que una mujer legítima hará siempre lo que no hagan las otras mil sucias a las que no podía dejar de hacer caso cuando estaba en las islas separado por cientos de leguas. Pero yo al final me quitaba el velo, cuando había que acabar de convencerlos, aunque sólo algunos tenían dinero ya que los más vivían de la paga pelada y enseñaba mi rostro noble bañado de lágrimas y me había pintado un poco los ojos con hollín azulado y mucho polvo de arroz para estar bien blanca y exangüe pues, por desgracia, he tenido muy buenos colores, que aunque a mi marido le parecía bien que los tuviera y le daban muestra de mi temperamento, no quita para que otros muchos, víctimas de las deformidades de la moda, prefirieran las cloróticas anemizadas que bebían vinagre y que también, sin beberlo, podían estar pálidas por la misma pobreza de su sangre. A mi niña, aunque ya era tan mayor, la llevaba yo a estas visitas con faldas cortas como de niña, que al mostrar las pantorrillas, los señores las miraban con cierta turbación, no porque ellos la desearan, embargados como estaban por la pena del momento y por el fallecimiento del excelente compañero, sino para que comprendieran que era deseable y que, si caía en la miseria negra, aquella niña podía ser pasto de concupiscencias y así se conmovían más y algunos, además del óbolo del buen amigo con que colaboraron a la instalación de la pensión, prometieron ser clientes de la casa mientras estuvieran destinados en la capital y así lo cumplieron muchas veces con lo que, al principio, no faltó la clientela, que son los momentos más difíciles. Claro que muchos de éstos sólo dieron muy poco dinero, lo que podían ahorrar o pedir prestado, algo así como la mitad de una media paga, cantidades ridículas para la instalación que yo quería un poco lujosa, para que la clientela tuviera un tono que correspondiera al de la categoría social que yo entonces gozaba como viuda de héroe, aunque luego esa categoría se fuera empañando poco a poco y se hundiera definitivamente con la desgracia de la niña, con lo que nuestra pensión también fue perdiendo categoría, al mismo tiempo que los muebles y cortinas y los visillos y tapices y los diversos aditamentos que dispuse en un principio se fueron ajando irremediablemente. Así también nuestra clientela fue descendiendo de categoría y la frecuentación del torero-bailarín-marica que he dicho hizo huir a dos matrimonios de funcionarios del Ministerio de la Gobernación que habían sido, hasta entonces, mis más firmes puntales de respetabilidad. Eran dos matrimonios sin hijos y yo enseñaba a las señoras las fotos del álbum con recuerdos de mi marido, saltando siempre las planas donde estaban las tagalas que me regaló también porque era un humorista y porque decía que así podía ver de qué lado se inclinaba la balanza de su volcánico corazón y que viera cómo las tenían tan caídas y puntiagudas como él me había contado. Pero entonces estaba debilitada en mi carácter y un poco grisada por el éxito que había tenido mi pensión en el arranque y por lo fácil que me había sido convencer a aquellos señores, como viuda de héroe de buen ver, para que me mandaran el dinero necesario para tapar algunos agujeros que producía mi mala administración. Entonces fue cuando me dio por el arrancamiento y por el ruhm negrita y conforme aumentaba el uso inmoderado de estos licores, disminuía mi vigilancia y pudo introducirse más y más el novio protervo que creía que, no sólo se ocultaban en mi casa los muslos blancos de mi niña, sino también un buen gazapo de onzas ultramarinas. En lo que es claro que estaba equivocado, pero a mí hasta llegó a caerme simpático en aquellos días aciagos, cuando todas toditas las tardes estaba tan alegre con mis copitas de arrancamiento que me consolaban de la tragedia del derrumbe definitivo de mi vida de mujer: porque la causa íntima es que estaban concluyendo definitivamente mis reglas y yo tomé aquel fin como un golpe muy duro que me bajó la moral y buscaba alegría ficticia en el licor y hasta llegó a serme simpático el pollo que sabía tratarme muy bien, me engatusaba con sus coqueterías femeninas y me traía una botella sabiendo que, por la debilidad de mi carácter y por la época crítica que atravesaba, en aquella casa tenía puesto el pan y los manteles (y entonces no quería creer yo que las sábanas), pero cómo perturba el ver la sangre de una en la hija amada, lozana, burbujeante, verse reproducida porque para mí era casi una imagen mía, como mirada en un espejo: yo en mi niña veía mi belleza que moría. Ya no íbamos las dos vestidas de negro como en la época de las peticiones para la instalación y había habido que vestir de mayor a la preciosa niña que aún no tenía tanto bozo como tiene ahora y yo, por dar mayor formalidad a sus salidas, me dejaba llevar con el protervo a diversos sitios donde no le habría permitido ir con mi hija a solas. Eran tabernas de mala fama, con reservado, pero donde era tan divertido achisparse y ver un poco la vida que hacen los hombres, la vida que seguramente había hecho mi difunto. Así es como descubrí el encanto de la juerga flamenca, chaperonando a mi hija ficticiamente, pues maldito para lo que servía mi chaperonamiento. Algunos de los amigos que traía el protervo y que me presentaba cuando yo estaba víctima del ruhm negrita, aunque no nunca borracha del todo, se atrevían a pellizcarme y a decirme blancas carnes tienes; lo que me hacía sentir un estremecimiento en la espalda como en tiempos del difunto cuando llegaba a escondidas por la noche y se me metía en la cama y me mordía en un hombro, antes casi de que yo me hubiera podido despertar y en sueños me sentía como una tagala tierna que come un antropófago. Caí en la bobada de enseñar a las señoras de los funcionarios un día las tetas de las tagalas y decirles: "Ven ustedes que valen menos que yo y sin embargo, aunque yo estoy mejor, mi difunto...", con lo que se escandalizaron ferozmente y decidieron abandonar la pensión no sin sermonearme previamente y más cuando de la alcoba de mi hija salieron unos gritos ahogados y apareció en la puerta en camisón diciendo: "Mamá que me da un ataque de nervios, mamá, que he tenido un sueño horrible", aunque esto en rigor no era nada que pudiera escandalizar a nadie, sino simple efecto del flato o de los vapores histéricos de la feminidad no satisfecha de la muchacha que yo, como una tonta, descuidaba entonces. Los amigos del protervo eran todos de su estilo como medio hembras también, pequeñitos, mucho más pequeñitos que yo y hablaban andaluz y batían palmas muy bien, que es lo que yo y mi niña más admirábamos en ellos, pues por lo demás no tenían ni cultura ni conversación, pero en aquel mundo de las tabernas lo que más se apreciaba era el saber batir palmas que es una habilidad que contribuye mucho al regocijo de la concurrencia que mi hija rápidamente supo aprender mientras que yo permanecí torpe. Eran días agradables para mí a pesar de todo, aunque tenía confusa idea del hundimiento de mi casa de huéspedes y del hundimiento de mi propia hija, pero gracias a aquellas distracciones conseguía olvidar el deseo que tenía del fantasma de mi marido y hasta olvidaba la tragedia de estar dejando de ser mujer, que siempre me ha aterrorizado y confundido, porque, ¿cómo adaptarse a la nueva existencia, cómo soportar todo lo malo de la vida sin nada que verdaderamente consuele? Yo pensé que sólo el ruhm negrita podría hacérmela más llevadera o alguna otra marca de licor más fuerte que llegara a conocer y que mi estómago pudiera resistir. Ahora, una vez consumada la transformación y convertida en un pedazo de leño, sé que puede aguantarse todo y ni siquiera bebo, convertida en una dueña un poco pesada hecha toda remilgos, lo que aunque a mí me aburre, quizá pueda ser útil a nuestro pimpollo con sus diecinueve años a la que no estoy dispuesta a dejar hacer las mismas tonterías a las que arrastré a mi propia hija, víctima entonces yo de los trastornos del cambio, que son como una locura embobadora y transitoria, en que no se puede mirar de frente a las cosas y en que una realmente cree que en cuanto la puerta se cierre, todo habrá concluido y no valdrá la pena de vivir. La pobre hija mía debía haberse dado cuenta de que su madre no andaba bien, pero ella tampoco tenía nada que la sujetara, así que el protervo bailarín, cuando vio que lo de las onzas ultramarinas era un ficción, que la pensión se había quedado vacía y que el vientre de la niña cada día estaba más lleno, se largó dejándonos sumidas en una negra desolación. Pero yo en seguida empecé a pensar que lo bueno de su huida era que a mi hija no se la hubiera llevado para chulearla, a lo que la pobre entonces debía estar como resignada. Yo la hice ver lo que debía a su pobre madre que tanto se había sacrificado por ella y cómo era mejor que consagrara sus días a la educación del bebé hermosísimo y también hembra y al ornato de la casa-pensión que, aunque venida a menos por el ajamiento de los trapajos pasados de moda con que yo cursimente la había ataviado, todavía disponía de los elementos indispensables para la alimentación, reposo y cuidado de honestas personas. Comenzó entonces a venirme otra clase de clientela a la que, viniendo tras los pasados devaneos, nos esforzamos en entender mi hija y yo, calificadas ya las dos de viudas, para lo que de nuevo tuvo que vestirse de negro mi hija que le iba de maravilla y como viuda extraoficial siguió cosechando éxitos ahora mucho menos cacareados, mucho más discretamente conducidos, mucho más productivos económicamente y que a ella también le daban la satisfacción de saber que colaboraba a la educación y entretenimiento de la ricura de la nieta que, como he explicado antes, nos gana a nosotras dos en ese carácter femenino que la ha transmitido el perdis y simpaticón de su afeminado padre, con lo que al verla nosotras con nuestra prestancia y belleza más el plus de su afeminada confección, se nos hace la boca agua y no sabemos a qué santo encomendarnos para que esta obra maestra de todos nuestros pecados no se nos malogre sino que, totalmente abierto el capullo encantador que ahora representa, logre obtener el riquísimo fruto que sin dudarlo merece."

¡Oh qué felices se las prometían los dos compañeros de trabajo al iniciar su marcha hacia las legendarias chabolas y campos de cunicultura y ratología del Muecas! ¡Oh qué compenetrados y amigos se agitaban por entre las hordas matritenses el investigador y el mozo ajenos a toda diferencia social entre sus respectivos orígenes, indiferentes a toda discrepancia de cultura que intentara impedirles la conversación, ignorantes de la extrañeza que producían entre los que apreciaban sus diferentes cataduras y atuendos! Porque a ambos les unía un proyecto común y los dos tenían el mismo interés — aunque por distintas razones — en la posible existencia de auténticos ratones descendientes de la estirpe selecta portadora hereditaria de cánceres espontáneos desarrollados en el pliegue inguinal conducentes a la muerte inexorable del animal, si bien no antes de que, alcanzada la edad de la reproducción, nacieran de ellos múltiples animáculos de análogo aspecto al del hombre — a pesar de sus diferentes dimensiones — dotados como nuestros semejantes de hígado, páncreas, cápsulas suprarrenales y de Hiato de Winslow, los que pudieran ser sucesivo motivo de meditación científica y quizá de inesperados descubrimientos de las causas del supremo mal.

La mañana era hermosa, en todo idéntica a tantas mañanas madrileñas en las que la cínica candidez del cielo pretende hacer ignorar las lacras estruendosas de la tierra. Por las calles recién lavadas por la brigada municipal, relucientes los granitos trasladados desde la lejana Sierra y hechos trozos cuadrangulares por ejércitos de incansables canteros, colocados después mediante técnica difícil con ayuda de agua, arena y una barra de hierro (más tarde, llegada la decadencia del oficio, también con algo de cemento líquido en los intersticios), discurría una abundante turba de individuos de diversos oficios todos ellos mal vestidos y sólo algunos afeitados recientemente. Los trajes de los viandantes de colores indefinibles entre el violeta pálido, el marrón amarillento y el gris verdoso, aparecen en esta ciudad de tal modo desvaídos y lacios que no puede atribuirse su deslucido aspecto únicamente a la pobreza de los moradores — con su consecutiva, escasa y lenta renovación de guardarropa — sino también a los efectos purificadores de índole química de un aire especialmente rico en ozono y a los de índole física de una luminosidad poco frecuente, persistente durante un número de horas apenas soportable para individuos de raza no negra. Realmente, los ciudadanos de referencia deberían utilizar algodones made in Manchester de color rojo rubí, azul turquí y amarillo alhelí de grandes manchas y dibujo guacheado con los que la turgencia de las indígenas quedaría mejor parada y la tez cetrina de los hombres alcanzaría todo su plástico contraste. Esto iba meditando D. Pedro sin comunicar tales pensamientos a Amador que quizá no hubiera podido elevarse a la consideración de tales leyes cromático-geográficas sino que hubiera sugerido más simplemente el consumo de adecuados líquidos reparadores de la fatiga en cualquiera de las numerosas tabernas que se abrían invitadoras a su paso a través del paisaje urbano.

Pero aún parecía lejos esta idea del caletre científico y Amador resolvió suspender la sugerencia hasta ver llegado el momento oportuno bajo las especies de sutiles gotas de sudor en la frente del sabio o un resoplido más pesado en su alentar todavía inaudible.

Las gentes — casando mal con la proverbial idea de su incuria y pereza — se agitaban rápidas bajo la cúpula mentirosa. Iban descendiendo por la calle de Atocha, desde los altos de Antón Martín, más allá de los cuales había ido a buscar Amador a su querido investigador y amo arrancándole a la penumbra acogedora de la casa de huéspedes, antro oscuro en que cada día se sumergía con alegrías tumbales y del que matinalmente emergía con dolores lucinios. Acertó todavía a percibir Amador rastros poco precisos pero inequívocos de las protecciones afectivo-viscerales que en aquella casa recibía su investigante señor. Una mano blanca, en el extremo de un blanco brazo, manejó con cautela un cepillo sobre sus hombros. Unos gruesos labios, en el extremo de un rostro amable, musitaron recomendaciones referentes a la puntualidad, a los efectos perniciosos del sol en los descampados, a la conveniencia de ciertas líneas de tranvías, a la agilidad de ciertos parásitos que con soltura saben cambiar de huésped. Una voz musical, desde lejos, entonó una cancioncilla de moda que el investigador pareció escuchar con sonrisa ilusionada de la que, por el momento al menos — dedujo Amador — la más elevada capa de su espíritu era inconsciente.

—¿Has traído la jaula?— dijo D. Pedro escrutando el envoltorio que llevaba Amador bajo un periódico del día anterior con el objeto de que no se hicieran evidentes las muestras de la existencia de los progenitores de los ratones supuestos sobrevivientes que hoy iban a requerir, que su prisa más que su incuria había impedido fueran totalmente raídas como — sinceramente — creía que hubiera sido su deber, y añadió:

—¡Vamos!— mientras Amador retrasadamente contestaba: "Sí", sin parar mientes en la inutilidad de la respuesta pues, ¿qué otro objeto oblongo, de tales dimensiones y liviano peso pudiera haber colocado bajo su brazo en aquella mañana todavía un poco acalorada?

Mujeres también bajaban y otras subían por la cuesta, a cuyo fondo se veía la Glorieta con el acostumbrado montón informe de autobuses, tranvías, taxis con una tira roja, carritos de mano, vendedores ambulantes, guardias de tráfico, mendigos y público en general detenido con un oculto designio que nada tenía que ver probablemente ni con la llegada de un próximo tren a la estación allí yacente, ni con su inverosímil visita al no lejano Museo de Pinturas, ni con la irrupción a brazos de las asistencias en la imponente mole de cualquiera de los hospitales circunvecinos. Ninguna de estas mujeres era advertida por D. Pedro, que aún parecía paladear el recuerdo del brazo blanco y de la voz trinada no pertenecientes al mismo ser, pero ambos de sexo hembra, abandonados recientemente, y todas lo eran por Amador. Seguro de su sexo éste, después de haberse probado a sí mismo su constante consistencia en mil batallas nunca perdidas desde los campos de pluma de los inmemoriales años de la adolescencia (si de adolescencia puede calificarse esa edad en los muchachos de su clase), no le eran obstáculo ni su atuendo de más difícil descripción colorística que los ropajes de la mayor parte de los pasantes en aquella hora menestril, ni el porte del extraño bulto — aun cuando el misterio de su contenido evidentemente mejorase su posición para la fascinación erótica —, ni su clara condición subalterna y hasta servil respecto del abstraído compañero, ni la escasa belleza de su rostro en el límite de los tres días con sus noches de crecimiento vegetal de las pilosidades, para lanzar miradas de entendimiento y hasta palabras de aprobación a cuantas muchachas apetecibles se le cruzaban, algunas de las cuales, a juzgar por su aspecto, gozaban de un nivel económico, profesional y hasta amoroso conquistante superior al suyo. Don Pedro hacía caso omiso de estas actividades marginales de su secuaz y habiendo por fin abandonado el paladeo inconsciente de cuantos tesoros ignorados había dejado en el tugurio habitacional, e iniciando el placer previo preparatorio para el momento de su coincidencia con los sujetos de experiencia deseados, imaginó las posibles consecuencias de la degeneración a que la cepa MNA debía haber llegado motivada tanto por la casi inevitable posibilidad de un cruce espurio en lugar del eugénico estrictamente incestuoso, cuanto por el ambiente en exceso diferente del illinoico original y los caprichos casi inimaginables de la dieta con que el Muecas conseguía mantener vivos — caso de que lo hubiera conseguido — a los maravillosos animalitos. La composición de esta dieta no era sino el resultado de una función exponencial de ignorado grado y un número indefinido de variables entre las que pueden señalarse a título meramente provisional: los ingresos en metálico del Muecas y de los diversos miembros de su familia, la presunción (como probable o no) en la mente del citado Muecas de una hipotética venta del ganado, el apetito a la hora de comer del Muecas y su cónyuge, la ternura de corazón (dependiente

33

quizá del asedio más o menos viscoso de sus terrícolas adoradores) de sus dos retoños ya menstruantes, la flora espontánea de la región habitada por la familia según la época del año, y como componente esencial, la composición cualitativa de los detritus arrojados en un basurero próximo (apenas distaba tres kilómetros de la chabola) por los carros de una cooperativa familiar de recogida de basuras que concertara — en su día — con el Muecas su aprovechamiento alimentario. Una raza de ratones cancerígenos degenerada y superviviente milagrosamente a pesar del niu dial para la época de la escasez crítica decretado por F. D. Muecas, enderezada al logro de una supervivencia imposible en el ambiente regalado del laboratorio había de ser una raza muy considerable. ¡Oh cuán plástica la materia viva; siempre nuevas sorpresas alumbra para quien las sepa ver! ¡Oh cuántas razas de estorninos diferentes, convertidas ya en subespecies, pueden poblar los bosques fragmentados de un archipiélago! ¡Oh qué posibilidad apenas sospechada, apenas intuible, reverencialmente atendida de que una — con una bastaba — de las mocitas púberes toledanas hubiera contraído, en la cohabitación de la chabola, un cáncer inguinoaxilar totalmente impropio de su edad y nunca visto en la especie humana que demostrara la posibilidad — ¡al fin! — de una transmisión virásica que tomó apariencia hereditaria sólo porque las células gaméticas (inocuradas ab ovo antes de la vida, previamente a la reproducción, previamente a la misma aparición de las tumescencias alarmantes en los padres) dotadas de ilimitada inmortalidad latente, saltan al vacío entre las generaciones e incluyen su plasma íntegro — con sus inclusiones morbígenas — en el límite-origen, en el huevo del nuevo ser!

Pero, por el momento, agradable era el descenso por la cuesta de Atocha, sólo hombres feos y mujeres atractivas aunque sucias eran visibles para el sabio y ninguna imagen de auténtico ratón irritaba la gelatina sensible de sus ojos. Iban bajando y Amador maldecía la dirección de la marcha que hacía tanto menos probable la fatiga del reflexionante y con ella la entrada en alguna de las tabernas de allá abajo que junto a la aglomerada y promiscua Glorieta esparcen su tufillo sinceramente embriagador, y que al estómago es lo que el filtro medieval era para el amor, de los calamares fritos en aceite de oliva recalentado del día anterior y de tres o cinco días antes. Gracias a la potente fritada y al poder calórico que el aceite hirviendo alcanza los esteres volátiles de la iniciada putrefacción de los calamares son totalmente consumidos (cual compuestos termolábiles que son) y la materia, así transformada, se ingiere sin peligro alguno y con evidente delicia.

Según descendían por la ancha calzada iban dejando a un lado y a otro abiertos portales y preparadas mercancías sobre las baldas de los escaparates de las tiendas de mil especialidades diferentes. Allí podía ser todo deseado, desde prendas interiores de señora confeccionadas a precio de saldo de color blanco, rosa, morado apretujadas contra el vidrio en confusos montones y grandes mentiras de rebajas hasta clavos de cabeza cuadrada, vasos de plástico, platos de colores y objetos de regalo tales como una diana cazadora en porcelana basta de color gris, un donquijote en latón junto a un sanchopanza plateado montados con tornillos en un bloque de vidrio negro, un tintero-escribanía forrado de cuero con trabajos al fuego, un pisapapeles de vidrio con conchas marinas nacaradas, un marco de retrato hecho con cachitos de espejo y su avagarner dentro, un juego — en fin — de siete cacerolas rojas en disminución artificiosamente colocado. Otras tiendas de aspecto más nocivo no eran sino farmacias y droguerías donde amarilleaban a la venta todos los insecticidas del globo, amén de abundantes balsámicos y jarabes para la tos de mil laboratorios diferentes alguno de los cuales estaba allí instalado en la misma trastienda con olvido de todas las normas de producción de la ciencia farmacéutica. Sobre alguna de estas farmacias, cubriendo los viejos balcones de hierro de época anterior a la subida de precio de la fundición, se extendían largos y anchos carteles blancos con letras grandes como zapatillas en las que se leía: Fimosis, Sífilis, Venéreo, Consultorio económico. Don Pedro, ante estas muestras florecientes de explotación industrial de la ciencia a cuya edificación él mismo colaboraba, no se sentía molesto sino que noblemente consideraba esta proyección sobre el bajo pueblo y la masa indocta de tan sublimes principios, como un hecho en sí mismo deseable. ¿Pues cómo había de suplir el hombre suelto que camina por estas calles a su evidente falta de encuadramiento en los grandes organismos asistenciales de la seguridad social, de los que para ser beneficiario es preciso demostrar la fijeza y solidez de un dado enajenamiento profesional, y a su demasiado orgullo para concurrir a consultorios gratuitos por males que provienen no de la pobreza y estrechez de su vida sino de un plus de energía, de vitalidad, de concupiscencia y hasta, en ocasiones, de dinero? No; bien estaban los consultorios a tres duros y bien estaban los lavados con permanganato en la era penicilínica pues al fin y al cabo, prolongando el tiempo de la cura, intensifican la emoción que deben producir en los pechos viriles estos espaldarazos del erotismo recién hallado, cruces dolorosas que, al no estar exentas de heroísmo, dignifican las funciones más bajas de la naturaleza humana, aunque no las menos satisfactorias.

Bien ajeno a este curso de pensamientos humanístico-demoníacos, horro de toda necesidad de higiene en su vida íntima, Amador continuaba el descenso, un paso detrás de su natural señor, con el bulto paralelepípedo puesto del otro lado, sin parar mientes en la riqueza comercial y asistencial que a su lado iba transcurriendo, fija todavía su atención en los cada vez más próximos bares de la Glorieta y en la posible — aunque improbable — detención refrescante en uno de ellos. Se autojustificaba considerando que, si bien D. Pedro solamente había descendido la cuesta, él previamente había tenido que subirla y hasta hubo de madrugar para, cogiendo el metro en el lejano Tetuán de las Victorias en que habitaba, llegar hasta el mismo Instituto de cochambrosa investigación y — recogiendo la jaula — subir luego a pie hasta la pensión habitada por el investigador que, si bien hacía patente su natural democrático amigo del pueblo trasladándose en persona hasta la chabola del Muecas, mejor lo demostraría aún comprendiendo la urgente necesidad bebestible de Amador que, desde hacía tantas horas, se ajetreaba a su servicio.

— ¿Son ésas las chabolas? — preguntó D. Pedro señalando unas menguadas edificaciones pintadas de cal, con uno o dos orificios negros, de los que por uno salía una tenue columna de humo grisáceo y el otro estaba tapado con una arpillera recogida a un lado y a cuya entrada una mujer vieja estaba sentada en una silla baja.

— ¿Ésas? — contestó Amador —. No; ésas son casas.

Tras de lo cual continuaron marchando en silencio por un trozo de carretera en que los apenas visibles restos de galipot encuadraban trozos de campo libre, en alguno de los cuales habían crecido en la primavera yerbas que ahora estaban secas.

Amador añadió:

—Cuando se vinieron del pueblo yo ya se lo dije, que no encontraría nunca casa. Y ya estaba cargado de mujer y de las dos niñas. Pero él estaba desesperado. Y desde la guerra, cuando estuvo conmigo, le había quedado la nostalgia. Nada, que le tiraba. Madrid tira mucho. Hasta a los que no son de aquí. Yo lo soy, nacido en Madrid. En Tetuán de las Victorias. De antes de que hubiera fútbol. Y él se empeñó en venirse. A pesar de que se lo tenía advertido, que no viniera, que la vida es muy dura, que si en el pueblo es difícil aquí también hay que buscársela, que ya era muy mayor para entrar en ningún oficio, que sólo quieren mozos nuevos. Que, sin tener oficio, iba a andar a la busca toda la vida, que nunca encontraría cosa decente. Todo, todo se lo advertí. Pero a él le había entrao el ansión porque estuvo aquí en guerra. Y nada, que se vino. Todo vino a caer sobre mí. Porque que si somos o no somos primos, que si tu madre y mi madre estuvieron de parto en el mismo día, que si cuando tu madre se vino a Madrid la mía estaba sirviendo en casa del médico y que si eran de venirse las dos; total que me encontré de improviso a toda la familia sobre mis hombros, como aquél que dice. Claro que yo no me apuro y le canto las verdades al lucero del alba, que es lo que hice. Porque por de pronto se me metieron en la cocina con un colchón que había traído del pueblo y allí a dormir, todos arrejuntados. Las niñas estaban así, como mi dedo, tenían unas piernecitas que daba grima verlas. Pero yo no quise dejarme ablandar. Si sabré yo que la vida es dura, si le habría dicho yo que nanay, que por ahí no. No sé qué se creía que yo le iba a realquilar. Pero cómo voy a realquilar a un amigo si entonces sí que se pierden las amistades para siempre y acabaríamos un día a cuchilladas. No por mí, sino por él. Porque aunque le aprecio comprendo que es muy burro. Es exactamente un animal. Y siempre con la navaja encima a todas partes. Entonces, para quitármelo de encima, es cuando le busqué lo del laboratorio, porque él es un negao que nunca habría sabido encontrarse el con qué.

— ¿Se colocó en el laboratorio?

— No. Pero yo le puse para que trajera, de donde fuera, las bestias. Él es que no sabía hacer nada, lo que se dice nada. En el pueblo tampoco sabía ni trabajar. Es muy bruto, pero un flojo para el trabajo. El que no sepa trabajar por lo menos tiene que tener salero para saberlo buscar. Pero él ni eso. Allá no sé cómo no se moría de hambre. Claro que se ha ido espabilando. Creo que el padre de la mujer tenía una piecita; pues él nada, la malbarató. Y venga con que nos tenemos que ir, nos tenemos que ir, hasta que se vino. La mujer una mártir. Las hijas, luego se han repuesto algo.

— Pero él ¿qué hacía en el laboratorio?

— Lo dicho. Traer las bestias. Los sujetos de la experimentación como decía el difunto Don Manolo. Ir a la perrera y comprar perros no reclamaos, antes de que los reclamen. O conchabarse con el de la perrera para no devolverlos a los que no tienen con qué y luego sacarse así unos duros. Siempre se tiene más seguro lo que paga el instituto y las propinas que dan algunos señores doctores. El difunto Don Manolo nunca dio propi pero le enseñó mucho. Así aprendió a cazar los perros por su cuenta con lo que se ahorraba lo del de la perrera. Ganaba a dos paños. Otros, los becarios del primer año, que quieren acabar su tesis en dos meses, son los que le pagaban los perros más caros, cuando él hacía como que ya no había perros en el mundo y los retrasaba hasta que subían los precios, como un tendero, mientras en la chabola todo el pan se lo comían los perros y las niñas lloraban que era una delicia. Los gatos son más difíciles, pero por fin aprendió. Tenía astucia para eso. En el pueblo lo que él era es furtivo, cada vez que sacaba una escopeta de Dios sabe dónde que nunca tuvo para comprar una. Él goza cogiendo un gato aquí, un perro por allá. Le gustaba coger los caracoles en la vega del Tajo, que los hay. No como en este condenado campo que no da ni para caracoles.

— Y tú ¿por qué no te dedicabas a traer los perros?

— Eso hacía hasta que llegó él. Pero si no le busco salida todavía los tengo encaramados en mi cocina con su colchón y todo. Además yo tengo lo oficial de mi sueldo y para qué más, no hay que ser avaricioso. Claro que le cobro la tarifa.

— ¿Cómo?

— Claro: a cada tanto tanto. A cada perro o gato que me vende, como yo soy el que le proporciona, pues tanto. No iba a abusar encima. Él me está agradecido y lo paga a gusto, porque a mí nada me era extraño de quitármelo de encima y poner otro. Pero claro que no me tienta hacerlo, porque al fin y al cabo somos como parientes y tiene muy malas pulgas y no me gusta la navaja esa que lleva a todas partes. No. Yo me entiendo con él. Desde que estuvimos juntos en guerra. Lo malo para él fue cuando empezó a hacer lo que no debía hacer. Los perros olvidados de los de las tesis, que en cuanto han hecho la cosa en dos o tres dicen treinta o cuarenta en la referata y ponen lo que tenga que salir aunque ellos no lo hayan visto y se olvidan de que tienen un gato con los alambrillos dentro o un perro con su goma colorada dentro de la tripa y hala, hala a ganar dinero. Lo peor fue que él también vino a olvidarlo y es cuando vendió al nuevo un gato con los alambritos y se vino abajo todo el pastel. Ya comprendió que yo tenía que echarle toda la culpa a él. Pero el mediodoble se empeñó en que no pisara más el instituto y para mí es una lata porque tengo que ir a buscar las bestias y tenemos que cambiarlas de jaula en medio de la calle, o en el Retiro, cuando no hay nadie cerca, pero expuestos a cualquier cosa, máxime con los gatos que nunca se acaba de aprender a cogerlos.

— Y oye, ¿dónde cría los ratones? ¿Viven todos revueltos? ¿Juegan las niñas con los ratones?

— Las niñas ya no están en edad de jugar sino de otra cosa.

— Pero, ¿podrían contagiarse?

— Yo qué sé.

— Quisiera saber si han podido contagiarse.

— Eso usted lo verá. Lo que pasa es que, a los pobres, nada se les contagia. Están ya inmunizados con tanta porquería.

Algunas noches, Pedro después de cenar se sometía al rito de la tertulia. Eran tan amables con él las tres mujeres de la casa. Aquello ya para él no era pensión. Se había convertido en una familia protectora y oprimente. La astuta anciana había ido seleccionando una colección de hombres solos, estables, de mediana edad, que se retiraban a sus cuartos en cuanto el postre había sido consumido. Había un hombre largo y triste que representaba medicinas. Un señor calvo, contable o alto empleado de banco. Otro, militar retirado. La viuda nunca había dejado de tener por lo menos un militar retirado en su pensión en recuerdo del difunto. El cuarto de los militares retirados estaba amueblado con cierta austeridad castrense y sobre una chimenea de mármol blanco que nunca se encendía, pendían — a guisa de adorno — dos kris malayos cruzados sobre dos cacharros que también dejó el difunto, en uno de los cuales se introducía el asta de una diminuta bandera española de crespón rosa y topacio. Había un matrimonio sin hijos que hablaban muy poco. Los dos vestidos de negro, los dos pequeñitos y pálidos, los dos un poco arrugaditos, los dos con las manos blancas estirando el mantel y echando a un lado las migas mientras llega la naranja. Este matrimonio vivía en la peor habitación de la pensión, un cuarto interior con una columna de hierro en medio. La señora había confeccionado un manguito de pana oscura que rodeaba la columna de hierro hasta media altura. Así "hace menos frío", explicaba cautelosamente.

De todo este personal, Pedro era evidentemente el preferido, el mimado, el único. Su mérito esencial era ser hombre joven. El trío femenino estaba demasiado sensibilizado al dato objetivo *hombre joven* para que fuera, en ningún momento, durante su estancia en la pensión, confundido con cualquier otra especie de semoviente.

La primera generación era una vieja solemne, fuerte, emprendedora, casi bulliciosa si tal epíteto pudiera ser aplicado a una anciana de natural monárquico y legitimista. La primera generación conservaba una soberbia planta y a pesar de su edad era ordeno y mando. Tenía una ducha inteligencia para juzgar a los hombres. Podía todavía derretirse en una sonrisa. Utilizaba sostenes que dieran clara muestra de su pecho y corsé que diera buena horma de su talle. Se tenía muy tiesa y a diferencia de su hija, siendo tan fuerte, no tenía sombra de bigote en su labio superior.

La segunda generación estaba gravemente oscurecida por la madre prepotente y por la conciencia de su historia anterior. Subyugada o vencida, a pesar de su físico también imponente, tenía carácter de gata, de animal cariñoso y ficticio. Se había pasado la vida haciendo la comedia de la niña mimada, de la niña pequeña, de la niña engañada, de la niña a la que mamá le dice lo que tiene que hacer. Este papel no brotaba directamente de su naturaleza hombruna ni de los robustos huesos de su arquitectura, sino que le había sido impuesto por la madre más fuerte. Y aún seguía rechinando al esfuerzo necesario para un reajuste cuyo fundamento y cuya utilidad habían sido, hacía mucho tiempo, dejados atrás. Tenía una coquetería diez años más joven que ella, envuelta en ropa a la moda de diez años antes.

La tercera generación no se parecía en nada a sus antecesoras, sino en el lenguaje, en los modismos, en el vocabulario que, necesariamente, había tomado de ellas a lo largo de una convivencia de diecinueve años. La tercera generación tenía al natural todo lo que su madre había intentado fingir a lo largo de una vida. Habitar en una atmósfera tan femenina (a pesar de las veleidades de energía o de pantomima negociante de sus mayores) la había ido llenando de una esencia difícil de contener y pronta a derramarse, hecha de ternura, de desencanto y de sorpresa. Era muy bella. Por secuencia de la afectación de su madre ella también se movía, hablaba y actuaba como si tuviera unos divinos catorce años imprecisos, en lugar de sus ya demasiado carnales y rotundos diecinueve. De ello provenía el que — por ejemplo — pudiera desplazarse por los pasillos de la casa o por los alrededores de la cabeza de un hombre sentado, absolutamente como si ignorara la presencia de sus senos. O que, al tropezar sus caderas con el quicio de una puerta se detuviera sorprendida como si su cuerpo no hubiera debido todavía estar dotado de aquella opulencia inútil. ¿Había algo en su espíritu que correspondiera a esa ignorancia afectada de su físico? Tal vez lo hubiera y este enigma no era el que menos movía a Pedro a someterse paulatinamente al engranaje en que la trimurti de disparejas diosas lo había introducido.

Para las tres él tenía carácter de enviado dotado de tal virtud que el destino total de la familia — tras su roce mágico — se invertiría tomando otra dirección y nuevo sentido. La nieta podía ver en él el ángel de la anunciación dotado de su dardo luminoso; del mismo modo que la hija pudiera ver una epifanía un tanto rezagada ante el fruto de su seno y la provecta madre tal vez esperara su propia transfiguración gloriosa en lo alto de un monte sostenida por sus dedos. Dispuestas estaban las tres a ofrecer el holocausto con distintos grados de premeditación y de cinismo.

Algunas noches, pues, Pedro después de cenar se sometía al rito de la tertulia que se desarrollaba en el mismo salón-comedor cuando la criada hubiere levantado los manteles sustituyendo así el ambiente frío de un hotel de tercera por el no menos deslavazado y cursi, pero más acogedor, de un saloncito de clase media modesta con recuerdos de la gloria familiar pasada.

Las tres diosas se encaramaban cada una en diferente podio. Había allí dos butacas forradas de cuero, restos de un tresillo que la viuda adquiriera con los donativos de los compañeros del héroe. En estas dos butacas se albergaban unos antiguos muelles ingleses de buena calidad absolutamente vencidos pero todavía cómodos. En uno se sentaba la decana. El otro era para Pedro, aun cuando él se obstinaba a veces en que la desdibujada segunda generación lo ocupara de acuerdo con su rango cronológico y sexual. Ésta respetuosa, no obstante, a la abuela y al huésped ocupaba una silla corriente del comedor y allí se tenía rígida durante horas si fuese necesario, aunque, intentando aparecer flexible, cruzara las piernas o se abanicara con un periódico o hasta se permitiera retocar ligeramente sus labios en presencia de extraños o incluso — verdaderamente — fumar con dificultades un pitillo rubio que Pedro se apresuraba a encender. Como correspondía a su naturaleza dinámica, prometedora y ofrecida, la joven se sentaba en una mecedora. Y no sólo se sentaba sino que sobre este mueble de próxima desaparición en un mundo en que el motor de explosión y los aviones a reacción suministran métodos más perfectos para disfrutar la voluptuosa sensación del movimiento, se balanceaba sin tregua permitiendo que, quien atentamente la observara, pudiera comprobar la eficacia motriz de muy limitadas contracciones de los músculos largos de su suave pantorrilla. En la mecedora la muchacha se echaba hacia atrás, dejaba caer la cabeza sobre un respaldo bajo y arqueado y su cabellera — más abundante que lo fuera nunca la de las sus dos madres — colgaba en cascadas ondulantes que el movimiento ardientemente entrelazaba y de las que los reflejos dorados se difundían hasta llenar todo el salón comedor de un como aroma visual que a todos envolvía permitiéndoles permanecer en silencio sin que el tiempo pesara sobre ellos. No solamente Pedro contemplaba aquel oro derramado que nunca acababa de caer, que se acercaba y se alejaba de sus manos, también las madres lo miraban con análoga mirada posesiva. También ellas gozaban con sensualidad viril de la apariencia de una sustancia que así entregada sólo promesa era, pero que así promesa tan altamente se manifestaba inundando la realidad opaca del salón-comedor y transformando hasta el hedor de comida apenas ingerida y naranjas recientemente abiertas en otro perfume — semejante pero tan distinto — de banquete parisino con demimondenes y frutas traídas desde la violenta fecundidad del trópico.

Hablaban, sin embargo, sabiendo que las palabras nada significaban en la conversación que los cuatro mantenían. Conversación que era sostenida por actitudes y gestos, por inflexiones y miradas, por sonrisas y bruscos enmudecimientos. Porque la belleza de la joven podía golpearlas tan violentamente que — en mitad de una frase sin necesidad de buscar disculpa por ello — podía Pedro quedar en silencio simple; lo que era señal para que las dos madres también admiraran el perfil, o el blanco alabastrino del cuello, o el estirar en el aire de una pierna de la que acabara de caer el chapín o para que sorprendieran que la falda de la niña había subido un poco más de lo habitual hasta mostrar un leve fragmento de un muslo liso que la grasa no deformaba todavía.

Si un huésped acertaba a entrar en el salón-comedor para recoger un objeto olvidado (un encendedor, una carta, una cinta rosa) o si la robusta criada regresaba a guardar en el aparador un cubierto que equivocadamente había llevado a la cocina, las tres diosas se estremecían ofendidas y fulguraban destellantes miradas en los ojos negros de la decana aplicadas directamente al despreciable rostro del intruso; la joven suspendía las tenues oscilaciones de la mecedora y la segunda generación ocultaba el pitillo rubio descruzando levemente las piernas. El mismo Pedro afortunado espectador único al que aquellas tres vulgares y derrotadas mujeres consideraban digno para exhibir ante él su subyacente naturaleza divina, sentía también la rotura del ligamen. Y se veía obligado a moverse en su sillón, a agitarse, a entreabrir el periódico como si realmente fuera a leer, hasta que por fin el intruso desaparecía.

— Usted es tan niño — decía la anciana — que no ha tenido que ir a ninguna guerra. Pero no crea que eso es tan bueno. También me da algo de lástima. Los hombres vuelven más hombres de la guerra. Yo lo sé muy bien por el abuelo de la niña.

— Desgraciadamente — sonreía Pedro — yo soy pacífico. No me interesan más luchas que las de los virus con los anti-cuerpos.

Palabras cabalísticas a las que se dejaba ir víctima de la

atmósfera irreal de aquellas entrevistas. Pero no eran erróneas sus palabras. Pues, aunque ninguna de las tres mujeres pudieran entenderlas, las recibían sonrientes y alegres como demostración viva de la superior esencia de que su joven caballero estaba conferido y que ya ellas sospechaban y hasta conocían pero que se hacía patente con peculiar abundancia al mostrar la profundidad de una ciencia por ellas ignorada pero no menos aplaudida.

— Ahora ya no se baila el charlestón ni el uanestep — decía la segunda generación —. Ustedes los jóvenes de ahora, prefieren los bailes lánguidos. Por lo menos eso me han dicho.

— Yo le confieso, señora, que no bailo. Soy tan torpe que no sé qué hacer con mis pies. Tropiezo y piso a la desgraciada señorita que me haya tocado. Claro que casi nunca he bailado. Sólo en alguna boda.

A cuya palabra, la pequeña — como corresponde a los diecinueve años y a su estado de enhechizamiento — enrojecía.

— No lo puedo creer. ¿Sólo ha bailado usted en bodas? Ya habrá ido alguna vez con sus amigos a un cabaret o a un té danzante. Antes, los jóvenes de su edad eran muy asiduos a los tés danzantes. Cuando la guerra de África eran benéficos y los presidían las infantas. Yo estuve de jovencita en varios tés de ésos, con recaudación, y había parejas que bailaban maravillosamente el charlestón. Claro que eran otros tiempos.

— No te hagas la vieja, Dora — protestaba la madre mayor —. Comprende que si tú eres vieja qué seré yo. Te gusta humillarme a fuerza de hacerte la mayor. ¿Querrá usted creer que nos tomaban por hermanas?

Pedro no menos se horrorizaba de que Dora hubiera ido a tés organizados por infantas, que de que su madre la hubiera acompañado diciendo que era su hermana. La falsedad de estos propósitos junto con la ignorancia en que estaba de los verdaderos tugurios a que había concurrido Dora con su madre en la época de su primera deshonra — que se los hacía imaginar peor — no producían en su espíritu tendencia a la burla o al desprecio, sino que consciente de la verdadera naturaleza de obra de arte de aquellas conversaciones, persuadido de que había una profunda verdad en las palabras (verdad traducida de los ardientes deseos ya que no de los engañosos y mudables hechos) colaboraba inventando otras de la misma guisa.

— Recuerdo que mi madre me hablaba de esos tés danzantes a beneficio de la Cruz Roja. Tal vez se haya conocido con usted — para corregir inmediatamente, alcanzando una más alta cima de perfección —. Bien es verdad que, ahora que caigo, no puede ser puesto que tenía mucha más edad. Estaría entre las señoras maduras que sentadas la admiraban a usted.

Oído lo cual Dora se esponjaba y volvía a cruzar más altas las piernas que constituían lo mejor de su figura y gracias a las que no sólo era modestia el móvil que la llevaba a sentarse irremisiblemente en una silla alta, sino también un vago halago de narcisismo escasamente satisfecho en los últimos doce años. Pero recordando cuál era el verdadero eje (mudo) de la reunión seguía:

— Pero yo nunca he bailado bien. La que tiene verdadera habilidad es mi hija. Yo he sido un poco rígida de espalda. Debía usted llevarla un día a una boîte — arrepintiéndose en seguida de este avance impúdico que ponía demasiado a la luz la naturaleza de la ficción tan minuciosamente entretenida.

— No puedes tolerar — decía la anciana — que una niña de su edad vaya a esos sitios.

— Yo lo decía porque como Don Pedro es tan serio. Aunque ya comprendo que con una chiquilla se aburriría.

—Nada de eso, señora. Yo lo que siento es no saber bailar. Pero si usted quiere darme lecciones, cuando haya progresado lo suficiente, me sentiré muy honrado de llevar a usted y a su hija a donde ustedes quieran.

—¡Qué locura! Usted lo que pasa es que es un caballero — replicaba la decana a la que la idea de la partida hacia una pista danzante de sus dos descendientes sin que ella tomara parte en el regocijo, no dejaba de herir y que, sin embargo, sabía cuán grotesca hubiera resultado su propia presencia en la expedición.

La niña seguía vibrátilmente el hilo de las palabras, ya enrojeciendo, ya acelerando el oscilar de la mecedora, ya deteniéndola, ya soltando una risa frágil, ya exhibiendo de nuevo con cándida impudicia la perfección de su perfil.

El transcurso de la noche intensificaba el peso de la intimidad. Las señales del avance del tiempo — un último ruido en la puerta de la cocina, el chasquido del interruptor de la luz del pasillo, el cierre por el representante de su aparato de radio cuyo runrún llegaba a través de las paredes — hacían más patente la soledad que iba rodeando a la tertulia. En estos últimos momentos un silencio prolongado envolvía a los cuatro actores del drama. Desde este silencio los sobreentendidos de las tres mujeres se volvían más claramente perceptibles para Pedro, como si las tres parcas hablaran musitando lo que el hilo de su vida significaba. Y así, mientras la mecedora tras una pausa reanudaba su columpiar, Pedro oía: La primera generación: "Adelante". La segunda generación: "Lo que es por mí...". La tercera generación: "Me gustas".

Y sentía una angustia ligera mientras iba cediendo poco a poco a la tentación.

¡Allí estaban las chabolas! Sobre un pequeño montículo en que concluía la carretera derruida. Amador se había alzado — como muchos siglos antes Moisés sobre un monte más alto — y señalaba con ademán solemne y con el estallido de la sonrisa de sus belfos gloriosos el vallizuelo escondido entre dos montañas altivas, una de escombrera y cascote, de ya vieja y expoliada basura ciudadana la otra (de la que la busca de los indígenas colindantes había extraído toda sustancia aprovechable valiosa o nutritiva) en el que florecían, pegados los unos a los otros, los soberbios alcázares de la miseria. La limitada llanura aparecía completamente ocupada por aquellas oníricas construcciones confeccionadas con maderas de embalaje de naranjas y latas de leche condensada, con láminas metálicas provenientes de envases de petróleo o de alquitrán, con onduladas uralitas recortadas irregularmente, con alguna que otra teja dispareja, con palos torcidos llegados de bosques muy lejanos, con trozos de manta que utilizó en su día el ejército de ocupación, con ciertas piedras graníticas redondeadas en refuerzo de cimientos que un glaciar cuaternario aportó a las morrenas gastadas de la estepa, con ladrillos de "gafa" uno a uno robados en la obra y traídos en el bolsillo de la gabardina con adobes en que la frágil paja hace al barro lo que las barras de hierro al cemento hidráulico, con trozos redondeados de vasijas rotas en litúrgicas tabernas arruinadas, con redondeles de mimbre que antes fueron sombreros, con cabeceras de cama estilo imperio de las que se han desprendido ya en el Rastro los latones, con fragmentos de la barrera de una plaza de toros pintados todavía de color de herrumbre o sangre, con latas amarillas escritas en negro del queso de la ayuda americana, con piel humana y con sudor y lágrimas humanas congeladas.

Que de las ventanas de esas inverosímiles mansiones pendieran colgaduras, que de los techos oscilantes al soplo de los vientos colgaran lámparas de cristal de Bohemia, que en los patizuelos cuerdas pesadamente combadas mostraran las ricas ropas de una abundante colada, que tras la puerta de manta militar se agazaparan (nítidos, ebúrneos) los refrigeradores y que gruesas alfombras de nudo apagaran el sonido de los pasos eran fenómenos que no podían sorprender a Pedro ya que éste no era ignorante de los contrastes de la naturaleza humana y del modo loco como gentes que debieran poner más cuidado en la administración de sus precarios medios económicos dilapidan tontamente sus posibilidades. Era muy lógico, pues, encontrar en los cuartos de baño piaras de cerdos chilladores alimentados con manjares de tercera mano, presuntuosamente cubierta con cofia de doncella de buena casa a la hija de familia que allí permaneciera por ser inútil incluso para prostituta, cubierta con una bata roja de raso y calzada con babuchas orientales de alto precio a la gruesa dueña que luce en sus manos regordetas y blancas una alianza matrimonial que carece de todo significado, en vez de ocupar sus horas en útiles labores de aguja algunas de las vecinas de aquel barrio — sentadas sobre latas vacías — jugando viciosamente a la brisca con la misma buena conciencia con que honrados trabajadores puedan hacerlo un domingo por la tarde en la taberna, álbumes con colecciones de cromos neslé en las manos castigadas por la escrófula de rapaces a su edad ya malolientes, insensibles a toda conveniencia moral matrimonios en edad de activa vida sexual compartiendo el mismo ancho camastro con hijos ya crecidos a los que nada puede quedar oculto, abundancia de imágenes de santos escuchando sin alteración de la tornasolada sonrisa la letanía grandilocuente y magnífica de las blasfemias varoniles, una sopera firmada de Limoges henchida como orinal bajo una cama.

¡Pero, qué hermoso a despecho de esos contrastes fácilmente corregibles el conjunto de este polígono habitable! ¡De qué maravilloso modo allí quedaba patente la capacidad para la improvisación y la original fuerza constructiva del hombre ibero! ¡Cómo los valores espirituales que otros pueblos nos envidian eran palpablemente demostrados en la manera como de la nada y del detritus toda una armoniosa ciudad había surgido a impulsos de su soplo vivificador! ¡Qué conmovedor espectáculo, fuente de noble orgullo para sus compatriotas, componía el vallizuelo totalmente cubierto de una proliferante materia gárrula de vida, destellante de colores que no sólo nada tenía que envidiar, sino que incluso superaba las perfectas creaciones — en el fondo monótonas y carentes de gracia — de las especies más inteligentes: las hormigas, las laboriosas abejas, el castor norteamericano! ¡Cómo se patentizaba el brío de una civilización que sabe mostrar su poder creador tanto en la total ausencia de medios de la meseta como en la ubérrima abundancia de las selvas transoceánicas! Porque si es bello lo que otros pueblos — aparentemente superiores — han logrado a fuerza de organización, de trabajo, de riqueza y — por qué no decirlo — de aburrimiento en la haz de sus pálidos países, un grupo achabolado como aquél no deja de ser al mismo tiempo recreo para el artista y campo de estudio para el sociólogo. ¿Por qué ir a estudiar las costumbres humanas hasta la antipódica isla de Tasmania? Como si aquí no viéramos con mayor originalidad resolver los eternos problemas a hombres de nuestra misma habla. Como si no fuera el tabú del incesto tan audazmente violado en estos primitivos tálamos como en los montones de yerba de cualquier isla paradisíaca. Como si las instituciones primarias de estas agrupaciones no fueran tan notables y mucho más complejas que las de los pueblos que aún no han sido capaces de sobrepasar el estadio tribal. Como si el invento del bumerang no estuviera tan rotundamente superado y hasta puesto en ridículo por múltiples ingeniosidades — que no podemos detenernos a describir — gracias a las cuales estas gentes sobreviven y crían. Como si no se hubiera demostrado que en el interior del iglú esquimal la temperatura en enero es varios grados Fahrenheit más alta que en la chabola de suburbio madrileño. Como si no se supiera que la edad media de pérdida de la virginidad es más baja en estas lonjas que en las tribus del África central dotadas de tan complicados y grotescos ritos de iniciación. Como si la grasa esteatopigia de las hotentotes no estuviera perfectamente contrabalanceada por la lipodistrofia progresiva de nuestras hembras mediterráneas. Como si la creencia en un ser supremo no se correspondiera aquí con un temor reverencial más positivo ante las fuerzas del orden público igualmente omnipotentes. Como si el hombre no fuera el mismo, señor, el mismo en todas partes: siempre tan inferior en la precisión de sus instintos a los más brutos animales y tan superior continuamente a la idea que de él logran hacerse los filósofos que comprenden las civilizaciones.

Amador seguía sonriendo con sus opulentos belfos en silencio mientras D. Pedro divagaba absorto en la contemplación de las chabolas. Allí, en algún oculto orificio, inferiores al hombre y por él dominados, los ratones de la cepa cancerígena seguían consumiendo la dieta por el Muecas inventada y reproduciéndose a despecho de toda avitaminosis y de toda neurosis carcelaria. Este pequeño grumo de vida investigable hundido en aquel revuelto mar de sufrimiento pudoroso le conmovía de un modo nuevo. Le parecía que quizá su vocación no hubiera sido clara, que quizá no era sólo el cáncer lo que podía hacer que los rostros se deformaran y llegaran a tomar el aspecto bestial e hinchado de los fantasmas que aparecen en nuestros sueños y de los que ingenuamente suponemos que no existen.

"¿Qué se habría creído? Que yo me iba a amolar y a cargar con el crío. Ella, 'que es tuyo', 'que es tuyo'. Y yo ya sabía que había estao con otros. Aunque fuera mío. ¿Y qué? Como si no hubiera estao con otros. Ya sabía yo que había estao con otros. Y ella, que era para mí, que era mío. Se lo tenía creído desde que le pinché al Guapo. Estaba el Guapo como si tal. Todos le tenían miedo. Yo también sin la navaja. Sabía que ella andaba conmigo y allí delante empieza a tocarla los achucháis. Ella, la muy zorra, poniendo cara de susto y mirando para mí. Sabía que yo estaba sin el corte. Me cago en el corazón de su madre, la muy zorra. Y luego 'que es tuyo', 'que es tuyo'. Ya sé yo que es mío. Pero a mí qué. No me voy a amolar y a cargar con el crío. Que hubiera tenido cuidao la muy zorra. ¿Qué se habrá creído? Todo porque le pinché al Guapo se lo tenía creído. ¿Para qué anduvo con otros la muy zorra? Y ella 'que no', 'que no', que sólo conmigo. Pero ya no estaba estrecha cuando estuve con ella y me dije 'Tate, Cartucho, aquí ha habido tomate'. Pero no se lo dije porque aún andaba camelándola. Pero había tomate. Y ella 'que no', 'que no'. Nada, que me lo iba a tragar. El Guapo tocándola delante mío y ella por el mor de dar celos. Tonta. Subí a la chabola y bajé con la navaja. Y miro antes de entrar y ella ya se había retirado de él. No se dejaba tocar más que delante mío, la tonta. Ya nadie se atrevía a darle cara. No tenían navaja o no sabían usarla. El corte a mí me da más fuerza que al hombre más fuerte. Y él delante mío 'Esta já está chocha por mi menda'. Me hastían esos que hablan caliente como si por hablar así ya no se les pudiera pinchar. A mí. Y viendo que

54

yo aguantaba y me achaparraba 'Llévale priva al Cartucho'.
Y yo no aguanto que me digan Cartucho más que cuando yo
quiero. Pero, chito chitón. Yo achaparrao y ella mirándome
como si para decir que era marica. Y él 'Bueno, si no quiere
priva, pañí de muelle'. Y viene con el vaso de sifón y me lo
pone en las napies y yo lo bebo. Mirándole a la jeta. Y él,
riéndose 'Que me hinca los acáis'. Y se va chamullando entre
dientes. 'No hay pelés.' 'No hay pelés.' Pero a ella la tenía yo
camelá y mira que te mira como si fuera yo marica. Me cago
en el corazón de su madre, la zorra. Y que ya se le ve la tripa
y venga a diquelar y a buscarme las vueltas. El Guapo se reía.
Siempre hablando caliente. Y todos unos rajaos todos mirándole. Que estaba el hermano de ella y la dejaba tocar. Pero
cuando yo me fui a por el corte ella se abrió de la barra. Que
en eso se la veía que estaba camelada. Sólo le dejaba cuando
yo lo veía... Pero me río porque eso es propio de ellas. Se ca-
melan. Como si porque una mujer esté camelada va uno a decir a todo que sí amén Jesús. Cuando tuve el corte estuve esperando hasta que se vino para mí tan seguro. Iba de vino
hasta allá y se creía que el mundo era suyo. Lo que menos le
perdoné fue lo de Cartucho. Me cago en la tumba de su padre. Le pinché por detrás y allá quedó en el fango. Y qué palabras salían de su boca. Que si el Pilar de Zaragoza y Alicante. Que si el de más arriba que son tres. Hecho una plasta
entre la sangre y el barro. Ahuequé. Limpié bien el corte y lo
encalomé en el jergón. Vino la pasma y a preguntar. 'De-
rrótate Cartucho.' Y palo va palo viene. Pero yo nanay. 'Te
hemos encontrado el corte.' 'Enseña los bastes.' 'Tiene tus
huellas.' Pero yo ya sabía que lo de las huellas es camelo. Total que salí con la negativa y al jardín. Arresto menor por tenencia. Pero no había pruebas de lo otro. Se acabó el Guapo.
Y es cuando ella se lo creyó. Y al salir, allí estaba como una

pastora para echárseme al cuello. Y con la tripa así de alta. Y yo 'Que me dejes'. 'Que es tuyo.' 'Que me dejes.' 'Que es tuyo.' 'Que tú has estao con otros.' 'Que no.' 'Que ya no estabas estrecha.' 'Que eché sangre.' 'Que tú no estabas estrecha.' 'Que te digo que manché las palomas.' 'Que me dejes.' Yo le daba cuerda mientras estuve a la sombra. Ella venía de ala. ¿Qué le iba a decir yo? Que sí. Que le había pinchado por ella. Ella me venía de lao. Y que diga de dónde sacaba la tela. Pero son así. Yo la seguí dando cuerda. Pero al salir quería más y ya no. Porque me había gustao de la mayor del Muecas. Esta sí que sí. Y la pesada de ella 'Que es tuyo'. Y hasta me manda el hermanito. El que no había chistao cuando la tocaba el Guapo delante él. 'Mira plás, acuérdate del Guapo.' 'Que mi hermana es buena chica.' 'Que la has hecho desgraciada.' 'Mira plás que ha estao con otros.' 'Que la has hecho desgraciada.' 'Acuérdate del Guapo.' Y ella cada vez a peores. Como si ponerse a malas venga a servir de algo. Y me empieza a gritar en la calle. Y a llevarme al juez por cumplimiento de promesa. Y yo 'No hay pruebas'. 'Le han visto con ella.' 'Ha habido otros. No hay pruebas.' El juez harto. Y yo más. Y venga a crecer la tripa. Y no me deja tranquilo. 'Déjame en paz, zorra, que te vas a acordar.' Una noche, en vez de gritar, se me echa encima en lo oscuro. 'Tú me quieres.' 'Tú me quieres.' Lloraba. A mí se me fueron las manos. Eso que estaba con la tripa. Total, que se creía que sí la muy zorra. Al día siguiente otra vez. Pero yo ya no quise. Y vuelta a seguirme por las mañanas y por las tardes. Ya me hartó. Le pegué un puñetazo que le aplasté la nariz. Y estaba ya por dividirse. Por eso me daba más asco. La aplasté las napies. Le di demás fuerte para ser mujer. Pero estaba ya hasta aquí. Total, juicio de faltas. El curroy lo sabía pero no había pruebas. Otros seis meses de arresto. Menos mal. Entre tanto a parir. Ya no vino más de ala. Yo tan tranquilo. Ya le había dicho a la Florita, la del Muecas, que estaba por ella. Al salir ni me miró a la cara. Andaba con el chorbo de un lado para otro. ¡Que puede parecerse un crío a su padre! Es igual que yo. Pero no hay pruebas. Ella ahora lo deja a su hermana la fea y a hacer la carrera con la nariz rota. Si quisiera tenía yo ahí una mina. Pero me ha gustado ser fetén con las mujeres. Cuando están por uno son así. Para eso son mujeres. Yo pensando en la hartá de tetas que me iba a dar la Florita. Na más salir. Y en eso que llega el padre. Y el Muecas tiene malas pulgas y también sabe tirar de corte. Esos manchegos atravesaos. Y ella que es menor. No quiero líos. Me doy de naja. Pero es que me camela. No es como la otra. Me tiene miedo. De vez en vez me doy una hartá. Si el Muecas me pilla. No quiero líos. Pero no voy a dejar a la chavala esa. No me atrevo a lucirla. De vez en vez una hartá pero no sé seguir. Como no bebo. Tomo un café y ya estoy listo. Juego subastao y chamelo. Algo saco. Y poco currelo. Y a los bailes de los merenderos. Porque me ha gustao ser bailón. Y por veces cae alguna. Pero esa Florita me sigue en las mientes. Y las hartás que me he dao no me han dejao harto. Y que no se le acerque alguno que lo pincho sin remisión. Ya no hay Guapos."

Y tras haber contemplado el impresionante espectáculo de la ciudad prohibida con los picos ganchudos de sus tejados para protección contra los demonios voladores, descendieron Amador y D. Pedro desde las colinas circundantes y tanteando prudentemente su camino entre los diversos obstáculos, perros ladradores, niños desnudos, montones de estiércol, latas llenas de agua de lluvia, llegaron hasta la misma puerta principal de la residencia del Muecas. Allí estaba el digno propietario volviéndoles la espalda ocupado en ordenar en el suelo de su chabola una serie de objetos heteróclitos que debía haber logrado extraer — como presuntamente valiosos — del montón de basura con el que desde hacía unos meses tenía concertado un acuerdo económico de aprovechamiento. Mas en cuanto les hubo advertido gracias a un significativo sonido brotado de la carnosa boca de Amador, se incorporó con movimiento exento de gracia y en su rostro, surcado por las arrugas del tiempo y los trabajos y agitado por la rítmica tempestad del tic nervioso al que debía su apodo, se pintó una expresión viva de sorpresa.

— ¡Cuánto bueno por aquí, D. Pedro! ¡Cuánto bueno por aquí! ¿Por qué no me has avisado?

Siendo esa pregunta dirigida a su amigo y casi pariente.

— Adelante. Pasen ustedes y acomódense.

No de otro modo dispone el burgués los agasajos debidos a sus iguales haciéndoles pasar a la tranquila, polvorienta y oscurecida sala, donde una sillería forrada de raso espera el honroso peso de los cuerpos de aquellas personas que dotadas de análoga jerarquía que los propios dueños de la casa, pueden ocupar sus sitiales y disponerse durante lapsos de tiempo variables a una conversación que — aunque aburrida y vacía — no deja de confortar a cuantos en ella participan a título de confirmación indirecta de la pertenencia a un mismo y honroso estamento social. Así Muecas dispuso que D. Pedro tomara asiento en una a modo de cama hecha con cajones que allí había y que en ausencia de sábanas cubría una manta parduzca. Y componiendo en su rostro los gestos corteses heredados desde antiguos siglos por los campesinos de la campiña toledana y haciendo de su voz naturalmente recia una cierta composición meliflua, consiguió articular con algún esfuerzo:

— Tomarán ustedes un refresco.

Tras lo que, olvidando momentáneamente su propósito de control prolongado del timbre áspero de su voz, gritó:

— ¡Flora, Florita! ¡Trae una limonada en seguida! Que está el señor doctor.

Oyéronse unos ruidos secos y confusos en la parte de la chabola oculta a la vista desde la entrada por una tela colgante de color rojizo y naturaleza indefinida. A pesar de las protestas de D. Pedro y de la risa socarrona de Amador, Muecas se obstinó en acelerar la marcha de los acontecimientos metiendo su cabeza crespa a través de este telón divisorio y rugiendo en voz baja diversas órdenes ininteligibles. Reapareció más tarde componiendo su personalidad social en los diversos matices de la expresión del rostro (con dificultosa contención del tic irreprimible), de la inflexión vocal y hasta de la actitud corporal que se modificó en una tendencia apenas realizada de juntar sus hombros hacia adelante redondeando al mismo tiempo las espaldas.

Amador se había sentado en uno de los objetos que el Muecas ordenaba, que resultó ser una olla oxidada con un agujero. Pero así acomodado volvía sus espaldas a la puerta y la carencia de luz del interior de la chabola se hacía más evidente, por lo que el visitado dijo:

— Vamos, Amador. Échate a un lado. ¿No ves que quitas la luz al señor doctor?

Ya para entonces salía la descendencia del Muecas en sus funciones de homenaje a través de los velos que celaban el resto de sus propiedades inmuebles y sonriendo con risa bobalicona que descubría el grueso trazo rojo de sus encías superiores sobre los dientes blancos y pequeños en medio de un rostro redondo, ofrecía en un vaso un poco de agua en la que debía haber exprimido un limón a juzgar por una pepita que como pequeño dirigible flotaba.

— ¡Dásela, Florita! Que se refresque el señor doctor.

— Tenga, señor doctor — se atrevió a decir Florita poniéndose algo colorada, pero haciendo chocar su mirada negra con la también azorada de D. Pedro.

Éste no osaba fijar la vista en ninguno de los detalles del interior de la chabola, aunque la curiosidad le impulsaba a hacerlo, temiendo ofender a los disfrutadores de tan míseras riquezas, pero al mismo tiempo comprendía que el honor del propietario exige que el visitante diga algo en su elogio, por inverosímil y absurdo que pueda ser.

— Está fresca esta limonada — eligió al fin.

— Estos limones me los mandan del pueblo — mintió Muecas con voz de terrateniente que administran lejanos intendentes — y perdonando lo presente, son superiores.

— ¿Quiere usted otra? — dijo Florita.

Oferta a la que D. Pedro opuso una rápida y firme negativa mientras que Amador decía confianzudo:

— Tráemela a mí, chavala.

— No se hizo la miel para la boca del asno — fue la vernácula respuesta de la moza con la que hizo visible que, del mismo modo que su padre, también ella era capaz — aunque más joven — de inventarse dos distintas personalidades y utilizarlas alternativamente según el rango de su interlocutor.

— ¡Dásela! — ordenó el padre más consciente de los lazos de tipo económico aseguradores de la subsistencia de la honrada familia que le unían con un miembro de la plantilla del Instituto, al que por otra parte debía no especificados favores y con el que había mantenido en guerra relaciones de camaradería que más tarde habían procurado los dos dejar sumidas en un profundo silencio, pero que no habían olvidado.

— Y no seas tan arisca con el tío Amador — añadió redondeando este nuevo género de homenaje, menos refinado

60

socialmente hablando, pero quizá más definitivamente necesario en última instancia.

En esto, entraba por la puerta de la chabola cortando otra vez el paso de la luz, un grueso cuerpo de mujer casi redondo, cubierto de telas pendientes de ese color negro que, con el paso de los años, va virando de una parte a pardo, de otra a verdoso, de modo comparable al colorido de las alas de algunas moscas caballunas y de algunas sotanas viejas.

— Usted perdonará, señor doctor — presentó el Muecas — pero ésta es mi señora y la pobre no sabe tratar. Discúlpela que es alfabeta. Mira, Ricarda, éste es el señor doctor que nos honra con su visita.

— Por muchos años — dijo Ricarda.

Ella traía una de las faldas que cual capas concéntricas acebolladas la recubrían, vuelta hacia sus manos y en ella un contenido indescriptible que, según dedujo Amador, era el pienso para los ratones. Esto le dio oportunidad para entrar en materia suspendiendo, por el momento, las muestras de hospitalidad y cortesía.

— Bueno, a lo que veníamos — dijo — que D. Pedro no puede perder su tiempo en monsergas.

— Usted dirá, señor doctor.

— El señor doctor lo que quiere — especificó Amador — es saber si tiene que meterte en la cárcel o no.

— ¿Qué me dices? — exclamó bruscamente alarmado el Muecas, mientras que, no menos alarmado, D. Pedro se deshacía en gestos denegatorios al mismo tiempo con la cabeza y con las dos manos (libre ya la derecha de la áspera limonada) para acabar diciendo:

— Nada de eso. Al contrario, agradecerle a usted si los ha cuidado bien y ha conseguido que críen.

— ¡Ah! Las ratonas — dijo el Muecas algo tranquilizado.

61

— Las ratoncitas, las ratoncitas — rió Florita olvidando su papel de modestia ruborosa —. Ya lo creo que crían las muy bribonas, ya lo creo. Mis sudores me cuesta y hasta algún mordisco.

Diciendo estas palabras desabotonó algo su vestido por el escote y efectivamente mostró a todos los presentes, en el nacimiento de su pecho, dos o tres huellecitas rojas que pudieran corresponder a las estilizadas dentaduras de las ratonas en celo.

— Todo era por el frío — aclaró el Muecas pozo de sapienza, tomando su talante más solemne y componiendo el rostro —. Seguro que en las Américas las tienen en incubadora. Y no como aquí que estamos en la zona templada.

Amador le miraba socarrón y casi reía, pero haciendo caso omiso del efecto que producían en su viejo camarada de armas estos pingajos deslucidos de una cultura cuyos orígenes permanecían enigmáticos, continuó:

— Es cosa sabida, que el calor da la vida. Como en las seguidillas del rey David. Dos doncellas le calentaban, que si no ya hubiera muerto. Y lo mismo se echa de ver en las charcas y pantanos. Basta que apriete el sol para que el fangal se vuelva vida de bichas y gusarapos. No hay más que ver los viejos apoyados en las tapias en invierno. ¿Qué sería de ellos si no fuera por el calorcillo de las tres de la tarde? Ya no habría viejos. Así les pasaba a ellas. ¿Cómo les iba a llegar el celo si no tenían calor ni para seguir viviendo? Por eso se les hinchaban esos como testículos, con perdón, y cuando se morían que usted se quemaba las pestañas en estudiar el por qué, no era más que de frío.

Atónito escuchaba D. Pedro aquella teoría etiológica del cáncer espontáneo a frigore interesado en saber qué consecuencias profilácticas Muecas había deducido, las que habían sido hábiles no sólo para conservar la vida de los ratones, sino para asegurar su reproducción.

— ¿A dónde va usted a parar, padre? Y cómo que se engloria en sus explicaciones y no hay quien lo pare. Lo que es mi padre debía haber sido predicador o sacamuelas. Y aún dicen de él que es bruto. Bruto no le es más que en lo tocante a caráter, pero no en el inteleto.

— ¡Calla, tonta! — protestó modestamente —. El hecho es que dándoles el calor natural que les falta los ratones crían y ya veo que usted sabía a dónde venir a buscarlos. Aquí los tengo, sí señor doctor, a los hijos de los hijos que no quiero llamar nietos, ya que no parece cosa de animales reconocer tanta parentela. Y también a los hijos de los hijos de los hijos.

— O séase los biznietos — rió Amador coreado por Florita, que había dado ya definitivamente al olvido sus rubores desde el punto en que enseñó su escote y en él las marcas que la calificaban como mártir de la ciencia.

— Padre lo ingenió todo. Pero yo y mi hermana las que tuvimos que cargar con la pejiguera de las ratoncitas.

— Calla, hija. Y no hables más que cuando te pregunten. Mira tu madre qué callada está y qué poco molesta. Y, sin embargo, aguantó la misma pejiguera.

Efectivamente, la redondeada consorte del Muecas, que en contradicción con su marido, gozaba de una acentuada lisura e inmovilidad de rostro, escuchaba como si oyera la interpretación de una sinfonía aquella conversación. Era evidente que a pesar de no entender jota de lo que se decía, gozaba con los sonidos que los presentes exhalaban. Para ser menos engorrosa se había sentado en el suelo y sus piernas redondas, blancas y sin tobillo asomaban bajo la halda de sus múltiples coberturas, mientras mantenía aún firmemente en su regazo el pienso de los milagrosos ratones.

—¿Puedo preguntar cómo les dio usted ese calor natural? — dijo D. Pedro tras unos minutos de asombrada escucha.

— Puede usted preguntarlo, pero yo no se lo diré por respeto.

— Bueno — terció Amador —. Ya me lo dirá a mí más tarde. Vamos a ver ahora esos biznietos y sepamos si son bastardos o no lo son. Porque si lo fueran, para nada los querremos. Tiene que ser hermano con hermana y a lo más hija con padre.

— Así lo son — afirmó rotundo.

Pero no hubo más. Muecas no quiso enseñar sus instalaciones. Prometió llevar las crías al punto y hora indicados, pero no quiso que se molestaran en penetrar más adelante en su guarida. La curiosidad era demasiado grande para que Don Pedro consintiera ahora en marcharse después de haber bebido íntegra su limonada. Necesitaba llegar hasta el fondo de aquella empresa de cría de ratones que — simultáneamente — era empresa de cría humana en condiciones — tanto para los ratones como para los humanos — diferentes de las que idealmente se consideran soportables. Los olores que tras el colgante velo rojizo llegaban a la zona más densamente habitada de la chabola, la misma presencia a sus pies de la mole mansa y muda de la esposa, las mordeduras de la muchacha toledana formaban, junto con la mentalidad científico-razonante del Muecas, un conjunto del que no podía apartarse fácilmente y que quería conocer aunque en el intento hubiera tanto de fría curiosidad como de auténtico interés, tanta necesidad de conseguir ratones para su investigación como concupiscencia por ver la carne del hombre en sus caldos más impuros.

En la parte interior de la chabola del Muecas estaba el campo de cultivo de la raza cancerígena. Cada ratón estaba metido en una jaula de pájaro de alambre oxidado. Estas jaulas habían sido obtenidas en los montones de chatarra y rudamente reparadas por el propio Muecas con ayuda de su hija, la pequeña, que tenía dedos hábiles. Las jaulas estaban colgadas por las paredes de la estancia. En sus comederos blancos de loza, la compañera colocaba el pienso traído en su falda. La pequeña habitación estaba hecha de tableros algo abarquillados por la humedad, pero en lo esencial lisos. Las hendiduras entre los tableros habían sido tapadas con trapos viejos consiguiendo así un compartimiento estanco. Las jaulas estaban colgadas artísticamente al tresbolillo, procurando una distribución armoniosa de los huecos, de las luces y de las sombras como en una pinacoteca cuyo dueño — excesivamente rico — ha comprado más cuadros de los que realmente caben. En el suelo de esta reducida habitación había un gran colchón cuadrado. Por un lado entraban los cuerpos del Muecas y su consorte, por el otro lado los más esbeltos de sus dos hijas núbiles. En el pequeño colchón del aposento anterior en que se había sentado D. Pedro, solía dormir un primo que ahora estaba en la mili. Pero seguían durmiendo los cuatro juntos en el colchón grande por varios motivos: porque los cuatro cuerpos juntos elevaban la temperatura de la cámara estanca (así pasaban menos frío, así estaban también mejor los ratones según la teoría del Muecas). Porque ya se habían acostumbrado. Porque al Muecas le agradaba tropezar de noche con la pierna de una de sus hijas. Porque así las tenía más vigiladas y sabía dónde estaban durante toda la noche que es la hora más peligrosa para las muchachas. Porque se necesitaban menos sábanas y mantas para poder vivir, habiendo sido por el momento pignoradas las que utilizaba el mozo en edad militar. Porque el olor de los cuerpos — cuando uno se acostumbra — no llega a ser molesto resultando más bien confortable. Porque el Muecas se sentía, sin saber lo que significaba esta palabra, patriarca bíblico al que todas aquellas mujeres pertenecían. Porque la consorte del Muecas le tenía algo de miedo y no podría soportar sus cóleras sin la problemática ayuda de la presencia muda de sus hijas. Porque la última ratio de la reproducción ratonil consiste en conseguir el celo de las ratoncitas de raza exótica. Porque el Muecas había dispuesto tres bolsitas de plástico donde se metían las ratonas y eran colgadas entre los pechos de las tres hembras de la casa. Porque creía que con este calor humano el celo se conseguía dos veces más fácilmente: por ser calor y por ser calor de hembra. Porque no quería que este proceso de maduración de la mucosa vaginal de las ratonas pudiera interrumpirse si sus rapazas durmieran en la cámara exterior donde faltando un adecuado cierre de los huecos entre los tableros y la promiscuidad nocturna, el calor era más escaso. Cuando el celo de la ratona se había conseguido, el Muecas la extraía cuidadosamente de la bolsita de plástico donde había pasado varias noches y la depositaba en la jaula talámica donde el potente garañón era conducido también siempre apto para la cópula y especialmente proclive a ella al percibir los estímulos aromáticos del estro. Esta jaula copulativa estaba tapizada de arpillera aderezada con guata y miraguano, materiales ellos aptos para la construcción del nido pero que luego el Muecas sustraía a las hembras grávidas fuera de la hora del amor, como si pensara que la visión de tales riquezas para el alhajamiento del futuro hogar pudiera estimular su entusiasmo afrodisíaco. Una vez iniciada la gestación nunca volvieron a gozar de tales guatas

66

y miraguanos que hubieran encarecido de modo excesivo los gastos de cría, sino que tenían que arreglarse con un poco de paja común en sus aéreos palacetes. Las ratonitas o ratonitos, una vez nacidos, se anunciaban con una música sutilísima de pequeños píos ruiseñoriles, mientras que las madres, a diferencia de la especie humana, eran capaces de parir sin gritar en reverente silencio ante los misterios de la naturaleza que en ellas mismas se realizaban. Conseguido este parto pudibundo y a veces nocturno, la mañana de la familia muequil era alegrada por los juveniles píos y las muchachas se reían desde la misma cama, envueltas en sus camisones blancoscuros, sin manga, gritando: "Padre, ya parió la de arriba", "Padre, ya parió la mía, la que me dio el mordisco", "Padre, ya le dije que estaba mal cubierta, está sólo llena de aire y de indecencia la muy guarrona que comía sin parar y luego no le dejó al Manolo que estaba todo triste", "¡Qué se habrá creído la muy monja, más que monja!" Muecas, si había bebido demasiado la noche antes, no hacía caso de los gritos de sus hijas y metía la cabeza otra vez bajo la manta gruñendo mientras que la redonda consorte laboraba en la parte de afuera o había ya partido hacia el montón de basura contratado.

Alegres transcurrían los días en aquella casa. Sólo pequeños nubarrones sin importancia obstruían parcialmente un cielo por lo general rosado. Gentleman-farmer Muecasthone visitaba sus criaderos por la mañana donde sus yeguas de vientre de raza selecta, refinada por sapientísimos cruces endogámicos, daban el codiciado fruto purasangre. Emitía órdenes con gruñidos breves que personal especializado comprendía sin esfuerzo y cumplimentaba en el ipso facto. Vaso de fuerte bebida en mano, chasqueaba la lengua al sentir calorcillo de aguardiente en paladar. Sonoros golpes de fusta conseguía en altas botas de cuero. Conversaba después con los notables en lindes de la amplia finca. Pastor, que iba hacia su cura de almas, informaba del ambiente espiritual de su poblado. "Me paece a mí que va a haber lío con lo del desáucio." Petriquillo aplicador de emplastos, despreciador de comadres insustanciales que pretendían ciencia le aclaraba: "Mientras esas chicas se empecaten en beber las aguas de la Blasa por mor de abortar se pondrán cloróticas o fímicas, pero todo será tripa y mal color. Lo que no sea cirugía es tiempo perdido y acabarán en la desinsetación". Especulador chabolero enriquecido con ventas de comestibles en dosis mínimas, decía que los tiempos eran malos y que las compras de azúcar de diez en diez céntimos sólo llevan al vicio de querer tomar café con leche a toda hora, mientras que ya hay incluso quien hace ascos al boniato y sólo quiere patata y más patata, venga vicio y como si fuéramos un país rico. Con la sacarina podían arreglarse perfectamente y el boniato, además de alimentar, ahorra azúcar, pero ya no saben ni lo que quieren. Arquitecto-aparejador-contratista de chabolas, en feliz ignorancia de planes de ordenación y normas municipales, construía como pocos pueden ya, al libre albedrío de su instinto artístico y de acuerdo con la naturaleza de sus materiales. "En aquella pieza yo les haría la suya talmente, con chimenea y todo, por los tres mil reales. Pero dale que no pué ser porque cuando llueve hace charco. ¿Qué tendrá que ver el charco si yo les pondría un canalón de teja para que corra el agua? Pero nada, que no quieren charco en su casa. Para tres días que llueve aquí que no llueve nunca. ¿De qué les sirve ahorrar que es lo que yo digo, si siguen viviendo como sabandijas? ¡Puah! ¡Miseria!" Muecas sentía preocupaciones concejiles. "Aquí podríamos dejar, así vacía una placita, para que jugaran los críos. Poniendo una de esas piedras, todo liso y hasta un geranio." "No, lo que es esas piedras no, que yo ya las tengo reservadas por si se deciden y por decirlo de una vez, son mías. Nadie me las va a disputar a mí."

Muecas, además del terreno edificado, tenía otros terrenos edificables y un como parque o jardín que rodeaba todo aquello. Un derecho consuetudinario en el que la res nullius había vuelto a surgir por intususcepción en las propiedades de un prepotente de la otra ciudad que todavía discutía el valor del pie con la inmobiliaria que un día llegaría con bulldozer y camiones, confería una existencia provisional a estas especulaciones de segundo grado, ventas, alquileres, desahucios y permutas, del mismo modo que las propiedades tribales y los usufructos de los campos de caza de los aborígenes resultan incongruentes con la nueva realidad económica cuando al fin llega la auténtica civilización. Pero aquí, en una especie de paradójica marcha inversa, el viejo derecho se encaramaba en los resquicios (no abandonados sino simplemente inatendidos) del vulgar. Como en un ensayo de lo que será la existencia el día en que después de la verdadera guerra atómica, los restos de la humanidad resistentes por algún fortuito don a las radiaciones, hayan de instalarse entre las ruinas de la gran ciudad impregnada y comenzar a vivir aprovechando en lo posible los materiales ya inútiles. Así, los habitantes de aquel poblado veían a lo lejos alzarse construcciones de un mundo distinto del que ellos eran excrecencias y parásitos al mismo tiempo. Una dualidad esencial les impedía integrarse como colaboradores o siervos en la gran empresa. Sólo podían vivir de lo que la ciudad arroja: basuras, detritus, limosnas, conferencias de San Vicente de Paúl, cascotes de derribo, latas de conserva vacías, salarios mínimos de peonaje no calificado, ahorros de criadas-hijas fidelísimas. Hacia aquella otra realidad debían encaminarse no obstante todos los días (como sus homólogos aborígenes hacia los campos de caza) y colocándose en los lugares estratégicos cobrar mínimos botines en las escaleras del Metro, en las mercancías desechadas del mercado, en la sopa boba del Auxilio, en la especulación en piedras de mechero.

El ciudadano Muecas bien establecido, veterano de la frontera, notable de la villa, respetado entre sus pares, hombres de consejo, desde las alturas de su fructuoso establecimiento ganadero veía a los que — un trapito alante y otro atrás — pretendían empezar a vivir recién llegados, en pringosos vagones de tercera, desde el lejano país del hambre. Una certidumbre despreciativa permitía encontrar en los rostros de los coreanos la marca de la ignominia y de la raza inferior. Intuitivamente comprendía que aquellos hombres nunca serían capaces — como él — de elevarse a la dignidad de empresario libre que hace negocios contractuales con una auténtica y legal institución científica de la vecina ciudad aún no destruida por la bomba. Adivinaba al ver sus rostros que pronto o tarde aquellos infrahombres acabarían o simplemente muertos, menguado pasto para los gusanos a través de cualquiera de las complicadas formas del morir hambriento (tuberculosis, escrófula, latirismo, eruptos de sangre, temblor progresivo de los calcañares, dolor de puñalada en el estómago y caer sin haber comido, etc., etc.), o alimentados a expensas del Estado no destruido por la bomba en los altos pabellones rojizos de ventanas iguales y pequeñas que desde allí se veían a lo lejos, o regresar humilladamente al país del hambre de donde habían venido y que — ése sí — era radicalmente indestructible por la bomba.

Alegres, pues, transcurrían los días del caballero, gozoso de su status confortable, calentado en la cama por varios cuerpos, consolado por ingestiones alcohólicas, reconfortado por la certidumbre de haber conseguido todo aquello gracias a un ingenio que le permitiera perfeccionar los métodos de captura y cría y aprovechamiento de pastos y piensos, como inteligente que era aunque no letrado, aureolado además por relaciones selectas, protecciones de otro mundo, que hasta su misma casa descendían a veces como las del cuasipariente Amador e incluso la del señor doctor que le había hablado de igual a igual, sin aparentar y sin hacer mención de las sensibles diferencias y hondos abismos que escinden las existencias ʻde los situados a uno y otro lado de la barrera del color.

Más desgraciados que en otros países, tales conciudadanos del Muecas y Muecas mismo junto con los notables de la República, no podían atribuir la pertenencia a este o aquel mundo de los dos (al menos) que superpuestos constituyen la realidad social de todas las ciudades, de todas las naciones, de todos los continentes al accidente (tan confortantemente accidental) del color de la piel y de las proporciones relativas entre la fibra muscular y la tendinosa de la pantorrilla, correspondiente a individuos de dos razas biológicamente bien definidas. Aquí, una cierta estrechez de las frentes (que quizá, bien vistas, resultaran dilatables) no era base suficiente para saberse otro. Príncipe negro y dignatario Muecas paseaba su chistera gris perla y su chaleco rojo con una pluma de gallo macho en el ojal orgullosamente, entre los negritos de barriga prominente y entre las pobres negras de oscilantes caderas que apenas para taparrabos tenían. Cuando convocaba a reunión a sus pares negros (si no de chistera al menos de bombín) y jugaban a la brisca en el palacio de Mor-A-Pio, sabiendo que ellos estaban bebiendo mientras los hombres del común sólo podían elegir entre tomar el boniato crudo como postre o cocido en agua y sal como principio, llegaban a creer que el mundo está bien así, aunque ellos, los negros, notables ganaderos, mineros, comerciantes y vendedores de marfil y ébano al hombre-lejano-poderoso siguieran teniendo la piel negra felicísimamente negra, a diferencia de los seres astrales, marcianos o venusianos que, según los datos de su ciencia negra, habían de ser blancos, rubios y con los ojos alucinantemente azules. Y esta convicción de que el mundo estaba bien así aumentaba aún — más violentamente —, se convertía en evidencia para el Muecas cuando, ya de noche, saliendo de palacio, con calor en el interior del estómago, llegaba a la mansión residencial y tras comprobar la presencia de los tres cuerpos cálidos en el colchón, podía introducirse en aquel ámbito gratísimo con lo que su felicidad física aún crecía, bien fuera sencillamente y sin escándalo, bien — si mejor le parecía — después de haber repartido los golpes que le parecieran convenientes entre la grey soñolienta haciendo así otra vez evidente su naturaleza de señor. Si luego, en el momento delicioso de conciliar el sueño, aún llegaban los píos de los yearling, el Muecas se dormía no sólo feliz, groseramente feliz, sino hasta con una sonrisa de felicidad refinada en los ángulos de su recia boca trabajada por el tiempo y por la intemperie de una guerra y de dos paces dichosamente superadas.

Narrador

Como noche de sábado, Pedro comió más rápidamente. En el comedor estaba detrás del matrimonio arrugadito y entre otras dos pequeñas mesas en que se sentaban dos hombres solos. La pescadilla mordiéndose la cola apareció sobre su plato, tan perfecta en sí misma, tan emblemática, que Pedro no pudo dejar de sonreír al verla. Comiendo esa pescadilla comulgaba más íntimamente con la existencia pensional y se unía a la mesa de mártires de todo confort que han hecho poco a poco la esencia de un país que no es Europa. El uróvoros doméstico tenía una apariencia irónica, sonriente.

No se mordía la cola con verdaderas ganas, sino delicadamente, sólo lo necesario para que no se le escapara y volviera a estirar toda su larga estatura de pez innoblemente marino, aún no del todo corrompido, blanco de carne pero con rubores amoratados donde la corrupción comienza. El limón exprimido para disimular lo que pudiera haber de non sancto le recordó la limonada agria que había tomado días atrás. Sacudió la cabeza y atacó la naranja fría. Entre los huéspedes corrieron los comentarios inútiles. La criada se movió con más apresuramiento que otros días pensando en la salida. Pedro se despidió. Renunció a la extraña tertulia de otras noches con las tres generaciones embobadas. Salió por el pasillo hacia su cuarto y al volver hacia la puerta de salida, la decana le salió al paso para decirle adiós, para recomendarle que se abrigara el cuello a pesar de que todavía no era invierno y para que no volviera demasiado tarde aunque al día siguiente fuera domingo.

Pedro bajó los tres pisos de oscura escalera iluminada apenas por anémicas bombillas. Los escalones de madera vieja olían a polvo, algunos crujían. En el descansillo de abajo una pareja de novios se apretaba en un rincón. La criada del piso de abajo y un soldado de paisano del mismo pueblo. Salió a la pequeña calle. Andando con paso rápido pasó ante una taberna con cabeza de toro. Llegó a la plazuela de Tirso de Molina. En la entrada del cabaret barato había ya algunos con aspecto de chulos, esperando que llegaran los primeros clientes. Siguió por una calle oblicua de escasa pendiente. El comercio de segundo orden de la calle tenía en su casi totalidad apagadas las luces. Alguna tienda solamente gastaba kilowatios. En un almacén confuso se acumulaban máquinas de hacer café de segunda mano y veladores viejos con silloncitos de mimbre. Llegó a la esquina de Antón Martín con su entrada de metro y con más luz. Había dos taxis parados y otro dando lentamente la vuelta. Algunas mujerzuelas de aspecto inequívoco se estacionaban en las aceras o tomaban café con leche en turbios establecimientos con dorados falsos. Vendedores ambulantes de diversas especies ofrecían sus mercancías a pesar de la hora. Siguió adelante. De un café cantante barato salía una voz de gitano entrenándose — quizá — para más tarde, pues aún no se veían parroquianos. Venía un airecillo cortante desde el este. Para evitarlo, dejó a un lado la cuesta de Atocha con toda su apertura desabrida y se metió por las callejas más retorcidas y resguardadas de la izquierda. Estaban casi vacías. Siguió andando por ellas, acercándose sin prisa, dando rodeos, a la zona de los grandes hoteles. Por allí había vivido Cervantes — ¿o fue Lope? — o más bien los dos. Sí; por allí, por aquellas calles que habían conservado tan limpiamente su aspecto provinciano, como un quiste dentro de la gran ciudad. Cervantes, Cervantes. ¿Puede realmente haber existido en semejante pueblo, en tal ciudad como ésta, en tales calles insgnificantes y vulgares un hombre que tuviera esa visión de lo humano, esa creencia en la libertad, esa melancolía desengañada tan lejana de todo heroísmo como de toda exageración, de todo fanatismo como de toda certeza? ¿Puede haber respirado este aire tan excesivamente limpio y haber sido consciente como su obra indica de la naturaleza de la sociedad en la que se veía obligado a cobrar impuestos, matar turcos, perder manos, solicitar favores, poblar cárceles y escribir un libro que únicamente había de hacer reír? ¿Por qué hubo de hacer reír el hombre que más melancólicamente haya llevado una cabeza serena sobre unos hombros vencidos? ¿Qué es lo que realmente él quería hacer? ¿Renovar la forma de la novela, penetrar el alma mezquina de sus semejantes, burlarse del monstruoso país, ganar dinero, mucho dinero, más dinero para dejar de estar tan amargado como la recaudación de alcabalas puede amargar a un hombre? No es un hombre que pueda comprenderse a partir de la existencia con la que fue hecho. Como el otro — el pintor caballero — fue siempre en contra de su oficio y hubiera querido quizás usar la pluma sólo para poner floripondiadas rúbricas al pie de letras de cambio contra bancas ginovesas. ¿Qué es lo que ha querido decirnos el hombre que más sabía del hombre de su tiempo? ¿Qué significa que quien sabía que la locura no es sino la nada, el hueco, lo vacío, afirmara que solamente en la locura reposa el ser-moral del hombre?

Pero la cosa es muy complicada. Mientras que Pedro recorre taconeando suave el espacio que conociera el cuerpo del caballero mutilado, su propio racionalismo mórbido le va envolviendo en sus espirales sucesivas.   *Narrador*

Primera espiral: Existe una moral — una moral vulgar y comprensible — según la cual es bueno, sensato y razonable el que lee libros de caballería y admite que estos libros son falsos. El libro de caballería intenta superponer sobre la realidad otro mundo más bello; pero este mundo — ay — es falso.

Segunda espiral: Surge, sin embargo, un hombre que intenta que lo que no puede en realidad ser, a pesar de todo sea. Decide pues creer. El mal — que sólo era virtual — se hace real con este hombre.

Tercera espiral: Quien así procede — a pesar de ello — es llamado por sus conciudadanos *El Bueno*.

Cuarta espiral: La creencia en la realidad de un mundo bueno, no le impide seguir percibiendo la constante maldad del mundo bajo. Sigue sabiendo que este mundo es malo. Su locura (si bien se mira) sólo consiste en creer en la posibilidad de mejorarlo. Al llegar a este punto es preciso reír puesto que es tan evidente — aun para el más tonto — que el mundo no sólo es malo, sino que no puede ser mejorado en un ardite. Riamos pues.

Quinta espiral: Pero tras la risa, surge la sospecha de si será suficiente con reír, si no será preciso más bien crucificar al hombre loco. Porque lo específicamente escandaloso de su locura es que pretende imponer y hacer real la misma moralidad en que los que de él se ríen — según afirman — creen. Si alguien dejara de reír por un momento y lo mirara fijamente pudiera llegar a contagiarse. ¿Será un peligro público?

Sexta espiral: Pero no hay que exagerar. No hay que llevar esta conjetura hasta sus límites. No debemos olvidar que el loco precisamente *está loco*. En ese "hacer loco" a su héroe va embozada la última palabra del autor. La imposibilidad de realizar la bondad sobre la tierra, no es sino la imposibilidad con que tropieza un pobre loco para realizarla. Todas las puertas quedan abiertas. Lo que Cervantes está gritando a voces es que su loco no estaba realmente loco, sino que hacía lo que hacía para poder reírse del cura y del barbero, ya que si se hubiera reído de ellos sin haberse mostrado previamente loco, no se lo habrían tolerado y hubieran tomado sus medidas montando, por ejemplo, su pequeña inquisición local, su pequeño potro de tormento y su pequeña obra caritativa para el socorro de los pobres de la parroquia. Y el loco, manifiesto como no-loco, hubiera tenido en lugar de jaula de palo, su buena camisa de fuerza de lino reforzado con panoplias y sus veintidós sesiones de electroshockterapia.

Pero no se sabe quién fue aquel a quien llaman Don Miguel que conociera la calle provinciana, tranquila y limpia. Nunca dominado por la furiosa locura que, sin embargo, dormitaba en él: sólo la soñaba y expulsando fantasmas de su cabeza dolorida, evitó acabar siendo el Mesías. Porque él no quería ser Mesías. El quería ganar dinero, cobrar impuestos, casar la hija, conseguir mercedes, amansar y volverse benignos a los grandes. La historia del loco y todas las otras historias admirables no fueron nada esencial para él sino fatiga divertida, muñequitos pintarrajeados, hijos espurios que tuvo que ir echando al mundo para precisamente (y ésta es la última verdad) al no ganar dinero, al no cobrar sus débitos, al malcasar la hija, al no lograr mercedes, al ser despreciado y olvidado hasta en las ansias de la muerte poder no enloquecer.

Ya está más lejos. Ha atravesado la fugaz ciudad nocturna tan apesadumbrada de iglesias cerradas y tabernas abiertas, de luces eléctricas oscilantes y de esos coches que se lanzan a toda velocidad en estas horas, por la confluencia de las grandes vías como conducidos por suicidas lúcidos, autos descapotables abiertos en las noches frías para que se vea la cabellera rubia de la mujer de precio o su estola de visón, autos plateados de marcas caras cerrados para que no se vea la máscara de la brutalidad ebria de los grandes, autos inmensos, potentísimos, con formas de elegantes cetáceos que caminan lentamente, contoneándose con balanceo de lujuria tras otra que ha salido del bar de nombre famoso y que espera sólo que la noche se haga más cerrada para decidir sin esfuerzo de la portezuela de mandos automáticos, autos lanzados como proyectiles hacia un futuro de placer tangible. Desde la puerta de los hoteles le ha golpeado el calor como de boca próxima, pero no lo ha advertido porque iba hundido en su vagoroso racionalismo. Pero ahora sí, se detiene y mira pasar los autos y siente el especial ruido de los neumáticos de buena calidad al despegarse de los adoquines por la noche, cuando no pasa más que un auto por la inmensa extensión desértica de la plaza con una fuente tirada por leones. Y sigue hacia el café, también caliente, con calor distinto del calor de los grandes hoteles que es calor de cuerpo de cortesana, con calor alegre de jóvenes que gritan que es calor de cuerpo de guardia.

En cuanto entra, comprende que está equivocado, que venir a este café era precisamente lo que no le apetecía, que él prefería haber seguido evocando fantasmas de hombres que derramaron sus propios cánceres sobre papeles blancos. Pero ya está allí y la naturaleza adherente del octopus lo detiene. Su pico gritón ha comenzado a cantar. Su rostro blando y múltiple, continuo y siempre renovado le contempla. Ya ha saludado, ya escucha, ya las ventosas se le adhieren inevitablemente. Ya está incorporado a una comunidad de la que, a pesar de todo, forma parte y de la que no podrá deshacerse con facilidad. Al entrar allí, la ciudad — con una de sus conciencias más agudas — de él ha tomado nota: existe.

Como en una ondarreta promiscua y delectable, acumulando sus cuerpos en el momento más vivaz de la marea en zonas inverosímilmente restringidas, invadiendo unos de otros los espacios vitales, molestos pero satisfechos, aspirando a pesar de la escasez del ámbito a una máxima ocupación de lo ocupable, cada individuo ávido de recepción-emisión mostrando con análoga impudicia la desnudez, ya que no de carnes recalentadas y cocidas sí de teorías, poemas o ingeniosidades críticas, la muchedumbre culta se derrama por aquella restringida playa y más felices que los bañistas que de un único y lejano sol con la intensidad posible gozan, cada uno de ellos era sol para sí y para el resto de los circumrodeantes que ininterrumpidamente a sí mismos se admiraban sintiendo un calor muy próximo al del solario cuando la gama ultravioleta penetra hasta una profundidad de cuatrocientas micras de interioridad corpórea activando provitaminas, capilares y melanóforos dormidos. Pero a diferencia de aquella morfina solar que dulcemente atonta y va incorporando el hombre a la materialidad inerte, la nocturna droga del café literario más bien produce ebullición y estímulo en la maquinaria oculta cuyas ideas un día inquietarán las mentes de los mejores en aulas, colegios, seminarios. Esos pequeños chisporroteos de una luz violácea que, mirando con atención, pueden advertirse en las sienes de los maestros las noches de los sábados y que desde tales plataformas se introducen sin esfuerzo a través de las frentes de jóvenes ojerosos y gárrulos, dejando una señal rosada, son fecundaciones tan necesarias a la marcha del gran carro de la cultura como los juegos de los pólenes que ya llevados por el viento, ya conducidos por vulgares moscardones, ya como en el caso de la orquídea madagascareña en la específica trompa de una mariposa nocturna todavía no clasificada pero cuya longitud en centímetros admite profecía, aseguran una exogamia imprescindible para el caminar continuo de la especie. Y no porque cada maestro (por otra parte por nadie reconocido como maestro) diga a cada discípulo (por otra parte nunca por sí mismo tenido por discípulo): "Esto has de hacer", "Aprende lo que digo", "No abuses del gerundio", "Nunca obra literaria alguna escribas en que el elemento sexual esté completamente ausente", "Observa la realidad viva de la naturaleza humana en la casa de pensión en que modestamente habitas" con ademán doctrinal y palabra especiosamente emitida, sino porque al decir frases tales como: "Es completamente imbécil", "No tiene ni idea de escribir", "No ha leído a Hemingway" crean un humus colectivo de cuya pasta flora inconscientemente todos se alimentan y así nunca alabando, criticando siempre, desdeñosamente alzando una ceja hasta la altura de la media frente, pal-

79

meando aprobadoramente en el hombro del menos dotado de los circunstantes, hablando de fútbol, pellizcando a una estudiante de filosofía, admirando el traje de terciopelo negro y la larga trenza de una cursi aliteraturizada, haciendo un chiste cruel sobre un pintor cojo que se arrastra hacia su mesa, simulando proezas amatorias merced a una hábil reiteración de llamadas telefónicas, tratando con impertinencia apenas ingeniosa al camarero que ha escrito ya siete comedias, haciéndose convidar a café y copa por un provinciano todavía no iniciado, fumando mucho, hablando sin parar y no escuchando, aseguran entre todos la continuidad generacional e histórica de ese vacío con forma de poema o garcilaso que llaman literatura castellana.

Pedro se detuvo un momento en la ribera misma de la playa para buscar un hito orientador, un trocito de arena libre sobre el que poder extender su espíritu y sus últimas lecturas. Al fondo Matías alzó un brazo. Para llegar hasta allá era preciso atravesar el caos sonoro, las rimas, los restos de todos los fenecidos ultraísmos, las palabras vacías de Ramón y su fantasma greguerizándose todavía a chorros en el urinario de los actores maricas, las ensoberbecidas muchachas pálidas vestidas de negro que cuando es moda pintarse la boca, se pintan sólo los ojos y cuando es moda pintar los ojos, se hacen unas bocas sangrantes, el humo de los cien mil y uno cigarrillos, la suma de la pedantería derramándose, las uñas cargadas de negro, la roñosería que reserva un único duro para el café con leche de la noche que da derecho (con su azúcar) a permanecer en el templo donde la miel de la sabiduría va poniendo pegajosos los mármoles.

Atravesó como pudo tropezando con calvas sonoras y con ojos relucientes. Matías se alegraba al presentarle:

— Mira. Vale la pena. Ha leído a Proust — señalando a

una muchachita con gafas que, por variar, no iba de negro sino con un jersey amarillo limón a tono con sus formas.

— ¿De veras? — se interesó Pedro.

—No la mires ya más. Vas a turbarla — le ordenó Matías —. Toma una ginebra.

E inmediatamente, olvidando a Pedro, volvióse a la muchacha explicándole otra vez más precisamente, con más ingenio todavía, la importancia de la novela americana y la superioridad de sus más distinguidos creadores sobre las caducas novelísticas europeas que habían concluido un ciclo literario y que no sabían salir de él quizá porque al hacerse conscientes del fin de dicho ciclo y de la inevitable decadencia, toda pura ingeniosidad técnica permanecía inane y sólo la pedantería chovinista podía hacer creer a los retrasados mentales de los liceos galicanos y a todos los otros mentecatos del ancho mundo que estuvieran haciendo gran novela todavía, cuando ya no era más que ingenio francés y falta de garra y de realidad y de auténtica grandeza, todo lo más ejercicios de caligrafía, labores de joven clorótica en internado suizo, por no decir bordado y punto de cruz. La muchachita reía agitando su jersey.

Reconfortado por la ginebra, precipitándose sobre su turno de uso de la palabra, Pedro también — ¿por qué no? — rompió a hablar. Jueguecillos estéticos. Olas que vienen y van. Mareas del espíritu. Pepinvidálides de Egipto. Hay situaciones en que el atolladero es total. Evidentemente, sí, evidentemente. Hay que leer el Ulysses. Toda la novela americana ha salido de ahí, del Ulysses y la guerra civil. Profundo Sur. Ya se sabe. La novela americana es superior, influye sobre Europa. Se origina allí, allí precisamente. Y tú también, hija mía, tú también. Si no lees no vas a llegar a ninguna parte. Seguirás repitiendo la pequeña historia europea de Eugenia Grandet y las desgracias de los huérfanos te conmoverán por los siglos de los siglos. Amén. Así sea. Ansisuatíl.

El jersey amarillo pareció ser arrastrado por el reflujo de una resaca irresistible cuando un muchacho alto, con barba, la hubo mirado a través de una gafas redondas. Desapareció. No existe. Boca roja pintada. Volatilizada.

Indiferentes siguieron hablando, simbiotizándose, apelmazados en una única materia sensitiva. La ciudad, el momento, la rigidez propia de una determinada situación, de unos determinados placeres, de unas prohibiciones inconscientemente acatadas, de un vivir parásito pecaminosamente asumido, de un desprenderse de dogmas dogmáticamente establecido, de un precisar de normas estéticamente indeterminado, de un carecer de norte con varonil violencia — aunque con estéril resultado — urgentemente combatido, los hacían tal como sin remedio eran (como ellos creían que eran gracias a su propio esfuerzo). El bajorrealismo de su vida no llegaba a cuajar en estilo. De allí no salía nada.

Pidió su segunda ginebra y comenzó a animarse. Había tomado también un café solo. Sentía la cabeza fuerte y tenía tentaciones vagas. La conversación le había animado a pesar de su vacío espiroideo. La imagen de Cervantes volvía a su imaginación tontamente como se repite una musiquilla sin sentido. Cervantes en medio de este grumo de humo y grito no parecía lógico. Y el galimatías literario-sentimental de Matías no significaba sino la falta del ángel viajero que le ayudara a sacar el pescado por las agallas. Pero Matías tenía ese calor adhesivo que le obligaría a continuar a su lado por un lapso de tiempo indefinido pero indudablemente largo. ¿Estaba Matías ya borracho? Probablemente no, en ese estado intermedio en que tanto la conversación como el ingenio son posibles.

Pero, he aquí, que ya Matías le estaba presentando, sin previo aviso, a un pintor alemán de apellido confuso cuya cacofonía recordaba el nombre de un filósofo suavo. El pintor alemán era alto y delgado — hético — y gozaba de una barba rubia en puntita. Tenía ojos débiles de niño mimado y parecía necesitado de protección. Rígido y temeroso le miraba. Haciendo un esfuerzo, insistió en que se sentara y le pidió una ginebra muy cargada para que se la bebiera de prisa, sin consultar y se pusiera a tono. Matías parecía, a causa de su humanismo propio, no por la escasa humanidad que el alemán emanaba, haberle tomado bajo su protección y le hablaba grandielocuentemente de temas vagos que no tenían nada que ver con la pintura, ni con la guerra, ni con la melancolía atónita del alemán-ratón canceroso. Pero este caballero de triste figura sólo de pintura quería hablar y decir que expondría en Buchholz e insistir en que su pintura era un neoexpresionismo y preguntarles que por qué no ahora mismo, en el acto propiamente dicho y sin subterfugio de ningún género, ellos, después de haber consumido la necesaria cantidad de ginebra, no se trasladaban a su estudio donde, con la contemplación de sus cuadros, podrían hacerse cargo de la ninguna necesidad de atractivos sensoriales en la obra de un alemán para expresar el pathos atormentado de un pueblo culpable y en derrota. "Pero vamos a tomar primero esas copas", protestó Matías.

— Bono — admitió el pintor.

Su impaciencia era grande. Era absolutamente necesario que sus nuevos conocidos no pudieran formar un juicio de él únicamente por su aspecto físico y por el imperfecto dominio del idioma que le impedía expresar sus ideas, sino que tomando contacto con su obra, lo elevaran sobre el pedestal que naturalmente merecía. Así pues, sacando un montón de billetes desmesurado para el sitio y la hora, ordenó al camarero-dramaturgo que súbito y presto colocara nuevas dosis mortíferas en los vasos portadores del tóxico. Lo que ejecutado por el maestro copero ágilmente, tuvo como consecuencia un trasiego rápido y satisfactorio sin que nadie diera muestras de asombro, excepto el propio pintor que insistió en repetir por varias veces a sus expensas el mismo bonito número de prestidigitación.

— Ahora esto está aquí — anunció gravemente mientras iniciaba el gesto de beber — y ahora ya no está — cuando el vaso estuvo vacío —. Ha pasado al interior del corpo.

La risa no era el comentario adecuado a este tipo de humor constatativo sino el pasar inmediatamente a la aplicación universal del método, lo que inició Matías, inspirado por su ángel:

— Ahora esta silla está aquí abajo — cogiendo aquella en la que estaba sentado —. Y ahora está aquí arriba — colocándola encima del mármol negro de la mesa.

— Pero tu corpo no está donde era — protestó el alemán que provenía de una raza más dotada para la estricta metafísica.

— Lo está — dijo Matías encaramándose y sentándose triunfalmente ante el gesto de disgusto, no exento de admiración, de la muchedumbre letrada de nivel alcohólico moderado o nulo.

Tres camareros avanzaban enérgicamente hacia la silla curul y Matías hubo de limitar el alcance temporal de su experimento que, por el contrario, en el aspecto espacial no le pareció dejar nada por desear. Allá abajo estaban las tres o cuatro mujeres extrañas vestidas de terciopelo negro y con trenzas y las dos o tres actrices con los ojos pintados sonriendo y pensando que era tonto. Esta breve ruptura de lo habitual, conseguida a tan bajo precio, le llenó de una convicción de infalibilidad semejante a la de otros ocupantes de sillas gestatorias más trabajosamente conquistadas a lo largo de los siglos y gracias a ritos tradicionalmente estipulados entre los que la castidad con mantenimiento de integridad glandular no le parecía en aquel momento el menos molesto. A su descenso, el todavía-no-loco-pintor seguía aplicando el método constatatorio a materialidades de gran importancia social.

— Esto no está nada pagado — dijo sonriente al camarero —. Y ahora está todo pagado — tras aplicarle el encaje íntegro de un documento al portador que sobrepasaba con creces el consumo.

— Un momento, señor, un momento, señor — les persiguió la honradez ibérica del camarero, mientras los tres se precipitaban hacia las tinieblas exteriores, ebrios de alcohol y del orgullo que brota de los actos libres, dispuestos a embarcarse en la nave del expresionismo y a franquear con ella el océano incierto de la noche.

— Mi corpo está ahora dentro — anunció Matías —. Y mi corpo está ahora en el exterior del local — tras franquear la puerta giratoria dotada de cuatro alas, ya que no de pluma al menos de fieltro rojo y dorado latón.

— Tu corpo no es ahora tu corpo — replicó Pedro —. Tu corpo es corpo de Baco.

A lo que el alemán, tras el lapso de tiempo necesario para la comprensión, replicó estallando por primera vez — aunque no por última — en una walhálica carcajada cuyos ecos golpearon los árboles, las casas y el Ministerio, alarmando a un sereno sentado en una esquina.

— Es muy bono eso, muy bono — admitió amistosamente. ¿Queréis estar al estudio? — preguntó luego con una duda que brotaba repentinamente de un estrato de su ser encubierto por el alcohol y por la risa.

— Bono. Vamos allá — imitó Matías.

Y envueltos en las carcajadas ya sin motivo, del pintor, caminaron inciertamente en la noche hacia una bohardilla de la calle Infantas donde esperaban los secos hijos de su espíritu.

Tras subir los oscuros escalones agarrados unos a otros para no tropezar, el pintor abrió la puerta después de diversas maniobras improductivas en que sucesivas llaves fueron desechadas. Dentro finalmente, la oscuridad oliente a pintura fresca se ofreció en el marco. Nuevos tanteos condujeron a que la luz fuera hecha y ante sus ojos, aparecieron casi innumerables lienzos que tapizaban las paredes del amplio estudio, todos los cuales estaban constituidos por desnudos sonrosados de mujeres gorditas.

— ¡No, no, no! — gritó el pintor neoexpresionista —. No mío. Nada mío. Es de otro — mientras Matías se inclinaba con atención reverente ante uno de los lienzos tomado al azar, como calculando el valor de aquella carne al peso.

— Notable — afirmó Matías —. Tiene magma.

— Per favor — insistía el alemán —. La mía es otro — y señalaba hacia una puerta oculta tras los grandes caballetes.

El propietario del estudio y compañero artista-pintor de Bono parecía tener ideas claras sobre su ideal estético y reiteraba la exposición de las mismas sin un átomo de vergüenza, carente de todo falso pudor. Las sonrosadas damas sonreían estereotipadamente mediante sus rostros de pan tostado y colocaban sus miembros en las más variadas posturas siguiendo las vulgares recetas del arte combinatorio. Sin duda, la presencia de dos cuerpos en lugar de uno en cada lienzo hubiera permitido multiplicar las combinaciones y permutaciones en grado ilimitado, pero incluso sin esta ayuda — que hubiera sido algo semejante a un truco — el artista había conseguido con sus elementales medios dar una idea aproximada del infinito.

— Jubilatio in carne feminae — inició Matías.

— Pulcritudo vastissima semper derramata — continuó Pedro.

— Per favor. No mío.

— No tuyo, pero muy bono.

— ¡Bono no! Asco para mí. Esto no está artístico. No dice nada. No ser expresionista. Arte alemán distinto.

— El número de desnudos que pinta indica el nivel alcanzado por la represión de un pueblo — opinó confusamente Pedro pensando en sus propias represiones. Resultaba grato permanecer en el vasto invernadero de opulentas peonías, en lugar de caminar hacia un presunto Dachau masturbatorio.

Como en telepático pendant, exclamó Matías:

— Nada me ha recordado más las cámaras de gas.

— No cámara. ¡Shocking! — protestó el artista y volviendo a la aplicación de su método lógico y explicativo, continuó:

— Estos cuadros aquí yo no pintado. Yo pintado cuadros están ahí — haciendo confusos gestos direccionales con sus largos brazos que atravesaban el espacio carnal del amplio estudio.

— Antes de entrar en la cámara las desnudaban a todas y les daban una toalla y un jabón para que creyeran que iban a tomar una ducha. Pero estaban más delgadas.

— Imagen espantosa de la muerte, no turbes mi reposo

— recitó Pedro —. Yo no estoy muerto ahí entonces. Yo estoy vivo aquí ahora.

— Digo que mis cuadros están ahí.

— A éstas les falta el jabón en la mano. Haría limpio.

El alemán, ya desaforado, se precipitó hacia su cubículo artístico y entrando por la estrecha puerta, desapareció de su vista. Oyéronse poco después un grito y juramento nada metafísico pues a causa de sus costumbres higiogénicas, trabajaba sólo al albor del día y carecía de toda instalación eléctrica, por lo que la exposición en masa de su propia producción le resultó imposible. Salió al poco con una mancha de pintura fresca verde en una manga y en la otra mano el cuadro para cuya contemplación habían sido hasta allí conducidos, lejos del fragor de la noche sabática. Del vértigo fundamental de la noche y de la primitiva fuerza germinal que pululaba por las vecinas calles estaban ahora alejados por un espacio de forma cúbica ocupado en parte por vecinos profundamente dormidos y desde dentro de la bruma alcohólica, estaban decididos a pedir cuentas al amigo iniciador. Éste como explicación total de la noche, del vértigo, de las cámaras de gas, de la náusea ante el desnudo y de sí mismo, mostró su obra predilecta de pintura aún fresca.

Era un cuadro realmente muy malo. Sobre un fondo color marrón oscuro, con un color marrón más claro y con algunos toques de rojo-infierno se habían representado las ruinas bambalinescas de una ciudad bombardeada. Las piedras se acumulaban demasiado altas a ambos lados de un desfiladero urbano no totalmente obstruido por los cascotes. El argumento de la composición consistía en una gran muchedumbre de seres aparentemente humanos, pero más bien formiciformes de tamaño muy inferior al normal. Tales seres componiendo una especie de vasto río descendían a borbotones hacia el primer plano del cuadro. En las revueltas gesticulaciones de aquel mundo insectívoro y sucio parecía querer expresarse una desesperación colectiva en la que el padecer infinitos sufrimientos se acompañara de la conciencia de la estricta justicia con que habían sido merecidos. El carácter fecaloideo del cuadro y la vermiculosidad de sus protagonistas no eran obstáculo para que fuera mirado con el fervor con que al hijo recién nacido mira una madre (no un padre) por el ebrio, apenas sintactante, buen pagador, humorista constatatorio, brujo de la noche del sábado que para contemplarlo quería absolutamente, necesariamente arrancarles al disfrute, tanto más grato por contraste, de la eternidad de hastío en forma de piel rosada.

— ¿Qué es lo que decía éste antes?

— Shocking...

Fue el comentario de los dos iberos no expresionistas, no constructores de cámaras de gas nunca, aunque sí quizás gritadores de ruedo hasta que por fin el cuerno entra en el manoletino triángulo femoral, no organizadores de progromes, aunque sí quizás en sus genes, varios siglos antes, de inquisiciones al potro con estola quizás o con cucurucho, qué más podía darles.

— Bono. Ya está visto — dijo Matías.

— ¿Te parece bono? — preguntó el alemán siempre ajeno a los bienes de este mundo.

— Muy bono.

— Bono.

— ¿Pero tú qué quieres decir ahí? ¿El fracaso de la civilización europea o la necesidad de perder esa virginidad fiambre que mantienes a fuerza de cuidados y pérdidas nocturnas? — preguntó Matías consecuente con sus teorías acerca del origen de la obra de arte.

— ¿Cómo dice?

— No tiene magma.

— ¿Qué ser magma? Per favor.

Matías hizo girar su vista a lo largo y a lo ancho del estudio con sus brillantes bombillas eléctricas y con su diván a un extremo, donde indudablemente posaba la modelo de las damas rosa, mientras el colega del alemán seguía la investigación de las posibilidades disposicionales de un cuerpo humano en un espacio de tres dimensiones.

— ¿Quieres que te explique?

— ¡Claro! Explica a mí, per favor.

— Tú, pintor pinturero, no has pintado esos cuadros que están aquí. Tú has pintado ese cuadro que está ahí. Si tú, en vez de pintar el cuadro que está ahí, hubieras pintado los cuadros que están aquí, no habrías pintado el cuadro que está ahí. En vez de enseñar el cuadro que esta ahí, enseñarías a tus amigos los cuadros que están aquí. Tú, sabiendo que no habías pintado el cuadro que tienes ahí, no nos habrías traído aquí, sino que olvidando lo que quieres pintar, que no debías pintar así, nos habrías conducido ante los cuadros que están ahí y nosotros no habríamos pasado por aquí... ¿Comprendes?

El alemán guardó silencio. Luego insistió tímidamente:

— Pero, ¿qué ser magma?

— Magma ser todo. Magma la pregnante realidad de la materia que se adhiere. Magma la protoforma de la vitalidad que nace. Magma la fuliginosa pegajosidad del esperma. Magma la roca fundida en su estado primitivo, antes de que se degrade en piedras. Magma los judíos cuando todavía están en su ghetto reproduciéndose entre sí indefinidamente...

— Yo ser judío.

— ¿Qué?

—Sí. Por madre israelita.

Pero se inclinó como si de verdad se interesara por el pueblo formiciforme descendente por el canal de las ruinas. ¿No se habría equivocado Matías? ¿No sería aquello precisamente el magma esencial? Siempre tiene que ser así. Siempre el hombre que aparece en un sábado en el momento adecuado y dice las palabras adecuadas y adivina a tocar en una fibra humana de la que brota algo caliente, tiene que declarar, llegada la hora, que es judío o masón o que ha sido jesuita.

—¡Pronto! ¡Descendamos de este templo de arte! ¡Abandonemos a su suerte esta nave encallada en los tejidos de la noche! ¡La tempestad va a disgregar sus carcomidas tablas! ¡A los botes! ¡Todo el mundo a los botes! ¡Hace demasiado tiempo que no bebo! — y Matías acompañado de súbita timidez, sin lanzar siquiera otra mirada a las tentadoras hembras-pétalo, descendió a saltos la escalera seguido a prudencial distancia por Pedro y por el mismo capitán-de-navío-haciendo-agua que, como corresponde al código del honor de tan alta profesión, se apeó el último y no sin haber contemplado antes, triste pero reflexivamente, la impetuosa vía de agua, como si hubiera todavía alguna esperanza de cegarla con brea y estopa.

La calle les recibió tranquilizadoramente ofreciéndoles un hálito más fresco y la certidumbre de que efectivamente la noche permanecía allí con todas sus posibilidades aún ofrecidas a despecho de la humanidad insectaria y de la pintura neoexpresionista de los pueblos centroeuropeos ignorantes de qué cosa sea verdaderamente eso que llamamos vida. El golpe de aire frío en la cara les devolvía a un tiempo la conciencia alerta de Pedro de ser libre, la conciencia particular de Matías de ser omnisciente (que casi había perdido por un momento) y la voluntad recobrada de ambos de seguir viviendo la borrachera hasta su acabamiento lógico y gradual apoteosis. Penetraron, pues, inmediatamente en una pequeña tasca de la misma calle, en cuya puerta estimulantemente un letrero insistía: "Gran copa de coñac 0,50"; no por el afán de hacer una buena especulación invirtiendo tan menguada cantidad en una dosis de alta gradación, sino por el impulso investigador y curioso de comprobar in propia capita qué género espantoso de bebida podría ser suministrado a tan bajo precio. Efectivamente, el líquido ambarino tenía el aspecto externo del llamado coñac español y la forma de la gran copa era la acostumbrada, pero el resto de sus propiedades organolépticas en nada eran semejantes. Una vez ingerido suministraba un fuerte refuerzo a la alcoholosidad de sus mentes y un siempre flotante y regurgitante regusto al paladar encubriendo a todo gin y a todo veterano superpuestos, que conseguiría amargar la noche a estómagos menos defendidos por un espíritu heroico. Aquel anhélito interno emanado de la gran copa ingerida, tenía un regüeldo a viruta de madera verde y mostraba significativamente en la pegajosidad y permanencia de su relente los peligros que la noche reserva a sus enamorados.

¡Pero qué reconfortantemente les aseguraba esta bebida hecha de cola y betún, de orujo y rabos de uva revenida, que ellos eran capaces de todo, absolutamente de todo en esta noche dislocada! Tras la ingestión del veneno se produjo la desaparición del pintor alemán. Tragado por una cámara de gas aspirante-impelente que recorría la calle Infantas a lo largo de su eje mayor, musitó dos o tres "bonos" sin sentido, intentó abrazarles sin conseguirlo, sonrió otra vez todavía, miró hacia

92

una mujer rubia que trotaba rumbo al próximo local iluminado y les fue arrebatado sobre un carro de fuego.

La próxima desaparición fue la de la misma tasca con su
barra metálica, con las caras estólidas de los bebedores y con
los robustos brazos remangados del servidor nocturno. Toda
esta fantasmagoría apenas existente hizo un movimiento de
envés y se sumió en un vacío recién creado. Avisados por estas repentinas transfiguraciones del posible ascenso a su propio monte Tabor, se asieron el uno al otro por los hombros,
aunque de diferentes estaturas, e intentaron resistir a pie firme
el peor momento. Sumidos en la repetida, inevitable degusta-
ción de la gran copa, agarrados a la mutua cuerda de contacto con la humanidad que se eran respectivamente, habiendo puesto entre los cuadros de pintura rosa y su realidad
presente una distancia se sintieron ya calafateados y aptos
para difíciles travesías. Verdad era que algunos taxis con su
cuerno verde amenazante amagaban próximos haciendo sonar una bocina aunque nocturna penetrante, verdad era que
pasaban a su lado mujeres morenas gruesas bajo abrigos de
mutón doré oscuro y con labios pintados de granate, verdad
era que los anuncios luminosos al neón de diversos establecimientos lograban hacerse legibles a la nubosidad de sus conciencias, verdad era que tenían una cierta noción de que después de un lapso indeterminado de tiempo y tras el agotamiento de ciertos placeres aún imprevisibles deberían regresar
a unos lugares tibios (su receptáculo nocturno habitual) y que
tras haber permanecido en reposo en tales ámbitos, serían elevados por una llamada inimaginable — sólo comparable a la
de las trompetas angélicas del día del juicio definitivo —
hasta una realidad persistente en la cual ellos ocupaban unas
ciertas casillas como tornillos o como piezas metálicas de
máquinas aunque renqueantes nunca del todo inmovilizadas,

pero pese a todo ese suceder que constituía su universo aunque fragmentado real, ellos permanecían sumidos en otra más baja existencia donde los límites no eran cortantes sino romos y donde la amistad no se manifiesta como comprensión espiritual sino como calor animal en el hombro y sostén para un centro de gravedad con peligrosa tendencia a proyectar su vertical fuera de la limitada base de sustentación que poligonalmente circunscriben los dos invisibles trípodes óseos del pie derecho y del pie izquierdo, torpemente conducidos por unas fibras nerviosas funcionando con rendimiento inferior al habitual.

Pero incluso el peor momento nunca es más que eso: un momento. ¡Hasta tal punto es limitada la naturaleza humana! Aunque en un dado momento el hombre parece que va a escapar a su propio ser ya sea en el salto del atleta, ya en el giro de la bailarina, ya en el éxtasis que le pone en contacto directo con la divinidad, ya en la simple ebriedad magnífica en que se constituye a sí mismo como pura euforia desprovista de temporalidad, estos destellos de algo eterno se muestran defectivamente caducos y transitorios. El salto del atleta concluye en la comprobación de que a pesar de todo los músculos de su muslo deben oponerse al pliegue de la rodilla en la caída, el giro de la bailarina acaba en los brazos firmes aunque delicados de su compañero, el éxtasis místico por una cierta alegría concomitante del bajo vientre muestra su pobre naturaleza sublimatoria y la ebriedad alcohólica no se satisface en sí misma sino que lleva al vómito o al grito.

Pasó, pues, también para ellos el mal momento con su carga de eternidad y llegó el instante en que gracias a la ingestión de varios cafés dobles sin azúcar y a las sucesivas exposiciones al soplo frío de la calle, comenzaron a sentirse menos necesitados del mutuo apoyo antigravitatorio. En cuanto hubieron asomado sus cabezas levemente fuera de la náusea del coñac de orujo la necesidad de encaminarse hacia la próxima calle de San Marcos se hizo patente. Sus recios estómagos habían conseguido superar el golpe bajo y sin vómito alguno, sin temblor aparente de sus dedos, con un cierto color verdoso en los rostros pero sin haber medido el suelo, se encontraron sentados en el peluche rojo de un pequeño café de barras niqueladas donde un aparato automático de tocar discos empezaba una y otra vez la misma canción andaluza hecha de cante hondo degenerado y de rasguear de aguja vieja sobre la ebonita negra. En el café se sentaban, un poco más allá, una gruesa vendedora de cacahuetes y un viejo con aspecto de impedido, aunque no ciego, que les miraba atentamente a través de unas gafas oscuras. En la barra se apoyaba el sereno del barrio con su acostumbrado guardainfante de fajas y bufandas. Varias mesas más allá reposaba un mujer de aspecto nocturno, pero desgraciadamente triste y casto. Por encima de ella en otro piso de mesas, varios viejecillos más — tal vez acomodadores del próximo cine — consumían en silencio sus cafés con leche. La puerta del retrete crujía al mover sus espejos oxidados que reflejaban apenas unas bombillas amarillas. Aún no se había transformado en cafetería aquel recinto superviviente de pasadas épocas y la melancolía que exhalaba era demasiado poderosa para poder ser aguantada mucho tiempo. El sereno les miraba con sus ojillos contraídos y los que habían irritado una vez más a la máquina tocadiscos para que profiriese la misma quejumbrosa canción, eran una pareja de chulillos vestidos de oscuro que se permitían taconear ligeramente con su ritmo y que por lo demás, no hablaban, se miraban solamente, se reían, apenas daban palmas, permanecían cuidadosos todo a lo largo de la noche de que sus bufandas blancas continuaran exactamente colocadas entre el cuello de su chaqueta y los tufos excesivamente largos y pegajosos de la nuca.

"Y ese muchacho andará por ahí hecho un perdido, como si fuera un perdido, igual que mi difunto, cuando él en realidad es otra cosa y lo bien que le vendría a nuestra niña. La tonta de Dora me creo que ya le ha puesto sobre aviso, le ha insinuado demasiado claramente que la niña es un bombón, una perita de agua para una boca que conoce todavía demasiado poco. Un hombre corrido sabría apreciar, pero este pobre infeliz — que en el fondo es un infeliz que parece que le quiero como si ya fuera hijo mío — no aprecia. La ve como una niña y si se deja sentir demasiado la intención saldrá de estampía, buscará otra pensión y a otra cosa. Nuestra niña a mecerse en la mecedora o todo lo más a cargársela a cualquiera de esos miserables representantes o capitanes de patata que no tienen donde caerse muertos. Como si para ellos estuviera la criatura. Antes prefiero que haga lo que hizo la madre que aunque incómodo al menos no es miserable. Pero no. No seamos tan negros. Todavía ha de picar. Yo creo que picará. Él es así, un poco distraído como intelectual o investigador o porras que es. No acaba de ver nunca claro y como no es corrido, tarda más en apreciar la categoría de la niña. Pero el día que se vea comprometido no ha de saber defenderse y ha de caer con todo el equipo y cumplir como un caballero, porque eso es lo que él es precisamente, un caballero, que es lo que a mí siempre me ha hecho tilín. Un señor, lo que se dice un señor. Alguien que cumple con lo que hay que cumplir y no como esos otros, sinvergüenzas, carne de chulo. Como el efebo de su padre que Dios le haya perdido de vista. El caso es que cuando sale estoy que ni sé. No me duermo. A mi edad dormimos poco aunque estemos bien conservadas. Y cuando sale me lo estoy imaginando por esos cafés de camareras, si es que hay todavía, y por esos reservados, llevado por malas amistades, él que estoy segura que ni batir palmas sabe, entre malas mujeres de esas tiorras frescas que pueden hacerle cualquier cosa y pervertírnoslo y hacerle parecer lo que no es y abrirle los ojos. No es que él no los tenga abiertos claro está el angelito, que es estudiante de biología, pero a veces tiene ese aspecto tan inocente que me sorprende, porque a mí me parece que otro hombre no la habría dejado como todavía está la niña ésta como el día que salió del vientre de su madre, que ni la ha tocado y eso que yo le puse la alcoba a su lado y venga la tonta de la Dora a decir: 'Como que la niña duerme sola', cuando esas cosas los hombres las averiguan y no hay que decirlas nunca en voz alta. Tiene que ser inocente este hombre o tan bueno que no se ha aprovechado aún. De estos hombres creo yo que no había en mi tiempo. Y a él le gusta, claro que le gusta, eso se nota. Se le ponen los ojos tiernos mirándola cuando la muy pícara, aunque inocentona también y sin veneno, se balancea en la mecedora como una pánfila y le mira de reojo. Yo no sé cómo es tan inocente este hombre. Pero que me lo van a malear es un hecho. Casi me da miedo lo de que la niña duerma sola, que es dar muchas facilidades y cualquiera de ésos, como el representante, se puede aprovechar y creer que es para él el bocato di cardinale como decía mi difunto de la parte esta mía del muslo cuando la tocaba porque es tan blanca — y aún se conserva — y hacía como que la mordía. ¡Qué guasón! ¡Ése sí que era hombre! Pero éste también me gusta. Me gusta y aunque no sé como ponerle en el disparadero de su hombría porque no estaría bien, digo yo, celestinear a la nieta en quien ha celestinao a la hija con tanto provecho como yo lo he sabido hacer. Porque esa tonta cuando el bailarín la dejó como la dejó, si no por mí y por mi celestineo, que no me da vergüenza porque al fin y al cabo Dios ha hecho así el mundo, me la encuentro al cabo de unos meses en el mismísimo arroyo porque no he visto menos aptitudes para darse importancia y para ponerse en valor como decía aquel chistoso que la quería poner en valor, el francés digo que entendía de todo y quería ponerla en valor en París de la Francia, que si no estoy allí avispada me quedo sin valor y sin hija. Pero nanay la hija de mi madre, estaba yo ya entonces bien bragada cuando se acabó del todo lo del cambio de la edad y lo mismo me daba y los ambientes de los cafetines concierto me los sabía como las yemas de mis dedos, sólo que donde bien se puede vender tal mercancía no es sino en la propia casa en una casa decente y honrada en que cada uno cree que es la excepcional virtud engañada y se vuelven mieles y tienen tentaciones de hablar de matrimonio, aunque al final se contienen porque todo se nota, no faltaría más. El caso es que estoy aquí toda preocupada porque ha salido un sábado. Por la noche. Un sábado. ¿Es mi hijo acaso? Y aunque fuera mi hijo. Un hombre se tiene que foguear como los soldados y más éste que nunca ha ido a la guerra. Es lo que les pasa a los hombres de ahora. No llegaron a tiempo a la última guerra y con tanta paz y la alimentación floja que han tenido en la infancia, están poco seguros de lo que es una mujer y creen que es como un diamante que hay que coger con pinzas y que hay que hablar con ella antes en francés para averiguar lo que tiene dentro. Si hubieran estado en avances, conquistas y violaciones y aprendieran así bien lo del botín y el sagrado derecho a la rapiña de los pueblos conquistados y no lo hubieran leído sólo en novelas, otro gallo les cantara. Otro estilo tendrían, pobres de nosotras, y este tontito no sólo habría pasado por la alcoba de mi niña, sino que ahora ya estaría muy lejos y nosotras todas despavoridas, le habríamos visto pasar como se nota la pezuña de Belcebú, más por el ruido que hace y el olor a chamusquina que deja que por las palabras de miel que salen de su boca. Pero claro es que si él hubiera sido como el protervo, la niña hubiera seguido durmiendo en mi cuarto y todos los planes se habrían hecho de otro modo y a lo más a que se hubiera llegado, a contar chascarrillos verdes con la tonta de la Dora, que siempre se ríe con esas cosas y yo hubiera fruncido mi hocico y le hubiera dicho lo de la casa decente y le habría mandado con viento fresco que buena falta le haría. Pero el caso es que no, que es como nuestro San Luis Gonzaga, que no le faltan más que el rosario y los lirios y que nos aguanta conversación y que se está las horas muertas en el comedor por la noche y que ya no me extrañaría de él nada, ni siquiera que me viniera un día, de azul marino, a pedirme su mano con un ramo de flores violetas que es el color que corresponde a mi edad aunque esté tan bien conservada."

La inmediata proximidad de los lugares sagrados, templos de celebración de los nocturnales ritos órficos se adivina en ciertos signos inequívocos. La organización municipal provee al buen orden en la zona al mismo tiempo con una prudente reducción de la potencia del alumbrado público y con un no menos prudente aumento de los funcionarios abrepuertas que, desprovistos hace ya años de su ombligo luminoso, no por eso dejan de ostentar con orgullo un manojo de llaves relucientes y un impávido rostro al que nada espanta cabalgando sobre la bufanda espesa. Los obreros jóvenes en gabardina — que anteriormente hubieran sido llamados menestrales — así como los representantes del aprendizaje de diversas profesiones liberales y algunos hombres de generaciones más tardías, mejor provistos biológica que crematísticamente, constituyen el grueso de esa marcha colectiva pletórica de dificultades, sembrada de escollos imprevistos, necesitada de heroicos esfuerzos, facilitada únicamente por cierta camadería vergonzante expresada más en el no mirarse a los ojos de los hombres, que en auténticos golpes cariñosos en la espalda de los que mutuamente se desconocen pero que se saben unidos en gavillas incongruentes por una misma naturaleza humana impúdicamente terrenal.

Ya desde el primer momento, los complicados actos a realizar en el estéril intento de aplacar la bestia lucharniega están marcados por el sello del azar. ¿Por qué entraremos en el 17 y no en el 19? ¿Quién puede adivinar en cuál de estos portales nos detendremos definitivamente? ¿Quién sabe si aquel objeto de nuestro instinto del que guardamos un recuerdo grato y nebuloso, hoy, en este momento preciso de la noche, no estará dormida, indiferente a nuestra posible llegada? ¿Quién puede asegurar que, en el caso de que no lo esté, no haya sido transferida al 21 o al 13 de la misma calle? ¿Quién puede estar cierto de que en el momento de percibir su misma materialidad corpórea bajo un disfraz ligeramente modificado (falda negra ceñida en lugar de traje de baño rojo, bata rameada amarillenta en lugar de deuxpièces azul cielo, cabellera negra y dientes relampagueantes en lugar de pelo desteñido a dos tonos y boca fruncida con dentadura rota en mesilla de noche, piel morena bien empolvada en lugar de bozo en el bigote discretamente desarrollado, senos turgentes bajo sostén negro francés en lugar de pechos caídos bajo blusa de seda de color verde) pueda ser reconocida por el aturdido sacrificante? ¿Quién puede esperar que, en el caso de su reconocimiento, la mariposa vital del deseo alce su vuelo otra vez en lugar de ser aplastada por el mazazo de la náusea al advertir que desciende las escaleras acompañada de otro hombre al que acaba de servir en nuestra ausencia? Sea como fuere y renunciando a tan enojosas interrogaciones, el azar es el dios que más aún que el amor, preside tan sorprendentes juegos.

Doña Luisa tenía allí las complicadas funciones de mujeresclusa. Cuando el flujo multitudinario de los sábados rebosaba los pasillos, superando todo posible cálculo o planificación para su endose en los diversos hábiles espacios de la casa, ella con el solo desplazamiento de su humanidad vetusta, obturaba del modo más eficaz el paso por la encrucijada clave y enviaba a los despojos de la calle bien hacia el salón, bien hacia una cierta sala de espera siempre vacía de mujeres, bien de nuevo a la lóbrega escalera hacia el reino de los serenos y de su auxiliar resignadísimo, una viejecilla arrugada que abría la puerta de la calle desde dentro y que — cuando no lo hacía — permanecía sentada en una silla como las que suele haber en las iglesias. En estos casos, cuando Doña Luisa impedía de modo total el paso y la esclusa ya no sólo era dique sino hasta rompeolas la veterana alcanzaba toda su grandeza. Encrespadamente el dragón del deseo la golpeaba con sus alas rojas y lengüetazos de fuego chamuscaban sus nobles guedejas grises, pero imperturbable continuaba impidiendo la entrada a quienes no habían llegado a merecerla. Tal vez únicamente una cierta actitud humilde, unos ojos tiernos, un conocimiento antiguo cimentado en bases económicas, una belleza varonil tocada de los atributos de la extrema juventud podían conmover la severidad de su celo discernidor en las noches concurridas. Así es como Matías pudo alcanzar que él y Pedro penetraran en el alcázar de las delicias en el mismo momento en que el pueblo bajo era rechazado a pesar de que ostentosamente mostraba en las encallecidas manos el necesario billete de cinco duros fruto de su honrado trabajo.

La atmósfera del salón a aquella alta hora de la noche era irrespirable. Las emanaciones de los cuerpos acumulados desde media tarde en tan reducido espacio, el humo del tabaco al que no había modo de dar salida ya que toda apertura de ventana al exterior está rigurosamente castigada, el polvo levantado cuando el barro de los pies de los visitantes consigue paulatinamente desecarse, los perfumes baratos, las toses repartidas en mil partículas esféricas y microscópicas, la brillantina chorreante de muchas cabezas masculinas constituían un fluido denso sólo a cuyo través era dado admirar los cuerpos esculturiformes apenas velados por las vestimentas más inverosímiles y breves de las blancas de cuya trata era cuestión, apoyados en una de las largas paredes. Contrastando con el estruendo de la tumultuosa escalera y con la riqueza de elementos táctiles, aromáticos y visuales, un discreto silencio avergonzado daba un aire aun más litúrgico a la escena. El deseo mudo se expresaba en miradas casi de refilón, casi ocultas, casi disimuladas. A veces dos o tres clientes, más impresionables que lo habitual, hablaban entre sí en un pequeño corro, para defenderse de la mirada desnuda de las mujeres que intentaban discernir con la rapidez posible a su futura víctima-verdugo. La provocación se reducía aquí a los gestos más esenciales; una mirada franca, directa y abierta como nunca en hembra desconocida puede volver a encontrarse, un entreabrir la boca ingenuamente perverso, un oscilar de hombros y caderas con el que se intenta sugerir tal vez la imagen de islas lejanas, un tremolar de senos que sólo es escandaloso porque persiste un tenue tejido sobre la indecisa agitación. El silencio que envolvía la escena, las reducía a pesar de su objetividad palpable y olible a un amenazante aspecto de fantasmas prestos a desvanecerse. Pero por la magia de la voluntad podía lograr cualquiera de los machos, gracias al simple gesto de inclinar a un lado la cabeza de modo significativo mirando fijamente a la presa, que ésta instantáneamente suspendiera su primaria pantomima y recogiendo con una mano la falda demasiado estrecha o bien el cabello demasiado suelto o cualquier otra parte de su anatomía poco apta para la marcha, iniciara un camino rápido hacia las ergástulas amatorias seguida de su comprador que, en la misma escalera podía, depositando su mano sobre la cadera precedente-oscilante, comprobar la naturaleza no fantasmal sino física del objeto alquilado, lo que debía ser seguido de la entrega ritual del ya citado billete de cinco duros, junto con alguna excrecencia monetaria para las acólitas portadoras de toallas y cubos de agua. "Buena fichada hoy", decía maliciosa la acólita paradójicamente dotada de autoridad y poder sobre la misma sacerdotisa, al entregarle una pieza redonda de aluminio que aquélla cuidadosamente guardaba en una bolsita de tela colgada del cinto, donde la ficha se reunía con sus semejantes constituyendo un pequeño montón sonoro, cifra de una explotación y esperanza de un futuro nunca redimible.

Pero Matías era como de la casa y las sencillas ceremonias de la elección que acaban de ser descritas no podían serle aplicadas tan directamente, tan sumariamente, menos aún en un día en que — como hoy — su copiosa borrachera acompañada del don de la omnisciencia, le permitían exigir más refinados preliminares al encuentro final con un cuerpo desconocido. Así pues, rompiendo el religioso silencio en que el salón estaba — como es debido —, lanzó el flujo de su oratoria inadecuada en un burdel barato.

— ¡Vírgenes de Jerusalén, no lloréis por mí, llorad más

bien por vosotras y por vuestros hijos! Como azucena entre lirios así a ti te busco, oh desconocida de la noche. ¿Dónde está la elegida de mi corazón? ¿Dónde está el cálido pecho en que pueda reclinar mi fatigada cabeza?

Preguntas a las que una chupada anciana que situada en un rincón y renunciante a todo manejo provocativo de partes corporales, no podía su esperanza sino en la saturación de la demanda que hiciera emigrar hacia pisos superiores al resto de sus compañeras de trabajo, no pudo menos de sonreír y alzando los blancos brazos, enlazar su cuello de un modo impropio para las reglas draconianas que imperaban en aquella zona del edificio, al mismo tiempo que decía:

— ¡Ven salao! — y en voz más baja —. ¿Quieres que te haga cositas? — lanzándose como fatigada leona sobre la única ocasión de tocar un joven que — a pesar de su oficio — le habían deparado las últimas épocas de su vida trabajosa.

Pero las émulas de Doña Luisa se precipitaron violentamente sobre la pareja sacrílega que rompía el sagrado del lugar a simples excitaciones visuales destinado, y prudentemente vestidas de negro los empujaron, juntamente con Pedro, hacia la sala de visitas dispuesta para recibir a los que demasiado importantes para ser arrojados al exterior y demasiado dudadores para permanecer en la zona de las elecciones, no hacían sino turbar a cuantos en ella se dedicaban al inspirado juego.

Esferoidal, fosforescente, retumbante, oscura-luminosa, fibrosa-táctil, recogida en pliegues, acariciadora, amansante, paralizadora recubierta de pliegues protectores, olorosa, materna, impregnada de alcohol derramado por la boca, capitoné azulada, dorada a veces por una bombilla anémica cuyo resplandor hiere los ojos noctámbulos, arrulladora, sólo apta para el murmullo, denigrante, copa del desprecio de la prostituta para el borracho, lugar donde la patrona vuelve a ser un reverendo padre que confiesa dando claras y rectas normas mediante las que el pecado de la carne es evitable, longitudinal, túnel donde la náusea sube, color tierra cuando el gusano-cuerpo entra en contacto con las masas que aprisionadoramente lo rodean, carente de fuerza gravitatoria como en un experimento todavía no logrado, giroscópica, orientada hacia un norte, elegida para una travesía secreta, laguna estigia, dotada de un banco metálico desde la que el cuerpo alargado y lánguido cae a una blandura apenas inferior, cabina de un vagon-lit a ciento treinta kilómetros por hora a través de las landas bordelesas, cabin-log de un faruest donde ya no quedan cabelleras, camarote agitado por la tempestad del índico cuando los tifones llegan a impedir el vuelo del amarillo cormorán, barquilla hecha de mimbres que montgolfiera, ascensor lanzado hacia la altura de un rascacielos de goma dilatada, calabozo inmóvil donde la soledad del hombre se demuestra, cesto de inmundicia, poso en que reducido a excremento espera el ocupante la llegada del agua negra que le llevará hasta el mar a través de ratas grises y cloacas, calabozo otra vez donde con un clavo lentamente se dibuja con trabajo arrancando trocitos de cal la figura de una sirena con su cola asombrosa de pez hembra, vigilada por una figura gruesa de mujer que la briza, acariciada por una figura blanda de mujer que amamanta, cuna, placenta, meconio, deciduas, matriz, oviducto, ovario puro vacío, aniquilación inversa en que el huevo en un universo antiprotónico se escinde en sus dos entidades previas y Matías ha desempezado a no existir, así la sala de retirada, sala de visitas, sala para los detritus, sala para los borrachos de buena familia que en una noche anegada llegan y encallan en la única puta que no ha podido trabajar y que con mirada incomprensiva los mira mientras que revueltos en las cáscaras de naranjas y en las peladuras de patatas se reconcilian y salvan.

— Dulce servidora de la noche, maga de mi tristeza dolorida, dime: ¿Cómo conseguiste hallar el secreto de la eterna juventud? ¿Quién te permitió a través de tantos besos, conservar el color rojo de tu boca? ¿Cómo es posible que tras tantos catres la carne de tu cuerpo no parezca una esponja empapada en pipí de niño tonto? ¡Habla! Comunica tu secreto a tus admiradores.

— Pues no creas. ¡Toca aquí! — y enseñaba su muslo —. Está duro todavía. Si me hubierais visto antes. ¡Pero qué bobo eres! ¿Para qué bebéis tanto? Luego os ponéis así.

— No puedo comprenderlo. ¿Quién inventó semejante carne? ¿Qué materia como ésta es capaz de atravesar el fuego del infierno y permanecer siempre fresca y florecida?

— Pitodeoro, pitodeoro, imbécil — y rió con una carcajada espantosa que mostraba la enorme amplitud de las arrugas hasta entonces ocultas apenas por una complicidad entre la bombilla de quince bujías y la capa de afeite apelmazado con que se cubría.

— ¡Oh belleza, eternidad, lujuria! ¡Oh diosa vencedora del tiempo! ¡Oh lasciva! Cuenta, cuenta. Abre tu corazón y explica. ¿Has firmado un pacto con el demonio?

— ¡Jesús! — gritó asustada —. ¿Qué estás diciendo? — y reprimió (casi involuntariamente) una voluntad (casi inconsciente) de hacer la señal de la cruz conjugadora de blasfemias.

— Cuando se ríe tengo que mirar para otro lado — informó Pedro.

— Reír es sano — replicó la vieja.

— ¿Tú puedes mirarla cara a cara?

— La amo. La amo. Quiero poseerla — aseguró Matías y tropezando en el vigor de su impulso hacia el cuerpo desvencijado, cayó al suelo envuelto en las nubes de su borrachera, sobre las cáscaras de naranja que misteriosos visitantes habían consumido previamente en una época geológica no lejana. No intentó levantarse sino que siguió accionando con la única mano que le quedaba libre, estando la otra oprimida en extraña posición pero totalmente anestésica bajo su propio cuerpo.

— Para qué beberéis tanto — insistió lúgubremente como si adivinara océanos de delicias de los que se veía privada por el triste estado físico de los arrullados mancebos —. Para qué beberéis tanto. Luego no podéis hacer nada.

Oído lo cual, Matías se sumió en una inextinguible carcajada.

— ¿Qué harías tú, erudito, si no hubieras bebido? — preguntó entre dos hipidos.

— ¿Yo?

— Sí; a ti te hablo.

— ¡Déjala! ¡No te rías de ella!

— Yo la deseo. Estoy dispuesto a todo.

— Ven, chato — dijo la anciana —. ¿Para qué habrás bebido tanto?

— Llama, llama a la guardesa. Dile que nos reserven la mejor alcoba de la casa. Voy contigo y que me maten si no he de ser yo el más feliz esta noche cuando ya todos hayan quedado fatigados... ¡Flojos! — e hizo un gesto de amenaza con su largo brazo —. ¡Flojos! ¿No sabéis acaso que la existencia es breve, que no ocupa sino el tiempo de la rosa entre dos equidistancias de los astros? ¿Qué hacéis con vuestro tiempo? ¡Postume, Postume labuntur anni! ¿No sabéis que el cuerpo muere y que el alma va a la eternidad?

La mujer se inclinó sobre el caído, se sentó sobre la mullida moqueta de naranjas y colocó la cabeza sobre el muslo inmortal al que los años no habían logrado hacer perder su carácter propio de consistencia y elasticidad. Rodeó con su brazo — más ajado — la cabeza y acarició los pelos revueltos que, como ala de cuervo, caían sobre la frente verdosa del borracho. Por un momento se olvidó de Pedro, que miraba entre atónito y ausente, y dijo:

— ¿Es verdad que vamos de dormida? — con voz acariciadora inevitablemente ronca.

— Sí, maga — confirmó el doncel enamorado.

Ya se acercaba entonces, dispuesta a hacer tertulia, Doña Luisa la mujer esclusa concluidas sus funciones circulatorias, una vez que la puerta de la casa había sido cerrada a cal y canto y que los funcionarios municipales disolvían los grupos restantes de frustrados con gestos despectivos y palabras broncas. Al introducirse en la esfera mágica en que los tres habían estado viajando, vino a restablecer un equilibrio, el reino de la razón entró en competencia con el de la pasión desatada y ya en el modo de sentarse en el banco metálico se adivinaba que — a despecho de toda su comprensión y su savoir vivre — iba a romper la atmósfera mística que hasta entonces habían compartido.

— Buenas noches. ¿Cómo están ustedes? — a lo que el estupor les impidió dar contestación alguna —. ¡Vaya nochecita! No debían ustedes venir en noches como ésta. ¡Claro! Las chicas están todas ocupadas. Y todo va de prisa. El sábado está bien para los albañiles, digo yo. Pero ustedes no debían. Claro que siempre se les ve bien por esta casa. No sé ni cómo he podido aguantarlo, porque cada día hay menos educación. ¡Claro! Si fueran todos como ustedes. Pero no pueden ustedes imaginarse qué personal ha pasado esta noche por esos pasillos. Qué insolencia, qué lengua Dios mío, qué lengua. Todos borrachos... claro que hasta en eso se nota. Hay que saber beber. Ustedes ya me comprenden. Pero ya no está una para muchos trotes como éstos. Jesús, estoy toda sudada. ¡Anda, Charo, hija, tráeme una gaseosa de la cocina!

—¡Enseguidita, Doña Luisa! — dijo la desfallecida amante incorporándose del suelo y dejando golpear la augusta cabeza abandonada —. Enseguidita se la traigo — mostrando en el sobresalto el temor que Doña Luisa conseguía infundir en su ganado en edad ya de emprender la retirada.

—¿Marchó el consuelo de mi vejez? ¿Se alejó el báculo de mis pasos vacilantes? ¿Podré ver la luz del sol ya nunca, ay de mí, triste <u>Edipo</u>? <u>Electra</u>, hija mía, no abandones a tu anciano padre — con lo que intentaba mostrar a la coriácea Doña Luisa la profundidad de su estado sonambúlico.

—Estarán ya todas acostadas — dijo Pedro por decir algo.

—Sí; todas se han ido, menos las de dormida y esta pobre — explicó amable Doña Luisa —. La pobre tan gastada pero tiene afición — suguió diciendo —. Sí, se pirra por los hombres.

—Sí, ya se ve...

—No como otras. Como esa jovencita que habrá usted visto antes, esa alta y delgada, la rubita, que se le ven los huesos. ¿No sabe? Ésa está aquí y es como si no estuviera. Para todo hay que servir.

—Le falta vocación.

—Ésa, yo creo que ni para monja. Pero la Charo ha valido mucho.

—Su gaseosa — dijo la Charo, aduladoramente —. He cogido la que estaba al ladito del hielo.

— ¿Ustedes gustan? — preguntó Doña Luisa. Y comenzó a ingurgitar la espiritual bebida al compás de la oscilante nuez.

— Por nosotros no se preocupe usted — acertó a replicar el triste Edipo —. Yo ni siento ni conozco.

— ¿Por qué beben ustedes tanto? — insistió la patrona.

— Es la juventud — dijo Pedro.

— Sí, claro, se comprende...

— ¿Cómo quiere usted que, sin estar bebido, yo fuera de dormida con esta celeste criatura?

— Calla, tonto — dijo la anciana, volviendo a tomar posesión de su yacente caballero.

— Bueno; digo yo que tendrán que irse ustedes — siguió Doña Luisa volviéndose hacia el no menos beodo, pero menos literario Pedro —. Vaya, si no se quedan, tendrán que irse, porque son las cuatro. ¿No quiere usted, de verdad? — y le alargaba el resto de la botella de gaseosa con todo el borde lleno de su saliva brillante —. Hace tanto calor a estas horas.

— ¡Vámonos, Matías! — dijo Pedro enderezándose.

— Dieu et mon Droit — contestó éste a guisa de negativa.

— Tendremos que irnos.

— Vamos, no se violenten. Pueden irse en cuanto ustedes quieran. Habiendo educación no hay más que hablar.

— Yo soy el que soy.

— Si fuera por mí, pero ya saben, tenemos nuestras ordenanzas.

En cuyo momento (llegada la hora de las restricciones eléctricas) se hizo la más profunda de las tinieblas en el pequeño antro recolector.

— Ya está. La restricción — dijo Doña Luisa —. Voy por luz —. Y se oyó el ruido almohadillado de sus pies calzados con babuchas y el repicar de sus nudillos en las paredes buscando orientación.

Cuando la luz se hubo extinguido, aquel modesto espacio oloroso a vómito y a naranja, recuperó sus ideales condiciones oníricas favorecidas por la desaparición de la ogresa.

—¡Ya lo sabía yo! ¡Los dioses preparaban mi castigo! — exclamó enérgicamente Matías —. Llegó la hora de mi cruel ceguera.

—¿Qué dices, cariño? — mientras buscaba con la suya su boca, la ardorosa Charo.

—¡Triste Edipo, ya nunca veré más la luz del sol! He aquí que me he arrancado ambos ojos, el derecho con las uñas de mi mano derecha y el izquierdo con las uñas de mi mano izquierda y los siento en mis manos todavía calientes aunque ya no me sirven para ver. ¡Electra, Electra, ven a mí!

—Aunque la llames no viene hasta las seis. Pero Doña Luisa traerá un candil — tranquilizó la hija amante —. ¿Qué importa? Tenemos tiempo para lo que queremos hacer.

Pedro aprovechó la plenitud de su éxtasis para deslizarse fuera. Un leve resquicio luminoso le indicó dónde estaba la puerta. Tanteando por el pasillo pudo acertar con la escalera. En diversos pisos se veían cuadros vivos iluminados por llamas temblorosas. Cada poseída guiaba hasta la calle a su galán de una hora, llevando la mano izquierda todavía apoyada en la cintura masculina y la derecha un poco en alto para que el halo de la luz llegara más lejos y para que su pie no tropezase. Envueltas en sus saltos de cama, ruborosas y humildes, se despedían cortésmente, mientras que ellos, hoscos y huraños, con las orejas enrojecidas y abrigados en las rozadas gabardinas, huían en silencio sin volverse a mirarlas, como si una maldición los persiguiera y sólo la negra y fresca noche pudiera limpiarles del mismo modo que limpia el océano.

111

Pedro volvía con las piernas blandas. Asustado de lo que podía quedar atrás. Violentado por una náusea contenida. Intentando dar olvido a lo que de absurdo tiene la vida. Repitiendo: Es interesante. Repitiendo: Todo tiene un sentido. Repitiendo: No estoy borracho. Pensando: Estoy solo. Pensando: Soy un cobarde. Pensando: Mañana estaré peor. Sintiendo: Hace frío. Sintiendo: Estoy cansado. Sintiendo: Tengo seca la lengua. Deseando: Haber vivido algo, haber encontrado una mujer, haber sido capaz de abandonarse como otros se abandonan. Deseando: No estar solo, estar en un calor humano, ceñido de una carne aterciopelada, deseado por un espíritu próximo. Temiendo: Mañana será un día vacío y estaré pensando, ¿por qué he bebido tanto? Temiendo: Nunca llegaré a saber vivir, siempre me quedaré al margen. Afirmando: A pesar de todo no es, a pesar de todo yo quizá, a pesar de todo quién puede desear con una así. Afirmando: La culpa no es mía. Afirmando: Algo está mal, algo no sólo yo. Afirmando: El mal está ahí. Interrogando: ¿Quién explica el mal? Reflexivo-recordante: Aquella mujer que estaba allí y no tenía que estar allí porque era como si no estuviera porque no servía. Incisivo-perdonador: No tiene nada de ángel porque además de no tener alas parece que lo único a que aspira es a la aniquilación. El ángel puede volverse contra su dios, pero este medioángel no se vuelve más que contra su madre. Acusador-disoluto: Era una vieja horrible, sólo una vieja horrible. Conclusivo: Soy un pobre hombre.

Atravesaba las vacías calles donde las luces amortiguadas apenas si separaban unas de otras las fachadas. Hombres de paso rápido, solitarios, ceñudos, con el sombrero hundido en la frente le evitaban. Ya no había autos. Sólo de lejos se sentía pasar alguna sombra cuadrangular y silenciosa. Los serenos se habían ido a dormir a desconocidas guaridas de las que no lograban extraerles las repetidas palmadas de los náufragos. Todavía quizá una mendiga-cigarrera podía estar oculta en el saliente de una casa de la calle de la Reina que protegía del viento. Todavía quizá por allí mismo un mendigo con un bastón y oliendo a vino podía intentar beneficiarse con técnica inversa a la del habitual que suplica en el atrio de la iglesia. Había una mujer con abrigo de astrakán, morena y bien peinada, con brillantina y un clavel, que le ofrecía anís como quien ofrece una droga. Esta mujer sonríe como dispuesta a vender también — fuera de hora — cualquier otra mercancía. Pero todo está ya fuera de hora y sólo queda subirse el cuello del abrigo y hacer como que no se está cansado ni se está borracho y andar de prisa, de prisa, arriba, hacia la pensión lejana, hacia la plazuela del Progreso, a través de la calle de Sevilla demasiado ancha, donde hay demasiada luz, luego agradablemente por callejones más estrechos a los que llega un olor de fritanga, de churro, de porras calientes que dentro de poco van a vender heroicas ambulantes que se han acostado a las cinco de la tarde, para llegar por fin al conocido portal de la solitaria calle. Gracias a las precauciones maternales dispone de llave del portal y de llave de la casa. Todo es cuestión de abrir la pesada puerta con la gran llave — réplica en aluminio para que no pese — de la vetusta de hierro que guarda la portera y que no entrega a nadie. Y luego cerrarla, oyendo su retumbar sonoro, mucho más sorprendente que de día. Hay que subir las escaleras agarrándose al carcomido pasamanos. Hay que tantear la pared en busca de un botón que apretado alumbra. Hay que reflexionar una vez encontrado, para saber si no será el botón del timbre de una puerta. Hay que abstenerse a causa de la duda y subir a ciegas contando los pisos en la oscuridad, mientras la mano se impregna del yeso acre de la pared, siempre tan rasposo, tan pintado de lápices, tan lleno de inscripciones enigmáticas y de dibujos deformes. Hay finalmente que entrar con la milagrosa habilidad que permite abrir la puerta al primer intento. Entonces golpea su rostro el hedor violento y familiar de la casa. Los relentes de la cocina, los del lavadero, las respiraciones mezcladas del viajante y del matrimonio sin hijos, el perfume barato de la criada y el más caro — pero apenas hay diferencia — de la niña de la casa y el de la vieja que es como a violetas. Aquí está, de pronto sumergido en la domesticidad tibia que le hace oficio de hogar. Se apoya en el quicio de la puerta y se detiene a sentir el calor visceral. La casa entera vive, en que hay tantos cuerpos acostados. Se oye un gruñido, un leve silbido, no llega a roncar el gran cuerpo. Pero todo está sincronizado, calmo, en la expectativa ciega y sorda de su llegada. Ahí, al lado está su sitio, su sábana blanca, su manta gruesa, su almohada en la que tiene irremisiblemente que dormir, su vaso de agua que ya habrá tomado un sabor a caldo, sus libros viejos. Los objetos inestéticos y rígidos, los brazos de la percha apuntando hacia arriba, el aparador donde hay unas horribles figuras de porcelana, una planta verde, un pañito bordado encima de una mesa baja, una silla forrada de hule en la que nadie se sienta nunca, un cactus artificial que no hay que regar porque es de plástico, un paragüero de metal dorado con relieves griegos, una bola de cristal encima de la tabla que oculta un radiador de calefacción que nunca — salvo en Nochevieja — se ha encendido le esperan y se le hacen visibles (sin encender la luz que podría molestar a alguien) para un ojo interior. "El tercer ojo" piensa cerrando aún más fuertemente los dos que le resultan inútiles. Al hacer este gesto de contractura, aparentemente externa e inope-

rante, una imagen se enciende lúcidamente en su pantalla ima-
ginal. Dorita está durmiendo en su alcoba, con el ondulado
cuerpo extendido sobre el mejor colchón de la casa que la decana ha dispuesto que por este cuerpo y no por ningún otro
sea usado. El cuerpo (que no podrían distinguir los ojos habituales por estar envuelto en varias mantas, sábanas, camisones
y quizá incluso alguna prenda usada de abrigo) aparece nítido
y completo para el tercer ojo que recibe unas ondas prodigio-
samente precisas. La está viendo realmente entera, realmente
yacente, realmente ofrecida sobre la mecedora eterna, intem-
poral, en que le espera. La casa insiste en su silencio macizo
como un estuche. El terciopelo invisible o violeta de la penumbra la tapiza hasta el punto de que de su choque contra
un quicio, contra una mesa apenas si lo siente doloroso, apenas si le parece resonar en el acolchado de la madrugada y
ella le espera desde una profundidad paralela en el espacio y
en las memorias de su cerebro excitado. La imagen de la joven aparece duplicada en una visión entereoscópica: Por uno
de los túneles se extiende en sucesión casi indefinida de tertulia, de silencios, de palabras intencionadas de las madres, de
batas de colores vivos sucesivamente estrenadas, sucesivamente aplicadas al cuerpo joven siempre floreciente; en el
otro túnel no está sino la imagen inmóvil de lo que él nunca
ha visto, el cuerpo desnudo con su forma de capullo, con su
arquetipo de exactitud. Como sirena silenciosa la llamada de
este cuerpo resuena tras la literatura siempre erótica del
mundo, tras la mueca pícara del camarero, tras la modelo desconocida de los cuadros de la dama rosada, tras la convulsión
de la mantis neoexpresionista, tras la compacta redondez de
la madam que suda, tras la mirada final de la prostituta ilusionada. ¿Es esto el amor? ¿Es acaso el amor una colección
apresurada de significaciones? ¿Es acaso el amor la unifica-

ción del mundo en torno a un ser simbólico? ¿Es acaso el amor esta aniquilación de lo individual más propio para dejar desnuda otra realidad que es en sí completamente incomprensible, pero que nos empeñamos en incorporar a la trama de nuestro existir vacilante?

No. No es el amor. Sabe que no es amor. Junto a todo ese fenómeno nocturno acumulado y grotesco, junto a toda esa magia de objetos familiares y atmósfera caliente, junto a toda esta embriaguez de vino y de erotismo insatisfecho, sólo camina una porción congrua de sí mismo que es la más baja y la más cálidamente poética, con la impudicia de las plantas que muestran sus partes sexuales enriquecidas por una obscena estetificación, haciendo parecer bello lo que de sobra sabemos — nosotros animales — que es feo. Queda aparte la construcción de una vida más importante, el proyecto de ir más lejos, la pretensión de no ser idéntico a la chata realidad de la ciudad, del país y de la hora. Él es distinto y nada tiene que ver con el rebrote, jugoso sí pero vacío, de las clases pasivas consentidoras. Él vive en otro mundo en el que no entra una muchacha solamente por ser lánguida y jugosa. Ha elegido un camino más difícil a cuyo extremo está otra clase de mujer, de la que lo importante no será ya la exuberancia elemental y cíclica, sino la lucidez libre y decidida. No debe caer en esta flor entreabierta como una mosca y pringarse las patitas.

No obstante, en el momento en que la mano diestra — que empuñara un mundo — quiere abrir la puerta de su alcoba ascética de sabio, es la mano siniestra la que con fruición acariciadora, entreabre el cáliz deseado.

Dorita se sorprende apenas cuando siente sobre su cuerpo las manos dudadoras. Tras su estremecimiento, dice susurrante:

— ¿Eres tú...? ¡Cariño!

Pedro se hunde sin poder apenas distinguir lo que es cuerpo de lo que es tibieza acogedora. Pero la conciencia de la mujer (siempre vigilante, aun en la hora de la violación en la alta madrugada a manos de un borracho irresoluto) le hiere exigiendo contestación a la pregunta esencial y previa:

— ¿Me quieres?

"Te quiero" "Te quiero" "Te quiero" "Te quiero" "Te quiero", siente Pedro que va su boca pronunciando, prometiendo, desliando mientras que lejos de sí mismo y lejos de ella, desde algún resquicio lúcido del espíritu, contempla lejanos, abandonados, solos o automáticos, no poseídos por él sino por algún demonio, los dos cuerpos que se estremecen íncubo-sucubinalmente tan lejanos, tan ajenos y perdidos sin que no por eso el placer más violento al hombre concedido no irradie y no le queme, a través de la distancia, allí mismo donde se refugia, en el pequeño espacio donde lo más libre de su espíritu se defiende todavía un momento para entregar luego — como una hostia a un perro negro — inevitablemente la libertad y caer rendido.

Y hasta del vacío largo en que se sumerge y flota y se hunde de nuevo buscando el fondo de un sueño que no llega "Tienes que irte" le despierta inexorable, devolviéndole a la náusea del coñac que le llena toda la boca de una baba salada. Pero aún debe interrogarle. Le pone los dos brazos calientes sobre la nuca, lo besa, exige:

— ¿Me querrás siempre?

"Siempre" "Siempre" "Siempre" "Siempre", mientras se va bamboleando hacia la oscuridad del pasillo lleno de objetos familiares y de los olores que se derraman por las puertas entreabiertas de las alcobas donde los cuerpos sin gloria de

117

los ancianos siguen expeliendo el aire respirado a intervalos regulares.

Los pliegues del corazón y del cerebro de una vieja. La trampa. La femineidad vuelta astucia cuando ya la carne ha dejado de ser carne y es sólo una materia indescriptible. La celestina que es celestina para no morir de hambre o para no tener que quitar los visillos de sus ventanas. Para no tener que fregar el suelo siendo viuda de. La caza. Las ventajas de la caza sobre la venta o el alquiler. Tenerle del todo, porque al fin ha caído y siendo como es, no podrá escapar. Y cumplirá. Qué bien hizo en no dormir. Las viejas tienen que ser duras. No necesitan dormir. Para qué quieres dormir cuerpo fatigado si ya no distingues entre el cansancio y el reposo. Para qué queréis cerraros oídos finísimos a los que todavía no ha llegado el frío de los huesos. Para qué queréis cerraros párpados con azules bolsas con pliegues, con tegumentos supernumerarios, si gozáis todavía de la capacidad de ver de noche y asustar al que miréis cara a cara sabiendo que sabéis lo que él también sabe que habéis visto. ¡Es tan inocente! Su carne ya no está sobre los que siguen siendo sus huesos, sino en el mejor colchón de la casa. Su carne ha dado el salto de las generaciones y se ha posado allí, siendo la misma, dispuesta a sentir lo mismo que ella ha sentido, de lo que se acuerda y todavía puede imaginar, pero que ya no siente. ¡Al fin! ¡Venganza contra el repugnante protervo bailarín hembra! ¡Desquite contra el banquero grueso con sus gafas, astuto catador de mercancías! ¡Al fin! ¡Ríete en la tumba, militarote altivo, correteador de tagalas, coleccionador de las fotos de las indígenas en cueros, envenenador de la sangre de tu esposa, perdedor del honor de tu hija única y de tu viuda entregada al rhum negrita! ¡Ríete porque todo ha sido reconstruido y la legalidad de tu apellido, por un momento extraviada, volverá a pasar cuidadosamente, con acompañamiento de firmas y testigos, de generación en generación!

— ¡Buenas noches! — dijo la voz cascada de la vieja —. ¿Qué horitas son esas?

— Sí... yo..., bueno; es muy tarde. ¡Buenas noches! — y cerró la puerta de su cuarto más fuerte de lo que hubiera querido, rojo palpitante, irritado consigo mismo y sintiendo bochornosamente una vergüenza inútil ante la vieja, ante el mundo, ante sí mismo y ante un futuro que se desdibujaba entre cánceres no hallados y virginidades tomadas al paso con un gesto que no era suyo pero que le pertenecía.

Echó el cerrojo. Está solo. Una alegría de varón triunfante le invadió un momento y se encontró como un gallo encaramado en lo alto de una tapia que lanza su kikirikí estridente contra los animales sin alas que circulan allá abajo, alrededor, y que le miran con ojos burlones: el gato, el zorro, la raposa. ¿Ese kikirikí qué dice? ¡Pero si estoy borracho! ¿Y ella? Duerme; ella se ha quedado dormida. Ella estaba dormida, no se ha despertado apenas. Sólo un dulce sueño. Duerme y yo aquí por qué. Qué kikirikí ni ladrido a la luna. Qué necesidad de saber qué es lo que he hecho. Qué protesta contra este calor en las mejillas. Contra aquella gran copa de coñac que aún me repite. Contra toda la noche tonta. ¿Para qué? Yo para qué lo he hecho. Si yo creo que el amor ha de ser conciencia, claridad, luz, conocimiento. Yo aquí con mi kikirikí borracho. Como el asesino con su cuchillo del que caen gotas de sangre. Como el matador con el estoque que ha clavado una vez pero que ha de seguir clavando en una pesadilla una vez y otra vez, toda la vida, aunque haya avisos, aunque el presidente ordene que se cubran todos los sombreros con los pañuelos blancos, aunque suene la música y los monosabios hagan piruetas en la arena, aunque llegue un camión de riego del Ayuntamiento, allá el torero ha de seguir clavando su estoque en el toro que no muere, que crece, crece, crece y que revienta y lo envuelve en toda su materia negra como un pulpo amoroso ya sin cuernos, amor mío, amor mío, mientras la gente ríe y pide que se les devuelva el importe de sus localidades.

Llenó la jofaina de agua. Agua fría del jarro. Remojó su cara. Llenó de agua toda su cabeza. Se miró en el pequeño espejo rajado. Dio una vuelta sobre sí mismo. El agua caía por su cara chorreada desde los pelos negros y brillantes. El agua bajaba hasta su cuello y se metía entre la piel y la camisa. Se quitó la corbata que absurdamente seguía todavía fiel a su forma diurna. Cayó al suelo con sus listas azules y rojas oblicuas. La imagen de la belleza de Dorita seguía flotando en la confusión de su mente. No como la de un ser amado ni perdido, sino como la de un ser decapitado. Ella había quedado allí, separada de él sólo por un tabique y unida a él por una historia tonta que no podía ser tomada en cuenta, pero que le perseguiría inevitablemente. La cabeza flotaba — como cortada — en el embozo de la cama. ¡Era tan bella! Ella dormía. Todo era natural en ella. Ella estaba en su silenciosa mecedora esperando y nada podía sorprenderla.

Volvió a echarse agua en la cara. Agradable este agua al amanecer. Despeja la cabeza. Todo lo que estaba dilatado se contrae. La borrachera desaparece. La frente vuelve a ser frente y no ariete-arma-teztuz que ataca. Agua fría. Remedios primitivos: la telaraña en la herida, la sábana entre las piernas, la saliva en el mordisco, el pichón abierto en la fluxión de pecho, la sanguijuela en la apoplejía, la purga en el cólico miserere. Los baños purificativos, el bautizo, la resurrección del muerto llevado en el carro que cae al vadear el río, la piscina de Siloé, la inmersión de la muchacha jorobada con mal de Pott en el gluglú de la gruta de lurdes, el taurobolio, el baño de sangre bajo el gran ídolo de los sacrificios, el Jordán con una concha venida de un mar que no está muerto, la voz desde lo alto explicando que éste es su hijo muy amado, la lluvia, la lluvia. Y este pueblo en que no llueve. Este pueblo que no tiene agua. En qué río poder caer aquí si desde el viaducto cae el suicida sobre tejas romanas. El suicida del viaducto, juntito a donde debiera estar la catedral y sólo luce el esplendor de la Casa. Viaducto para borrachos cogidos en una trampa. Yo también, puesto en celo, calentado pródigamente como las ratonas del Muecas, acariciado de putas, mimado de viejas, robado de animales de experiencia, pensando en cánceres experimentales pero amigo de literatos, viviendo en pensión modesta pero bebiendo las noches de los sábados, pendiente de una bolsita en el cuello recalentador de la ciudad, hasta que caiga sobre mí la orden del presidente y me coloque frente a mis obligaciones ineludibles y — como hombre de honor inspirado para la defensa de la familia y del status actualis situationis — consiga que todo permanezca en los mejores parabienes y regulaciones instituidas, para bien del hombre y de los pueblos, desde la lejana noche de la edad media cuando ellos con su sable levantado consiguieron dar forma a expensas de la morisma de los campos de Toledo y de las zonas bajas donde había empezado a trabajar las huertas, a la nueva nación, pueblo elegido, ciudad aséptica, sin huerta, donde el hombre se alimenta de espíritu y aire puro por los siglos de los siglos. Amén. Más agua, más para borrar la huella de la boca. Agua traída desde la lejana sierra con largos canales que han pagado los hombres que sudan a lo lejos, para que — llegada — tan pura no desentone del pneuma local y no impida querer mandar, que no convierta las cabezas en esponjas, sino que los varones que respiran continúen siempre clarividentes, siempre con la capacitada espada en alto, dirigiendo, dando forma a la inerte corpulencia venosa de los lejanos virreinatos. Agua que no bañe, agua sólo para beber, agua que no envuelva como una niebla o una nube próxima, sino que se introduzca por los poros finos del cuerpo, que desopile pero no empape, que no hinche, que no engorde la piel, que no embastezca el perfil duro, casi córneo del imperio de secano.

Y la bebía como si él también fuera un águila que hubiera de volar muy lejos.

Aquella noche debía ser especialmente llena de acontecimientos. Era un sábado elástico que se prolongaba en la madrugada del domingo contagiándolo de sustancia sabática. No había conciliado aún el sueño Pedro, seguía aún mirando su rostro en el espejo rajado, refrescado por el agua castellana, o bien estaba quizá todavía tumbado vestido sobre la cama entreabierta por la criada, o bien ya desnudo intentaba luchar contra las bascas del reseco, o pensaba en Dorita y en el cuerpo de Dorita más tocado que visto cuando sonaron fuertes golpes en la puerta del piso, franqueada la del portal por algún cumplidor vigilante nocturno. Y tras el alboroto, la misma decana acompañada por la criada introdujo a presencia de Pedro al mensajero que la noche enviaba para volverlo a englobar en su seno pecaminoso, por no haber cumplido aún la total odisea que el destino le había preparado. El mensajero que esta misión había de llenar y que había sabido imprimir a su misión el sello de la urgencia necesario para vencer las diversas barreras — la distancia, la hora inacostumbrada, las puertas cerradas, la prudencia y femenil recato — e irrumpir violentamente en la intimidad en que su fatiga se refugiaba no era otro que el Muecas, quien dando a su voz un énfasis específico y movilizando el sorprendente juego de su musculatura facial con mímica eficaz, le hizo llegar su voz alterada al grito de "Don Pedro, por caridad, Don Pedro", momento en que recuperaba el *Don* que la amistad, el lupanar, la borrachera y el amor le habían sucesivamente arrebatado.

Y el pavor que en el rostro del hombre-Muecá estaba representado con rasgos evidentes no era otro que el pavor del padre-Muecas, dotado de dos hijas núbiles por una de las cuales hizo saber que su corazón palpitaba acongojado y que por la salud de ella, o por salvar la vida de ella, que en peligro se encontraba, había acudido sin demora gracias a diversos medios de tracción mecánica, empezando por un ciclo oxidado de un su vecino y continuando con un taxi de retirada al que había conjugado haciéndole saber la naturaleza de o-vida-o-muerte del asunto.

Porque era causa (y no ocasión remota sino causa específica) de este nuevo encuentro la mano que cariñosamente el sabio, benéfico, protector Don Pedro había extendido hacia la miseria personificada por el propio Muecas y su familia, de la que parte principalísima ambas muchachas toledanas eran. Y que el interés que el munificente antes citado Don Pedro había mostrado por la cría de ratones que aquellas mismas muchachas habían conseguido gracias a sus calores naturales, era prenda de que la salud física de las incubadoras de razas aptas para la investigación también había sin duda de provocar su interés honesto y davidosísimo.

Pero lo que a Muecas había decidido a tomar sobre sus hombros la no pequeña responsabilidad de sacar de su lecho a un hombre de su importancia, del interior mismo de la rica casa en que se alojaba y de la compañía de las no menos molestadas dueñas que comprendía debían fulminarle con miradas de desprecio para castigo de su osadía, lo que en todo era muy natural y conforme a los usos y acaecimientos de estas zonas sociales por él apenas franqueadas, no era otra cosa que la abundancia insólita y alarmante de la pérdida de sangre que aquejaba a la mayor de las dos modesto consuelo de su vejez, la que ya pálida a causa de la ausencia del fluido vital, estaba toda blanca y trémula, sostenida solamente por los cuidados inexpertos y empíricos de las otras hembras familiares, los que se reducían a la colocación de paños fríos, ceñimientos con cordones benditos de San Antonio, aplicación de rebanadas frescas de patata recién cortada a las sienes, ingestión de extracto de apio logrado mediante rudimentario bataneo, profusión de diversas oraciones y gestos de tipo supersticioso conjurativo como imposición de manos del hombre hemostático.

Y aunque era supuesto que en un radio geográfico muy próximo ineludiblemente debían existir practicantes, comadronas y otros miembros de la Facultad, así como barberos y diversos profesionales aptos e incluso — en el propio barrio habitado por el demandante — un hombre de ciencia infusa o natural que con éxito practicaba en muchas afecciones no-mortales, la gravedad que había observado en el rostro de la enferma así como el afecto y lazos entrañables que a la misma le unían le hacían totalmente incapaz de recurrir a estos profesionales no tocados de la alta luz que sin duda iluminaba las cavidades endocraneales de tan docto investigador, como el allí presente, poniéndose los calcetines de nailon y disponiéndose a impulsos de su corazón, a reemprender los periplos nocturnos hacia la aún no explorada Nausicaa.

Puesto que, aun comprendiendo que el factor tiempo no era despreciable y que a cada momento que la sangre corría tiñendo las dos únicas sábanas familiares, más y más peligraba de la proximidad del último anhélito la desdichada moza, y puesto que quizá más razonable hubiera sido el traslado hasta los equipos de urgencia, cuartos de socorro, departamentos de guardia de hospitales generales u otras instituciones que la colectividad pródiga pone a disposición de los más desheredados de sus hijos, sabiendo el Muecas que en estos lugares suelen encontrar su aprovechamiento y aprendizaje muchos de los hijos de mala madre que luego acabarán siendo famosos artífices del cuchillo y de la aguja pero que, por el momento — y sobre todo un sábado por la noche —, están necesariamente verdes, no había dudado en preferir las manos de Don Pedro que sabrían sin dificultad alguna vencer del inconveniente de un tiempo más prolongado de pérdidas y de un ambiente menos perfectamente aséptico que el de los otros copiosamente listerizados.

Pero que, si el mismo Don Pedro podía pensar que había sido equívoco o malicia por su parte la elección de un hombre que, siendo fabricante de la futura ciencia aún no acabada, no estaba obligado a tan viles menesteres como los del auxilio directo a miembros de la colectividad extraciudadana, lo que sin duda era cierto, tomara sobre él o contra él, padre desnaturalizado y ofensivo servidor, el objeto de su justa cólera, para que meditando en la inocencia bautismal de la indigna aunque agonizante muchacha, de cuyo destino el padre atolondrado había osado tomar el timón con manos tan inhábiles cuanto sucias, por inmerecido cariño o por caridad cristianísima o simplemente por capricho de su rica naturaleza tuviera a bien inclinarse a la benevolencia y ponerse en camino hacia el charco de sangre sobre el que su todavía-no-cadáver flotaba en tal hora como ésta.

Para lo que, aun a riesgo de ruina, él, el indigno, el desheredado Muecas a peso de oro había conseguido retener al automedonte en retirada que con su ronroneante motor consumiendo la valiosa esencia llegada del otro lado del océano esperaba a la puerta de la regia mansión junto con el vigilante nocturno — también con la pata untada por el mismo desdichado padre — y dos o tres curiosos siempre dispuestos a meter la nariz en todo a despecho de la avanzada hora, entre los que un tahonero de regreso a su casa ponía su mancha blanca totalmente inoportuna y hasta de mal gusto, a juicio de quien hablaba, pero qué se ha de hacer si las gentes son así.

Y que lo que Don Pedro temía de carencia de instrumental quirúrgico necesario o de material de sutura o apósitos en número suficiente, no había de ser obstáculo puesto que una llamada telefónica oportuna había movilizado al lejano pariente — honra de la familia por su proximidad institucional a la ciencia — al bien amado Amador, el cual a estas horas también surcaba lleno de buena fe la ciénaga nocturna madrileña para buscar en el instituto de que era privilegiado poseedor de llave, los materiales necesarios que, aptos para perros y otros animales superiores fámulos de la ciencia, habían de servir también sin dificultad ni falso escrúpulo para la indigna estirpe del siempre-humillado Muecas que, una vez más, pedía perdón por su osadía.

Y puesto que los gestos y preparativos que Don Pedro iniciaba eran clara muestra de que, dispuesto a todo, iba a seguir los pasos de Muecas hasta el mismo lecho del dolor presto a acabar con cuanto mal hay en el mundo, a él sólo le quedaba como agradecido padre y como entusiasta grumete, lanzar su gorra polvorienta al aire junto con un ¡Jesús mil veces! y un: ¡Por siempre sea bendito y alabado!

Cartucho había estado rondando toda la noche como si el único aquelarre no hubiera estado en Sanmarcos, ni en Reina, ni en Villarosa, ni en Tudescos, ni en Echegaray sino proliferante hubiera alcanzado las zonas lejanas del extrarradio hasta los lugares tan pobres donde sería imposible reunir entre varios habitantes el precio de una sola ficha y donde el hambre más que la destrudo condiciona la agitación del día y de la noche. Había estado apostado en vericuetos con oficio de camino, por los que había visto pasar sombras que — maldito él — le parecía que se encaminaba hacia — maldito él — el sitio que ya sabía donde — maldito él — presuponía lo que se estaba haciendo: un género de negocio sobre mercancías de las que él quería tener la exclusiva. Pero no estaba seguro de lo que condenadamente pensaba y entró en la que hacía oficio de establecimiento de bebidas y allí se reconfortó con ojén o cazalla y cuando se fue acabando el menguado peculio, con orujo. "¿Qué pasa en la del Muecas?", preguntó al que hacía de camarero, no vestido de esmoquin sino de chaqueta de pana con cuello subido de pelliza negra. "Algún enredo andan tramando", explicó el pellizo. "Hace poco pasó ése." No preguntó quién fuera ése, pero se encendió más cuando la redonda consorte salió piando para ella misma o para quién sabe qué dios escucha-hembras y volvió con otra comadre oscura que no pudo reconocer quién era y llegó otra mujer gorda y se fueron metiendo en la chabola hasta que no debía caber nadie o hubiera allí más personas que ratones. "Ya me están a mí jeringando", explicó Cartucho al seudocamarero. "Voy a tener que dar que hablar." "Déjalos y allá se las compongan", contestó el escanciador de orujo. "¿Qué se te da a ti?" "No quiero que ni-ese-ni-nadie me escupa a mí en la oreja." "A ti tú estáte quieto." "Me estoy poniendo negro." "La Florita no es nada tuyo." "Ni-ese-ni-nadie no ha nacido todavía."

Llegaba la hora de cerrar y obedeciendo a regulaciones que no podían ser municipales, porque eran de fatiga cotidiana, el hombre fue colocando las diez botellas, seis vasos y una copa del negocio en el cajón de madera que hacía de mostrador y anunció que iba a pagar la bombilla tísica: "Porque la ganancia se me va en fluido". Cartucho serenamente: "Déjala estar", sin que hubiera súplica sino certidumbre en sus palabras y escrutando por la puerta-ventana en la que pintado con rojo sangre decía TABERNA.

Mucho más tarde, Cartucho vuelto al vericueto, paseaba con una mano tocándose la navaja cabritera y con otra la hombría que se le enfriaba. "Ya me están jeringando" y "Todavía no ha nacido entodavía" y "Si me la descomponen me están descomponiendo los mismos virgos ya tocaos" y "Como lo vea a quien que sea lo pincho" y "Muecas será mal hombre pero el menda" y "Que no crea que me tose que lo aso" y "Maldito sea desde la maldita bosta de su madre" y "Me cago en la tumba de su padre". Y dale a las blasfemias espantosas y a los eruptos del orujo y a las visiones de la suave piel de Florita que él había conocido y estaba buena y él sabía muy bien cómo era, porque seguía con manos finas de señorito como si todavía saliera del vientre de su madre, sin currelo, y por eso sentía si era suave o no era suave y no como al que en fatiga de alondra se le van quedando ásperas del cemento. Entre la hartá que se iba y la hartá que se venía él la iba recorriendo, aunque no la hubiera todavía conocido por miramiento, que ni se sabe cómo, porque era tan hombre y a ver si siendo tan hombre, iba a haber estao trabajando para otro. Y dale que dale a la del muelle y venga a tocarse. "Se va a encontrar con la pinchosa el que la haya hecho ese bulto, porque está visto que la han dejao preñada y ahí andan a ver si arreglan lo que han hecho, y no ha sido el Cartucho, con que si es que no pueden y se le agarra adentro, no va a tener la cara de este cura."

Era noche cerrada todavía, pero la madrugada rosácea se adivinaba en una pequeña claror que, hacia lo lejos por izquierdas, competía con el resplandor que, a derechas, vomitaba la ciudad como humo-de-alcohol-relente-de-borracho que fosforeciera para que mejor se descubrieran los pecados. El aire allí era tan limpio que entraba muy adentro y hacía cosquillas resfriantes en lo de atrás de la nariz y en el pescuezo por la parte de abajo y hasta en lo hondo de la tabla del pecho. Pero, para un hombre, ese aire es un amigo y le basta con respirarlo a boca enjuta, con los labios prietos y las cejas vueltas, esperando que la bruma se claree y que lo que tenga que sonar reviente.

En contra de la opinión de los arquitectos sanitarios suecos que últimamente prefieren construir los quirófanos en forma exagonal o hasta redondeada (lo que facilita los desplazamientos del personal auxiliar y el transporte del material en cada instante requerido) aquel en que yacía la Florita era de forma rectangular u oblonga, un tanto achatado por uno de sus polos y con el techo artificiosamente descendente a lo largo de una de sus dimensiones. No gozaba la paciente casi-parturienta de niquelada mesa o de aceroinoxidada mesa con soportes de muslos para mejor obtener la posición ginecológica preferida por casi todos los artífices, sino acajonada mesa de pino gallego antes servidora del transporte de cítricos de la región valenciana y posteriormente acondicionada a la función de lecho, soporte del jergón de muelle y de las sábanas rojas de su propia sangre abundosamente huida. La lámpara escialítica sin sombra se sustituía ventajosamente con dos candiles de acetileno que emanan un aroma a pólvora y a bosque con jaurías más satisfactorio que el del éter y el bióxido de nitrógeno, consiguiendo, a pesar del temblor que la entrada de intrusos (desgraciadamente no dotados de la imprescindible mascarilla en la boca) provocaba, una iluminación suficiente. Tratándose de hembra sana de raza toledana pareció superflua toda anestesia, que siempre intoxica y que hace a la paciente olvidarse de sí misma, y es en este punto en el que mejor se cumplieron los cánones modernos que hoy, por obra y gracia de la reflexología, la educación previa, los ejercicios gimnásticos relajantes de la musculatura perineal y la contracción de las mandíbulas en los momentos difíciles consiguen de vez en cuando hermosísimos ejemplos de grito sin dolor. Más inculta la muchacha rugía con palabras destempladas (en lugar de con finos ayes carentes de sentido escatológico) que contribuían a quitar la necesaria serenidad a los múltiples asistentes al acto. Éstos podían ser clasificados, según diversos criterios, en "familiares y no familiares", "peritos en abortos provocados e imperitos en el mismo arte", "vecinos provenientes de la plana toledana e inmigrantes de otras regiones de la España árida", "gentes aptas para el consejo moral y cínicos que comprendían que así es la vida", "mujeres que unía una oscura solidaridad y hombres que unía una furtiva esperanza de llegar a ver los pechos de la paciente" y, finalmente, para concluir esta ordenación dicotómica, "sabedores de que el padre de Florita estaba en trance de llegar a ser padre-abuelo y simples sospechadores de la misma casievidente verdad".

130

La muchacha, en lugar de en la posición arriba indicada más favorable para provocar la expulsión del contenido uterino, yacía de lado en el jergón y con el cuerpo engatillado. Sus gritos dotados de sentido habían ido haciéndose más débiles conforme aumentaba la pérdida de líquidos vitales a lo largo de las horas transcurridas desde que la operación iniciada por el mago de la aguja tuvo su insatisfactorio comienzo. Este mago debía haber equivocado la trayectoria del instrumento punzante, o tal vez la punta del mismo, a causa de su excesivo uso, había perdido la eficacia tantas veces demostrada. Era también posible que su excesiva juventud diera, tanto a los tejidos propios como a sus productos, una consistencia o una elasticidad diferentes de las acostumbradas. O bien que la contracción de la matriz, otras veces suficiente para el desembarace de las atribuladas hembras, esta vez sólo sirviera para dilatar las venas perdedoras de sangre y para hacerla sentir los rítmicos dolores que sus espaciados gritos indicaban. El hecho es que el mago cariacontecido y hasta quizá algo avergonzado, había renunciado a toda actividad terapéutica y afirmaba simplemente que la naturaleza debía seguir su curso, como cualquier médico famoso del siglo XVII. Los espíritus vitales a los que esta apelación se dirigía habían sin duda hecho un caso excesivo de la misma y habían tomado un curso tan violento como inundatorio. Previamente a este refugio en la fórmula oral y el exorcismo, el mago había querido completar la acción destructora de la aguja con los medios al uso más recomendados. Hizo sentar encima del vientre de su hija a la redonda consorte, considerando que así se satisfacían al mismo tiempo las exigencias de una intensa gravitación y las del pudor debido; comprimió con una cuerda el fino talle de la muchacha a partir de la altura del ombligo rodeándola más fuertemente conforme las vueltas del cordel iban descendiendo hacia las más opulentas caderas; masajeó con ambas manos, una vez retirada la cuerda que había levantado la piel en la punta de los huesos coxales, la zona interesada haciendo rápidos movimientos de descenso enérgicamente mantenidos hasta conseguir la expulsión de toda materia fecal y de toda orina retenida; administró bebidas sumamente cálidas de composición secreta que escaldaron (ligeramente, es cierto) la bóveda del paladar de la no-madre-no-doncella; colocó agua fría sobre el vientre y agua hirviendo con un poco de mostaza en la parte baja de los muslos; y sudoroso, aunque no vencido, anunció que iba a sacarlo con la mano lo que se demostró completamente imposible y a lo que se produjo tanto la partida de Muecas hacia el salvador lejano, cuanto la irritación de la consorte — hasta entonces nunca vista — que lo redujo a la inacción no-dañina y al conjuro de los espíritus vitales.

La consorte, por el contrario, tuvo a bien autorizar la colocación entre las piernas de una ramita verde de hinojo que atrae al nene por el olor. Pero pronto la verde ramita perdió su color o bien fue arrastrada, o tal vez el olor no es percibido en tan temprana edad. También fue tolerado el rezo del rosario y cierta oración a Santa Apolonia que conocía íntegra una anciana que — según decía, pero nada de ello era cierto — había sido de joven sacristana y que ella — a causa de su mucha edad — ya no recordaba que, en lo que estaba acreditada, era en el alivio del dolor de muelas. Fuera de estos restos de medicina primitiva característica de los estadios animistas, el resto de la actividad terapéutica indicaba más bien una weltanschauung activista-empírica, propia de los pueblos cazadores y ganaderos y, en cuanto tal, muy educada al ambiente pedigrístico de la chabola. Sólo a una fatalidad poco frecuente puede atribuírsele el fracaso pero, ¿no hay acaso muertes también y a veces muy dolorosas y muy insospechadas en los más modernos hospitales que ostentan con orgullo las industriosas ciudades norteamericanas? Sí, allí también, bajo el duraluminio y el cobalto, siguen muriendo jovencitas a las que se ha asegurado previamente (y a sus amorosas madres) que es cuestión de un momento.

Al llegar Don Pedro procedió, una vez desalojados los locales, como es de rigor, a establecer el diagnóstico de la afección evidentemente hemorrágica que aquejaba a la joven incubadora de sus ratones de experiencia. Durante el viaje, había acariciado la idea de que quizá hubiera habido un contagio virásico debido a la íntima convivencia y riñó cariñosamente al caballero ganadero por la forma como había conseguido la perpetuación de la estirpe a expensas de sus propias hijas y de sus calores vitales. Pero pronto hubo de advertir la insólita realidad de los hechos y una luz asombrada golpeó en su ingenuo cerebro. La sangre de doncella — otra vez — por un momento, le mareó. Sintió un vahído de comprensión y de miedo. Se volvió airado al Muecas para decirle: "¡Canalla!", o para gritar: "¡Trae una ambulancia!", o para pedir como los toreros: "¡Trasfusión!", pero ya entraba Amador y blandía en el aire los instrumentos con los que, con la urgencia debida, él en aquel momento, a pesar de su inexperiencia, debería cumplir con su deber. Se inclinó sobre la muchacha inmóvil. Ya no gritaba. Dormía o estaba muerta. Descubrió el pecho. Aplicó el fonendoscopio. Allí estaban los mordiscos de las ratoncitas. El corazón latía desde lejos. Levantó las gomas. Se quedó quieto. Amador a la oreja le decía: "Hay que hacer un raspado". Sí.

Es preciso primero colocarla en la adecuada posición ginecológica, dilatar luego el cuello de la matriz agarrotado por la
naturaleza previsora y finalmente limpiar con un instrumento
de aspecto de cuchara el interior del recóndito nido. Al rozar
con el instrumento este tejido hace un ruido rugoso, rasposo,
dentero que parece querer indicar que la materia desgarrada
no es viva sino correosa, leñosa, pedregosa. Este no-ser-viva
la materia, para el inquieto Don Pedro se le hacía un no-es-
tar-viva que, en cualquier momento, podía producirse. La ce-
sación de la hemorragia podía ser tanto éxito de la terapéutica como agotamiento de las venas vaciadas. Querría poder
estar mirando mientras trabajaba la cara de la casi-muerta y
preguntaba a Amador: "¿Tiene pulso?". Amador sostenía la
mano de la chica y aplicaba sus cuatro dedos gordos, amaes-
tradores de perros y ratones, en la muñeca de la frágil muerta.
No sentía latido alguno, pero dejaba caer la gruesa cabeza be-
névola y los grandes labios en un signo afirmativo cauteloso
al que la mirada de Don Pedro se agarraba para poder seguir
realizando su trabajo. "Los ángulos tubáricos" se repetía, sabiendo que es en estos ángulos — como en su día había estudiado — donde puede ocultarse algún fragmento de màteria
viva (no de la misma vida de la madre) y desde allí reiniciar
hemorragias, infecciones e internas putrefacciones peligrosas.
Un instinto más seguro que las cabezadas de Amador le decía
que tales meticulosidades, tal hurgar cuidadoso con la cucharilla en los ángulos por donde la vida aboca a su más primario
antro, carecía de toda utilidad. Los muslos de la muerta habían caído como grandes pétalos y el pequeño chorro de sangre estaba completamente interrumpido. "¿Tiene pulso?"
"Siga, siga", contestó Amador sin atreverse a seguir min-
tiendo. "Siga, ya le falta poco", porque Amador creía que
Don Pedro quedaría más tranquilo si en adelante, en los días,

meses y años que le quedaban para imaginarse aquella noche, supiera que efectivamente había procedido de acuerdo con las normas del arte. Don Pedro, se esforzaba con gestos deliberadamente hábiles, casi táctiles, en sentir como con un dedo, si de la mucosa aterciopelada y sangrante no quedaba ya ningún fragmento por donde pudiera escapar la vida — si aún tuviera — de la muerta. El tiempo era largo y lento. Seguía repasando la oscura superficie interna, imaginando la forma de la cavidad ya limpia, escuchando y al mismo tiempo sintiendo en la mano, rígidamente transmitido por el instrumento, el crujir de la materia rota. La muerta no sufría y se dejaba con docilidad imponer unas maniobras que ya no tenían que ver con ella. Habiendo abandonado el aire al aire y la sangre al mundo se resignaba a la modesta utilidad de ser campo de aprendizaje para el sabio que (aunque la había estudiado minuciosamente) realizaba aquella intervención por vez primera. Pedro, comprendiendo el objeto de las graves cabezadas de Amador y con una airada conciencia que a sí mismo no se confesaba de "La segunda vez lo haré mejor", y "Una transfusión a tiempo podría haberla revivido", continuaba automáticamente el raspado y una vez concluido, taponaba con la gasa limpia destinada a los ratones, aplicaba un apósito, se limpiaba las manos, depositaba el cuerpo en forma más decente y se volvía hacia la madre redonda que todo lo había visto y luego miraba a Amador y todos esperaban el signo de su rostro, el descomponerse de su gesto, el arrojar un instrumento al suelo o la blasfemia que desencadenara el lamentable coro de las plañideras.

"Cuando llegué, ya estaba muerta", fue lo primero que contra toda evidencia dijo y se puso rojo de vergüenza porque aquello no era más que una disculpa dirigida a calmar el odio de la madre. La cual no había nacido para odiar, sino que intentó consolarle: "Usted hizo todo lo que pudo", antes de empezar a gritar, antes de arrojarse sobre la hija muerta y besar los labios que probablemente no había besado desde que — cuando era una niña — tuvieron, tras haber mamado, el propio sabor de la propia leche, antes de golpear al hombre que tenía al lado y de arañarle el rostro que hoy se dejaría arañar a pesar de su naturaleza de señor que, mañana indeclinablemente, volvería a adoptar y que continuaría oprimiéndola como un aro de hierro contra el suelo.

Cuando la madre comenzó a gritar, todas a una gritaron también las plañideras. Como si desde siempre estuvieran preparadas a las muertes prematuras, las plañideras vestían ya previamente ropajes negros al irrumpir en el máximo número posible (que no era mucho) en la cámara mortuoria.

— ¡Desgraciado! — gritó una ante el cirujano como si fuera a escupirle, alzando dos manos crispadas que, cuando ya iban a alcanzarle, se volvieron contra el propio rostro golpeándolo con fuerza —. ¿Qué has hecho de mi florecita?

— ¡Mirarla! ¡Como un ángel! — se extasió una mujer de brazos remangados que, quizá por haber tomado parte antes en las manipulaciones del mago, creyera haber colaborado en la obra de arte.

Efectivamente, habiendo perdido la excesiva turgencia de su edad pudenda y de sus comidas bastas, estaba la pobre embellecida.

— Como si durmiera, se ha quedado...

Tales comentarios iban escandidos por el ritornello incesante de: "Hija", "Hija", "Hija", "Hija", "Hija", que escapaba como un hipo de la boca abierta de la madre que, tras haber arañado al Muecas y dicho al médico lo que había que decir, se abandonaba a la necesaria desesperación.

Muecas, siempre sabio y sereno, organizaba la entrada y salida de curiosos y para mayor comodidad, sacó uno de los candiles que habían iluminado el anfiteatro y lo colocó en la antesala de la chabola. Pareciéndole luego poco propio el candil restante, encendió dos velas de estearina dispuesto a que nada quedara a faltar por su descuido de las honras fúnebres que deben ser rendidas. Poco más tarde fue quitando las jaulas-palacios de los ratones tan tiernamente conseguidos y los fue colocando a la intemperie, a despecho de que pudiera producirse la interrupción de algún difícil embarazo a causa del relente del amanecer.

Ya repuestas, las comadres fueron ocupando los lugares estratégicos y acurrucadas en el suelo, musitaron oraciones inaudibles, mientras que la de las mangas remangadas y otra delgada como un hilo comenzaban a amortajar a la muerta.

Todo esto habían mirado Pedro y Amador un tanto atónitos, un tanto sorprendidos, comprobando una vez más cómo la muerte no tiene nada de irremediable y cómo basta con tomar — tras ella — las necesarias providencias para que el curso de los acontecimientos reanude su marcha ordenada. Pero para Pedro y Amador, la muerte era otra cosa que un puro dolor o una sencilla toma de disposiciones: era un problema técnico. Allí estaba todavía don Pedro con su mano agarrotada en una pieza metálica de significación dudosa; allí estaba Amador con su bombona de gasas estériles todavía entreabierta; el: "Hija", "Hija", "Hija", de la madre se había convertido en un runrún continuo como de motor o de cascada que pronto deja de oírse y habiendo sacado a la desgraciada hasta los espacios inciertos que hacían de plaza o de calle entre las latas extendidas, la uralita y los tablones robados de las obras, su sonido se echó de menos. Muecas no miraba a Don Pedro a la cara y ni siquiera pudo llegarle a decir (eso que él sabía tratar mejor que la consorte): "Usted hizo lo que pudo". La hermanilla más joven miraba en cambio al padre de hito en hito y se apretaba con las dos manos el vientre como para protegerlo de todo mal. No lloraba. Miraba al padre que tan concienzudamente tomaba sus disposiciones y que llegando al cabo de ellas, la ordenó:

— Saca algo de beber al señor doctor.

Trajo otra limonada agria con su poco de azúcar y con su agua fría, que fue bebida con ansia.

— Dame a mí otra — pidió Amador.
Y se la dio.

Don Pedro no se iba porque sentía que aún había allí algo que hacer. Y recordó de pronto lo que era.

— ¿Quién hizo el aborto? — preguntó al Muecas.
— Pero, señor doctor, usted lo ha visto. Usted mismo hizo lo que...
— ¿Quién lo hizo?

Las comadres miraron agudamente a Pedro. Suspendieron sus rezos. Ya amortajada la muerta asistía al debate. Dos o tres hombres que habían estado hasta entonces inmóviles, sin ayudar y sin llorar tampoco, desfilaron silenciosamente y desaparecieron.

— La empezó la hemorragia — dijo el Muecas — porque Dios quiso. Nadie la ha tocado. Fue sólo ella, que empezó poco a poco y cada vez más, era como un río. Yo por eso fui a buscar al señor doctor, porque no conozco, pobre de mí, ignorante. Me pareció que se ponía mala. Y ella lo decía la pobre, que no se sentía bien, que no la probaba. Se nos iba en sangre, pobrecilla.

La hermanilla miraba al Muecas de hito en hito; se le había abierto la boca y respiraba muy de prisa entre los labios

138

temblorosos. Estaba muy blanca. De repente saltó adelante con la cara contraída.

— ¡Fue usted! ¡Fue usted! ¡Usted, padre! ¡Fue usted el que...!

El bofetón del Muecas la tiró al suelo donde empezó a llorar a grandes gritos que luego se convirtieron en lamentos inarticulados, en convulsiones y en un ataque de nervios disparatado, insoportable, mientras arañaba mordía, desgarraba su ropa, se orinaba y el Muecas daba ciegas patadas en aquella masa viviente y agitada, sin conseguir cortar el paroxismo.

Don Pedro soltó al fin la pieza niquelada manchada de rojo y salió andando rápido, como perdido, queriendo estar muy lejos de aquella noche y de las andanzas locas en que la noche le había sumergido, queriendo dormir, quedarse solo, meterse en una cama caliente donde no hubiera nadie y donde, al despertar, todo quedara confirmado como un sueño largo y demasiado vivo, semejante a los que el alcohol produce a los que no acostumbran a beberlo.

Ya había luz de día. En el rincón de otra chabola, asistida por dos de sus iguales, lloraba la expulsada madre sin lágrimas, expeliendo el continuo lamento entrecortado: "Hija", "Hija", "Hija", y sin ver al médico que tan desatinado se alejaba. El aire frío y la luz nueva le escocieron en los ojos. Las chabolas aparecían en la luz de la mañana nueva sonrosadas, como si un reflejo de nácar las embelleciera provisionalmente por unos minutos, hasta que los rayos auténticos del sol, todavía oculto, las reconstituyeran en toda su íntegra fealdad. En el extremo de la carretera le esperaba el taxi. Subió a él y dio secamente su dirección. Y ya corría cuando Amador, asomado a la chabola, le gritaba inútilmente:

— ¡Don Pedro! ¡Don Pedro! ¡El certificado!...

Durmió toda aquella mañana sin interrupción. Las dueñas tejieron el necesario silencio alrededor de su cuarto. También Dorita permaneció en la cama hasta muy tarde y mientras la tonta de la madre se iba a misa y luego quizá a dar una vuelta por el Paseo del Prado o hasta a tomar un vermut en un aguaducho del Retiro con una amiga de otros tiempos a la que hablaba prolongadamente de las glorias pasadas, la abuela, introduciéndose en la misma alcoba en la que había entrado Pedro, hablaba al oído de su nieta y la hacía hablar a ella y volvía a hablar de nuevo y le daba algunos consejos y sonreía un poco y luego lloraba también, pero todo con la mesura propia de mujeres que poseyendo una alta sabiduría y comprendiendo cuáles son las sencillas motivaciones que rigen la conducta de los hombres, no desesperan de llevar a buen puerto sus afanes, siempre que no se crucen en el camino desaprensivos bailarines sin moral o mujeres estúpidas entregadas al ruhm negrita y que no aciertan a utilizar racionalmente sus encantos.

Cuando llegó la hora de comer y regresó al hogar la parlanchina madre y todos los huéspedes habían vuelto también a la pensión, después de haber tomado sus patatas fritas o incluso sus gambas a la plancha si los medios pecuniarios daban para tanto, la decana dio las órdenes pertinentes para que tanto el personal de familiares y criados, cuanto su distinguida clientela conservaran en sus desplazamientos y conversaciones un cierto grado de moderación, para no interrumpir de modo indebido el reposo del que habiendo sido requerido a altas horas de la madrugada para realizar una operación urgente, reponía sus preciosas fuerzas llamadas a desplegarse magníficamente el día de mañana en una brillante carrera cuajada de éxitos profesionales. Para lo cual, ella había pensado, no tenía sino suspender de una vez el ya prolongado plazo de su vida dedicado a la investigación, a los trabajos de laboratorio y al perfeccionamiento de sus estudios teóricos y abandonando estos caminos ingratos a los escasamente dotados para obtener éxito en la vida, abrir los brazos a la resplandeciente clientela que solamente esperaba este gesto para caer sobre él y colmarle de sus dones auríferos. Estas palabras eran escuchadas por las clases pasivas con comprensivos gruñidos y con gestos de cabeza o de hombro con los que hacían conocer su aquiescencia unánime a que ése era y no otro el sendero destinado al joven al que todos consideraban un poco ahijado suyo y que tantas muestras de rectitud, seriedad y buenas costumbres venía prodigando desde el día — ya lejano — en que llegó a la puerta de la pensión vestido según la incierta moda de la provincia y arrastrando un baúl de madera con libros y ropas que, gracias al consejo de la bienintencionada decana, fueron progresivamente sustituidas por otras más acordes con la brillantez de su futura carrera.

Pero cuando, una vez levantados los manteles y poco a poco suspendidas las tertulias, se hizo evidente que el sueño del muchacho competía de modo poco conveniente con la también ineludible necesidad de aportar alimentos a un cuerpo joven de metabolismo vivaz y existencia relativamente agitada, planteándose la posibilidad de enviar a la criada con una bandeja cuajada de vituallas para que en el mismo lecho pudiera satisfacer una de estas necesidades sin interrumpir completamente la satisfacción de la otra, esta decisión precipitóse por la llegada a la pensión de otro mancebo, ya conocido aunque no todavía estimado, de nombre Matías, elegantemente fardado y que pretendía ser introducido a la cámara de reposo de su amigo. Aunque tal vez fuera este joven — según sospechó inmediatamente la alta dirección de todos los acontecimientos — quien arrastraba por malos pasos al investigador extinto y recién-nacido practicón quirurgo, el agradable tufillo social que se desprendía del bien planchado traje, de la corbata de seda y del excelente corte de pelo de Matías, así como de las cultivadas inflexiones de su voz y rico léxico utilizado, fueron motivos determinantes para que no se impidiera el encuentro con especiosos recursos, velando así por la posible buena sociedad que tan necesaria habría de ser a los recién casados en cuanto hubieran pasado las embriagueces de la luna de miel y la conveniente ubicación en un universo social adecuado facilitara el camino hacia un consultorio lujoso de la clientela que — ya antes hemos dicho — aguardaba decidida de antemano a entregarse a los expertos cuidados del todavía durmiente, pero ya a punto de ser traído al difícil mundo de la vigilia.

Decidida la expedición, presentáronse en este orden los sujetos que la componían en el umbral de la alcoba: En primer lugar, la lúcida anciana con una sonrisa imperceptible corvando los alerones del labio superior; en segundo lugar, el llamado Matías con cierto plan ya madurado para ocupar la tarde y el comienzo de la noche de su amigo; en tercer lugar, la maritornes ceñuda, un poco harta de que se tolerase aquel desarreglo que retrasaba su hora de salida en un día como aquél — domingo — en que su asueto debiera haber sido tenido como sagrado por la dirección del establecimiento. En entrando, un aroma desagradable y ácido mezclado con vapores alcohólicos, les hizo adivinar lo que iban a ver, que fue las sábanas manchadas de vómito vinoso y al arcángel yacente envuelto en ronquidos y mancillado por sus mismas deyecciones, lamentable imagen de la condición humana y no divina que nuestros primeros padres nos legaron.

— ¡Pobre! ¡Cogería frío! — fue la pronta explicación de la decana —. Prepara un baño, en seguida.

— Me quedaré sin agua caliente. No he fregado todavía — dijo la criada.

— No repliques.

— El baño es por la mañana.

— Te he dicho que te calles.

— ¿Y me quiere decir a qué hora salgo?

— ¡Vete ya y déjanos tranquilas! La señorita lo preparará.

La bandeja alimenticia inútil quedó encima de una silla. Pedro se desperezaba lentamente. Matías se reía por lo bajo. La vieja fue a disponer sus providencias. La vida reiniciaba su vulgar decurso y mientras Dorita llenaba la bañera y mezclaba el agua fría con la caliente, probaba con la mano la temperatura ideal para un cuerpo intercadente, la anciana sacaba de un armario, de entre los montones de ropa blanca, un frasco de sales de baño azules que ella todavía a veces utilizaba y que la regocijaban con un gozo nostálgico cuando las burbujillas recorrían su piel, amarillenta sí, pero todavía capaz de sentir frío o cosquillas.

Cartucho pertenecía a la jurisdicción más lamentable de los distintos distritos de chabolas. Mientras que la mortuoria del Muecas había sido establecida del modo legal y digno que corresponde al inmigrante honrado, la de Cartucho (o más bien la de la anciana madre de Cartucho) era una chabola avinagrada, emprecariante y casi cueva. Estas chabolas marginales y sucias no pretendían ya como las otras tener siquiera apariencia de casitas, sino que se resignaban a su naturaleza de agujero maloliente sin pretensiones de dignidad ni de amor propio en estricta correlación con la vida de sus habitantes. Lujo al que nunca llegaban estas subchabolas era la división en compartimentos, como la del ganadero que hemos visto bien compuesta de cocina-dining-living y dormitorio-tabernáculo-cámara de incubación. La ocupada por Cartucho era una formación de un único espacio y los objetos robados no podían ser trasladados a un departamento especial, sino enterrados bajo una piedra redonda (que sirve también para sentarse) o confiados al perista o arrojados al estanque del Retiro. Los lamentables habitantes de estos barrios no mostraban en sus manos callosas los estigmas de los peones no calificados, sino que preferían ostentar sus cuerpos en actitudes graciales y favorecedoras con pretensiones de sexo ambidextramente establecido y comercialmente explotado. Usaban a este fin de pantalones ajustados con cremalleras en las pantorrillas y de los debidos conocimientos folklóricos y rítmicos. Pero cuando pasaba la edad adecuada, sin haber conseguido colocación estable en los entresijos del vicio de la ciudad, la vejez les desproveía hasta de las más míseras partículas de encanto y sólo la mendicidad (ya muy reprimida por una sociedad eminentemente progresiva) o bien la busca podía evitarles la total extinción y el encogimiento del cuerpo en el frío total externo-interno de la madrugada. No llegaban a habitar estos parajes personalidades ricamente desarrolladas tales como carteristas, mecheras, descuideras, palanquistas, palquistas o espadones, sino subdelincuentes apenas comenzados a formar, que muy a menudo para toda la vida quedaban subformados bien por falta del necesario nivel mental, bien por falta de la estabilidad de carácter necesaria. Eran, pues, gentes de un bronce apenas moldeado los que, entre blasfemias y hasta con posibles fatigas retribuidas de tiempo en tiempo (como cargar camiones o descargar camiones o llevar carbón a un hotel), nunca conseguían un estatuto estable y permanecían exiliados tanto de la sociedad que sólo a sí misma se admite, como de las infrasociedades que bajo aquélla se constituyen inventándose códigos de honor ininteligibles, lenguajes, gestos y provisorias asambleas constituyentes. Por aquí se veían gitanos de paso hacia la ciudad. Cuando llegaban a conquistarla aquí se detenían y luego avanzaban, casi respetuosamente, y se perdían en sus calles. Más tarde, se podía ver de nuevo a las gitanas viejas cuando ya la ciudad las volvía a dejar caer desde su falda, como quien se sacude las migajas de lo que ha estado merendando. Llegaban con la cara esculpida mil veces más sutilmente que la de las mujeres que no han sabido darse a la vida por antonomasia ni han sabido alumbrar (con luz de arte y perfección de mercancía autoofrecida) el paso de los años progresivamente desnudantes de achucháis, piñones, cúpulas y trajes de lamé y de terciopelo oscuro.

Así la madre estaba acuclillada en su vejez y en la piedra redonda, debajo de la que su hijo tenía oscurecida la navaja con la que ya antes había arrugado al Guapo y a otros de los que no se supo. El hijo le traía revuelto en maldiciones su cacho de pan y ella, que no podía levantarse, esperaba inmóvil que él trajera el diminuto botín siempre diferente: una sortija, un reloj, una paga ocasionalmente sudada, una diminuta estafa, una compraventa frustrada, una máquina de coser de niña, el bolso de una criada que ha ahorrado para bolso y se ha ido a bailar con su bolso con un muchacho bailón moreno y de pelo rizoso. Hijoputa él y de madre soltera él, adherido al árbol de la vida por donde había brotado, como un clown a través del disco de papel, a un circo en el que no sabe contar chistes, esperaba tendido en la mañana, entre las piedras, la salida de alguien desde la mortuoria cabaña en la que había oído gritos que le habían hecho suponer que alguien andaba con lo que era de él, llenándole el corazón de rabia.

Amador salía con su carga de bombonas y de gasas y de pena, andando con un tintineo metálico de instrumentos que había lavado cuidadosamente con agua que trajo una mujer desde el pozo de allí al lado. No pensaba tanto en la muerte como en el certificado que debe permitir que cada cosa quede en su sitio hasta en un lugar tan desamparado como aquél y en la torpeza de los que empiezan a hacer cosas que no saben hacer. Había hablado con el Muecas y habían pensado un procedimiento para dejar las cosas en orden aun en ausencia de certificado. Pero había mucha gente que lo sabía y Muecas llamó también a conversación al Mago. Hablaron pues el Mago, Muecas y Amador en voz muy baja, para irse entendiendo poco a poco sobre lo que había de ser dicho si llegaba la hora en que hubiera que hablar por fuerza. La madre seguía lanzando un quejido rítmico y era agobiante oírla hasta para el Muecas, eso que habiendo vivido tanto tiempo con ella debiera estar acostumbrado al timbre de su voz. Pero ella, por lo general, había sido muy callada, y Muecas no recordaba un timbre tan agudo de su voz desde los primeros días, sobre los campos de trigo en la vega del Tajo. Dispuso pues, que fuera trasladada hacia una región relativamente lejana de los poblados, donde había primos carnales de él que le debían algo y una prima lejana que escucharía con curiosidad sus alaridos. La hija pequeña, tras el ataque, estaba tan dormida que a pesar de los rastros de los arañazos y de las patadas, parecía inofensiva. Y una cierta ternura puede fácilmente un padre sentir por la hija restante cuando la primera acaba de marchar. Así pues, los tres hablaron del incierto futuro y tomaron sus providencias como hombres de cabeza que eran.

Cartucho seguía a Amador con su carga ilegal de objetos

propiedad del Estado que, con los generosos créditos dispensados a un Instituto, parece suponer que nativos de su territorio, instruidos a sus propias expensas aunque en edificios que Él ha dispuesto, pueden contribuir al crecimiento de esa montaña de saberes discretamente ordenados de la que aquí casi nada se sabe. Y según se alejaba del lugar de los hechos, se aproximaba lentamente — incapaz de poder gastar en taxi cantidad alguna aun en el caso de que hubiera habido un taxi en el desierto de la prima aurora — al subbarrio de las subchabolas donde Cartucho reinaba como señor indiscutido después de algunas de sus más pronunciadas hazañas que habían llevado algún cuerpo a la tierra y a él, sólo muy provisionalmente, a una sombra alimenticia y descansadora.

Se echó sobre Amador cuando menos lo esperaba y le puso la punta de la navaja en el vacío izquierdo y apretó un poco hasta que la sintiera. Le dijo: "¡Andar!". Le hizo andar. Le dijo: "¡Entra!". Amador entró hasta donde estaba la madre soltera, vieja, acuclillada sobre la piedra redonda, comiendo unas sopas de ajo frías, sin dientes.

— ¿Quién fue?

— ¡Por mi madre, que yo no! ¡Por éstas, que yo no!

— Deja ahí eso.

Amador dejó los paquetes en el suelo y la madre empezó a desenrollarlos para ver los objetos brillantes y las gasas y unas vendas y un frasco de yodo.

— ¡Tú has sido! No me mientas.

— ¡Te lo juro que no!

— Y ¿para qué era todo esto?

— Ha sido el Muecas que quiso que se lo hicieran porque la tenía en...

— ¿De quién?

— Yo no sé nada, te lo juro por éstas.

147

— Di de quién.

La madre volvió a sus sopas indiferente. Iba oculta en grandes refajos que adherían al menguado cuerpo como viejas pieles de serpiente que no muda, sobre las que podía dormir tan ricamente.

— No le dejes, mi hijo — intervino —. Que pague lo que sea.

— ¡Déjame ya o te denuncio!

— ¡Hale! ¡Chívate si puedes!

— ¡Déjame!

— ¿Crees que me va a dar canguelo? Tú sí que vas a tener la frusa...

— Yo no he sido.

Cartucho hacía como que podía apretar, sin esfuerzo alguno, la punta de la navaja en el vientre un poco grueso de Amador el cual estaba hecho de una materia demasiado blanda para ciertos tragos. No podía adivinar de dónde había salido aquel hombre negro, como llovido del cielo o vomitado de una mina, que le apretaba contra la asquerosa vieja y sentía cada vez más sudado su cuello por el miedo. ¿A él qué se le iba en aquel asunto? Éste estaba enamorado de la muerta. Aconchabado con la Florita. Sería el padre. Pero Muecas no lo sabía. Éste se entendía con ella y el Muecas no sabía lo que le metían en la casa. Tiene un aire de fiera que puede suceder cualquier cosa, Dios sabe qué barbaridad...

— Fue el médico — dijo Amador.

— No me mientas.

— El médico...

Estaba recubierto de una alfombra áspera cuyos largos pelos, al pisar sobre ellos, se doblaban hacia un lado. El portero grueso, vestido de azul, con la cara roja, bien afeitado, se precipitó con mansos saltos de balón de goma y les abrió la puerta del ascensor inclinándose. En aquel portal olía a un ozonopino perfeccionado distinto del de los cines de barrio. El ascensor subía muy lentamente sin ruido y en tres de sus lados había espejos. También tenía una gruesa alfombra roja. En un extremo de la cabina una pequeña banqueta forrada de terciopelo ofrecía un descanso a los fatigados aeronautas. Alertado por algún misterioso mecanismo no sonoro, la puerta del ascensor fue abierta por un criado vestido con chaqueta gris, estrecha, de botones metálicos. Este criado, delgado y flexible, tenía el pelo rizado y los ojos verdes. Se inclinó también, pero de otra manera que el portero, haciendo con la boca un gesto que era a la vez sonrisa y rictus irónico. Salmodió algunas palabras confusas en que "señorito" aparecía y desaparecía perdida entre otras más vagas. Parecía poder inclinarse sin dejar de estar, al mismo tiempo, muy estirado. La ajustada chaqueta gris le apretaba sobre todo en el cuello que recogía adherentemente como los uniformes de los botones de los hoteles y los de los oficiales de algunos ejércitos ya desaparecidos. Con soltura asombrosa logró cerrar las puertas interiores de la cabina y las metálicas de la verja de la escalera y situarse en la de la entrada de la casa (abriéndola de par en par), mientras que ellos se deslizaban con paso rápido a lo largo del descansillo en el que sobre la alfombra fundamental, se había extendido una segunda capa de una tela más clara con algún ignorado objeto, tal vez protector, tal vez de refinamiento no asequible a pies calzados con zapato no-a-la-medida. Al andar, el criado oscilaba sobre los ágiles tobillos y dejaba caer sus manos péndulas con unos largos dedos prestos para cualquier servicio inesperado, tal como colocar una porcelana que ha resbalado fuera de su sitio, aproximar un cenicero repentinamente necesario, apoderarse de una prenda de abrigo, oprimir un interruptor subrepticiamente oculto bajo una moldura dorada, señalar con un índice sin anillos la dirección en que deberían desplazarse los señoritos para alcanzar el lugar en que deseaban ser depositados.

Incluso para Matías — cuya la casa era — tenía que resultar el pasillo demasiado ancho y el criado demasiado ubicuo. Pedro se movía difícilmente envuelto por la magnificencia. Los grandes cortinones parecían arropar un aire específico impidiendo que se introdujera el vulgar aire de la calle impurificado por miasmas. Las lámparas indirectas daban su luz refleja tras haberla hecho chocar contra unos viejos óleos de los que su intensidad parecía levantar la pátina y craquelarla más rápidamente que el paso del tiempo ordinario. Al final del largo corredor se abrían unos salones semejantes por sus dimensiones al refectorio de un convento, pero que en lugar de mostrar la larga escualidez de las mesas de mármol blanco, ostentaban unos sillones de cuero aptos para recibir cómodamente los cuerpos de gigantes sobrevivientes de la edad del hierro, ante los que mesas ridículamente pequeñas, bajas, chatas, paticortas acumulaban objetos de difícil descripción y revistas ilustradas en lengua inglesa.

Matías le hizo un gesto para que se sentara en alguno de aquellos sillones y él lo hizo sintiendo cómo su cuerpo se hundía progresiva y lentamente a través de una serie de capas de plumón de pato, de acogedores almohadones y de muelles de fabricación británica totalmente silenciosos. Mientras tanto, el criado sonámbulo había conseguido, con simultaneidad maravillosa, poner en movimiento un disco escogido según el gusto de Matías y ofrecer, con la otra mano, dos vasos largos en los que se mezclaban de un modo calculado una bebida opalina, agua espumosa y trozos de hielo que mostraban, por el sonido que al choque producían, la excelente calidad del cristal. Pedro se encontró bebiendo aquella bebida que hacía bien hasta a un estómago tan enfermo como el suyo y, poco después, Matías había colocado un cigarrillo rubio, aromático entre sus dedos y el criado desaparecía, dejando que menesteres ya tan personales como el encendido del pitillo, y la colocación de la grisácea ceniza en los artificiosos platillos, fueran realizados por manos menos hábiles que las suyas.

No había hablado apenas Pedro en el trayecto hasta casa de Matías desde las lóbregas miserias de su alcoba mancillada. El repaso de los hechos acaecidos no se le presentaba todavía como sucesión coherente y ordenada, sino como ese conjunto de apuntes e instantáneas que un reportero imaginativo tiene extendidos sobre su mesa de trabajo mientras que espera que la inspiración creadora le insufle el sentido todavía no del todo transparente de la historia. Matías, aunque más rozagante, tanbién estaba bajo los efectos de su experiencia nocturna y no había lanzado todavía al aire los alegres clarines de sus frases altisonantes greco-célticas o latinas, sino que en vulgar castellano conversacional decía cosas como : "¡Qué trompa!" "¡Vaya zorra vieja!" "Pura literatura..." y "Nada tan divertido como un alemán aburrido".

Mientras el tiempo se iba reposando y el dolor de las sienes de Pedro se alejaba hacia la nuca y sentía (aunque no era cierto) al cerrar los ojos, que su cuerpo seguía penetrando en otras capas aún más cómodas del sillón insondable, se adivinaron más que se oyeron unos pasos nerviosos, primero dubitativos, luego decididos que avanzaban hacia ellos, a cuya proximidad púsose Matías de pie en posición casi de firmes, obligando a Pedro a interrumpir su secular reposo e intentar una actitud semejante a la de su amigo. Una dama vestida de negro con una túnica muy ajustada que llevaba los botones a la espalda y un escote triangular muy blanco sobre el que brotaba el delicado cuello y la cabeza armoniosamente constituida, artísticamente peinada, avanzaba hacia ellos con sonrisa amable que revoloteando la precedía.

— Mamá — dijo Matías —. ¿Conoces a Pedro? Ya te he hablado de él.

— Sí, claro — dijo la señora levantando la mano muy delgada hasta una altura tal en que la cabeza de Pedro no tenía sino inclinarse apenas, mientras pensaba si era mejor besar aquella mano descarnada o simplemente insinuar con la boca el simulacro procurando no hacer ruido hidroaéreo alguno.

— Usted es el investigador — dijo la señora —. ¡Qué interesante! Tiene usted que hablarme de sus experimentos. No hay cosa que más me apasione. Mi hijo dice que es usted un sabio de verdad.

— No; yo sólo intento demostrar si en la herencia de las cepas de ratones cancerígenos hay una transmisión dominante o si influyen más los factores ambientales. En realidad no es muy original. Ya hay unos americanos que lo han estudiado antes que yo pero...

— Apasionante..., sí, tiene cara de sabio. ¿Le atiende bien mi hijo? ¿Por qué no le lleva usted para que le ayude? Este hijo mío es un vago aunque sea tan inteligente.

— Si él quiere, claro está. Yo...

— ¿Estaréis aquí? Si viene tu hermana con esas niñas hacerles un poco de caso por favor.

La dama giraba sobre sí misma a cada momento y parecía pensar que aquellos sillones, a pesar de la esbeltez de su figura, no eran suficientemente cómodos para ella. El pelo rubio cuidadosamente colocado en torno a su rostro redondo, a su nariz recta, a sus grandes ojos claros con las cejas muy levantadas la aureolaba luminosamente dando fondo a una figura quizá demasiado etérea, donde los nervios se manifestaban en una contracción o palpitar casi constante de los ángulos de la boca, en una transparencia excesiva de la piel de la frente bajo la que se adivinaba una vena azul, en un ligero sarpullido del cutis bajo la barbilla que mantenía erguida evitando (víctima de una costumbre o de un castigo de Sísifo) que la sombra de la sotabarba pudiera hacer nada más que insinuarse, para desaparecer otra vez en seguida, absorbida al conjuro de una voluntad de perfección que nunca descansaba.

— Sentaros, sentaros — dijo —, yo prefiero estar de pie.

— Siéntate — le tranquilizó Matías con su ejemplo, al que la costumbre inmunizaba contra la presencia de esta mujer.

— Estoy esperando una llamada; en seguida me voy.

Dándoles la espalda, se acercó al espejo que había sobre una chimenea de mármol (cerca del ignorado lugar por donde se derramaba la música que seguía llenando el espacio del salón demasiado grande para permanecer vacío) y vigiló con ojos certerísimos la posible aparición de lo imperfecto en su imagen. En este momento, la sonrisa que hasta entonces se había mantenido como coagulada o pegada con un alfiler al rostro blanco, no formando parte de él sino simple aditamento necesario, desapareció bruscamente y las comisuras de los labios descendieron perdiendo su temblor. La fijeza de los ojos se atemperó por una caída proporcionada de los arcos de las cejas. En tal instante pareció que miraba directamente al centro de ella, al punto equidistante entre las dos pupilas, pero un momento después, el repasar cada detalle, volvió a componer la complicada aunque armoniosa estructura total de la idea de sí misma que se había fabricado y reanudó el juego inextinguible. Parecía haber comprobado algo importante en aquella fracción de segundo, algo que le garantizaba su persistencia bajo la máscara y que le permitía seguir siendo la misma con su secreto sufrimiento o su punta de acero clavada en un lugar sensible.

Pedro no se había sentado sino que miraba fascinadamente — olvidado de que su hijo estaba allí — a la madre de Matías. Ella advirtió esta mirada.

— ¿Me estudia usted? Me da miedo. Los sabios siempre me dan miedo. Parece que pueden saber cosas de nosotros mismos que ignoramos.

Pedro turbado se echó hacia atrás, se dejó caer en el sillón — donde ahora no debía haberse sentado —, se le cayó el pitillo encendido sobre la rodilla, lo persiguió con gestos torpes, tiró la ceniza al suelo, pisó el cigarro sobre la alfombra. Luego, se la quedó mirando.

— ¿Irá usted mañana a la conferencia?

— Sí; claro que sí — dijo Pedro, sin saber a qué conferencia se refería.

— Bueno. Venga luego por casa. Tendremos una reunión. Es una reunión intelectual, no se vaya a creer. No tenga miedo de aburrirse. Tráetelo tú, Matías.

— Sí; iremos juntos — dijo Matías —. Pero tus reuniones me aburren.

— Pues no vengas tú. Pero a él le interesará si es tan sabio como parece.

Olvidándose bruscamente de ellos, volvió otra vez hacia el espejo para vigilar de nuevo, con profunda seriedad, aquella zona intermedia y secreta en la que su mirada se fijaba con una brusca destrucción de todo su aparato apariencial. Esta vez la contemplación fue más prolongada.

— ¡Adiós! ¡Adiós! No os levantéis, se me va a hacer tarde — y se alejó con el mismo paso nervioso, andando muy erguida, muy esbelta, con las piernas muy juntas, muy apretada en sí misma, muy consciente de la obra de arte secreta que constantemente segregaba como el maravilloso jugo nacarado que deja el caracol por donde pasa.

— ¡Perdona! No creí que estuviera en casa — se disculpó Matías, antes de que hubiera desaparecido totalmente —. Es una pesada.

— ¡Qué joven es!

— No, no es tan joven. ¡Vamos a mi cuarto! — y empezó a andar en dirección opuesta a aquella por la que la madre había desaparecido.

— ¿Pero no dijo que esperáramos a tu hermana?

— ¿Qué importa? Vamos a ver mi Goya.

El Goya de Matías era una gran reproducción a todo color pinchada con chinches en la pared de su cuarto con absoluto desprecio del mobiliario Imperio y del papel rosado que la recubría. El gran macho cabrío en el aquelarre, rodeado de sus mujeres embobadas, las recibía con un gesto altivo, con la enhiesta cabeza dominando no sólo a cada una de las mujeres tiradas por el suelo, sino también a cuantos inermes espectadores se atrevieran a fijar en el cuadro su mirada.

— ¿Qué te parece? — preguntó Matías.

— ¡Déjame mirarlo!... Casi no me atrevo.

Scène de sorcellerie: Le Grand Bouc — 1798 — (H.-0,43; L -0,30). Madrid. Musée Lázaro. Le grand bouc, el gran macho, el gran buco, el buco émissaire, el capro hispánico bien desarrollado. El cabrón expiatorio. ¡No! El gran buco en el esplendor de su gloria, en la prepotencia del dominio, en el usufruto de la adoración centrípeta. En el que el cuerno no es cuerno ominoso sino signo de glorioso dominio fálico. En el que tener dos cuernos no es sino reduplicación de la potencia. Allí, con ojo despierto, mirando a la muchedumbre femelle

155

que yace sobre su regazo en ademán de auparishtaka y de las que los abortos vivos parecen expresar en súplica sincera la posible revitalización por el contacto de quien (sin duda encarnación del protervo o simple magna posibilidad del hombre nocturno) se complace en depositar la pezuña izquierda benevolentemente sobre el todavía no frío ya escuálido, no suficientemente alimentado, cuerpo del raquitismus enclencorum de las mauvaises couches reduplicativas, de las que las resultantes momificadas penden colgadas a intervalos regulares de un vástago flexible. ¿Y por qué ahorcados los que de tal guisa penden? ¿Y con qué ahorcados? ¿Acaso con el cordón vivificante por donde sangre venosa aerificada y sangre arterial carbonificada burbujeantemente se deslizan? ¿Puede ser ahorcado por el ombligo el tierno que todavía no utiliza la garganta para sus funciones aéreas del gritar, respirar, toser, llorar, sino para lentas ingestiones apenas si descubribles del mismo líquido sobre el que la vida flota? Oscilantes, tres y tres, los murciélagos descienden a posarse sobre los mismos cuernos que son motivo de fascinación. Y mientras su pezuña izquierda salva, indica con su mirada penetrante que es (el mismo que respira) el aire puro sobre la sierra lejana que muestra la vinculación a la tierra de todos nosotros, hijos suyos que a ella volvemos. ¿Por qué fascinadas las auparishtákicas vencidas? ¿Cuál es la verdad que dice con la seriedad inmóvil de su ojo abierto? Las mujeres se precipitan; son las mujeres las que se precipitan a escuchar la verdad. Precisamente aquellas a quienes la verdad deja completamente indiferentes. Él levantará su otra pezuña, la derecha, y en ella depositará una manzana. Y mostrando la manzana a la concurrencia selectísima, hablará durante una hora sobre las propiedades esenciales y existenciales de la manzana. La quiddidad de la manzana quedará mostrada ante las mujeres a las que la quiddidad indiferencia. ¡Vayamos con las mujeres inquietas, con las mujeres finas, con las mujeres de la selección hacia el inspirado discurso! Inclinemos nuestras cabezas ante el gran matón de la metafísica y dejemos chorrear lustrales sobre nuestras frentes sus palabras de hidromiel. Algo hay que él da que sólo él sabe dar. Los rostros quedarán iluminados por un sol imposible siendo tan de noche. Pero que ahí está, brillante, resplandeciente; y es que lleva una máscara. Únicamente el ojo pertenece a la realidad submascarina. Y desde allí periscópicamente nos contempla para fascinarnos mejor. ¿Pues, para qué tiene tan listo el ojo? ¡Para mirarnos mejor! ¿Para qué tiene tan alto el cuerno? ¡Para encornarnos mejor! Mientras mira el ojo escrutador, cuerpos abortados yacen resucitalcitrantes. Mientras masas inermes son mostradas como revolucionadas, cuerpos selectos yacentes gozan procumbentes penetraciones. Mientras sol nocturno hace inútiles vitaminas y eledones, la corteza de la naranja chupada permitirá el continuo crecimiento de genios elefantíasicos. Porque en Elefanta el templo y en Bhuvaneshwara la infancia inmisericordemente de hambre perecía, pero fue en tales templos grande la adoración a los ritos que acerca de la naturaleza siempre madre — y tan amamantadora — describiera Vatsyayana, sin que el óbice de la mortandad hambrienta y los otros perecimientos irritara como posible masa fermentativa al pueblo — en que tales procesos ocurrían — habilidosamente segmentado (en sectas) como los anillos del repugnante anélido, ser inferior que se arrastra y repta, de modo que nunca pudiera llegar a sentirse apto para la efracción y brusco demolimiento o fuego destructor de lo que el arte había consagrado como noble. ¡Oh proclamación profética hecha precisamente para que la profecía nunca, nunca se cumpla! ¡Oh descubrimiento, escrutación, terebrofilia del futuro! ¡Cómo traición te llamo! ¡Cómo a traición y a conclave del Barceló sin llamas te convoco! No eres expiatorio, buco, sino buco gozador. Das tu pezuña izquierda con gesto dadivoso pero amagas con la derecha, buco y una y otra vez te refieres personalmente al secretario de la docta corporación. La sangre visigótica enmohecida ves con ojos azagayadores circular, como en un rayos-equis divertido, por nuestras venas umbilicales y qué listo eres tú para un pueblo que tiene las frentes tan menguadas. Y puesto que de una más noble sustancia tú estás hecho, oh buco, a todos nos desprecias. Sí, realmente sí, qué bien, qué bien lo has visto: Todos somos tontos. Y este ser tontos no tiene remedio. Porque no bastará ya nunca que la gente esta tonta pueda comer, ni pueda ser vestida, ni pueda ser piadosamente educada en luminosas naves de nueva planta construidas, ni pueda ser selectamente nutrida con vitamínicos jugos y proteicos extractos que el turmix logra de materias primas diversas, jugos, frutos, pepitorias, embutidos, rosbifes, pescado fresco, habas nuevas, calamares, naranjas, naranjas, naranjas (y no sólo su cáscara) puesto que víctimas de su sangre gótica de mala calidad y de bajo pueblo mediterráneo permanecerán adheridos a sus estructuras asiáticas y así miserablemente vegetarán vestidos únicamente de gracia y no de la repulsiva técnica del noroeste. Cantehondo, mediaverónica, churumbeliportantes faraonas, fidelidades de viejo mozo de estoques, hospitalidades, équites, centauros de Andalucía la baja, todas ellas siluetas de Elefanta, casta y casta y casta y no sólo casta torera sino casta pordiosera, casta andariega, casta destripaterrónica, casta de los siete niños siete, casta de los barrios chinos de todas las marsellas y casta de las trotuarantes mujeres de ojos negros de París que no saben pronunciar — todavía no, qué torpes — la erre como es debido bien rulada, casta del gran gilbert y la mary escuálida único asomo de la europa en la más europea de nuestras villas pasada a cuchillo y de la que los cuchillos fueron asegurados (por los nobles reyes nórdicos de mejor casta) con anillos de hierro a las mesas donde sólo habían de servir, ya definitivamente, para cortar un pan seco acarcomado. Todo esto conoces, buco, con penetración muy seria y entonces indicas como triaca magna y terapéutica que a la gran Germania nutricia, Harzhessen de brujas y de bucos hay que fenomenológicamente incorporar. Y tus Carolinas espirituales serán nuestras prisiones temporales. Pero eres bueno; por eso alzas tu pezuña izquierda un poco más alta que la derecha. Por eso te vistes con ese disfraz que no es tuyo, pero que divierte a los que admirativamente te contemplan. Por eso te haces "aficionado" y aficionas a la gente bien tiernamente a la filosofía, como chico de la blusa tan espontáneo, tan grácil, con tan sublime estilo, con tan adornada pluma, con la certera metáfora desveladora que te perdonarán los niños muertos que no dijeras de qué estaban muriendo y (no mirando tu máscara sino tu ojo) pasaremos por alto los dos cuernos y te llevaremos a la tumba cantando un gorigori que parecerá casi como triste.

Como todo cosmos bien dispuesto también aquél en que el acontecimiento se desarrollaba estaba ordenado en esferas superpuestas. Había, pues, una esfera inferior, una esfera media y una esfera superior, cúspide y arbotante dinámico de todo el edificio. Muy clásicamente también, como de modo inevitable ocurre en toda teogonía, la esfera inferior estaba consagrada a los infiernos en los que — dejando de lado toda excesiva tendencia ormuzorimadiana — pueden situarse simultáneamente el reino del pecado, del mal, de lo protervo, de lo condenado a largas y bien merecidas penalidades, junto con lo térreamente vital, lo genesíacamente engendrante, lo antes-de-ser-castigado voluptuosamente gozador. De este modo, la esfera inferior del cosmos a que nos referimos, en la que con las dos superiores ninguna concomitancia ni relación (aparente) se descubría, estaba ocupada por un baile de criadas. En ella, indiferente a que más arriba el Maestro hablara (con perfecta simultaneidad en el tiempo y rigurosa superposición en el espacio) la turba sudadora se estremecía ya girando, ya contoneándose al son de un chunchún de pretendida estirpe afrocubana. En esta esfera inferior se producían sonidos y olores que apenas si habrían impregnado las esferas media y superior en el caso de haber estado éstas vacías. Pero no era así, sino que la esfera media almacenaba una muchedumbre casi comparable en número a la de la inferior, aunque muy diversamente compuesta. Antes de que el acto comenzara, esta multitud se disponía con un desorden browniano en los no muy lujosos acomodos de la sala y en los bullidores pasillos produciendo un murmullo perceptible en el que sólo a través de una ventana abierta al patio se deslizaba subrepticio algún acorde de corneta o solo de batería enérgicamente interpretado. Por lo que hace al olor, el que la esfera media poseía era una mezcla de diversos perfumes caros (algunos importados directamente de París a despecho de las dificultades de la balanza de pagos), lociones medicinales y crecepelos masculinos, abundante profusión de humo de tabaco rubio quemado y ciertos matices, apenas perceptibles pero inevitables, de sudor axilar y cuello de estudiante aficionado a la filosofía pero escasamente adicto al agua ya desde antes de la boga existencial. Finalmente, y para concluir este sumario repaso de nuestra teogonía, la tercera esfera superior y culminante — en varios sentidos — del conjunto, estaba constituida por el escenario del cine, donde junto con un pupitre sobre el que aparecían una luz, una jarra de agua, un vaso y una manzana, se establecía la presencia ominosa de un tableau noir de nada escrito. Esta tercera esfera no tenía una existencia sino virtual o alegórica hasta el momento preciso en que el Maestro ocupara su docente picota y el acto diera así comienzo.

Los condenados del sótano no tenían noticia de lo que — tres metros sobre sus cabezas — estaba ocurriendo y a causa de ello no presumían que la más aguda conciencia celtibérica se iba a ocupar, de modo deliberado, de elevar el nivel intelectual de la sociedad a la que (indignos es verdad) ellos también pertenecían. Pero era posible observar la reciprocidad y perfecta simetría del fenómeno, pues tampoco la muchedumbre de la esfera intermedia y quién sabe si ni siquiera el poderoso Maestro, tenía la menor noticia de la interesante realidad que bajo sus plantas se establecía con la simultaneidad ya antes indicada. Porque no deja de ser importante para un adolescente que ha reunido tres pesetas poder comprobar directamente cómo están constituidas sus compañeras de raza que han logrado también entrar en los elíseos campos aunque sin dispendio alguno. Porque de estos encuentros y no de otro modo — cual generatio insensible o acarreo de cigüeñas — es de donde brota la continuidad biológica primaria, talo germinal sobre la que el resto de las esferas navegan y son alimentadas tanto en sus necesidades corporales de diverso tipo, cuanto en provisión de artistas creadores, pintores, toreros y señoritas de conjunto. Pero las cosas son como son, vuelto sobre sí mismo el pueblo ignoraba al filósofo y la profusión de lujosos automóviles a la puerta de un cine de baja estofa, sólo le hacía experimentar las nuevas dificultades para el cruce de la calzada y no extraía de ellas ninguna valoración eficaz del momento histórico.

Los dos amigos — incluidos en la esfera intermedia — tenían a su derecha a un exseminarista con chaqueta negra pintacaspiana típica de exclaustrado y a su izquierda una elegante de la très haute. Por delante, por detrás, por los lados estaban rodeados de señoras de la misma extracción y de poetas de varios sexos. Balenciagamente vestida, tocada con un sombrero especialmente elegido para el acto — que figuraba un pequeño casco palasatenaico con la sola nota frívola de una plumita de colibrí rojo al modo de trofeo — movía incesantemente una dama, a la altura de su rostro, sus dos manos admirables. Mientras instruía acerca de sus ideas (tal vez existentes) a su compañera de localidad y afición filosófica, estas manos, como animales vivientes, describían amplios giros de trayectoria imprevisible. Sin posarse nunca ambos juguetes voladores se perseguían y mostraban la esbeltez de una línea no deformada por manchas de nicotina, ni por cutículas excedentes, ni por la gordura espúrea y basta que provocan hasta los más delicados instrumentos de trabajo. Pedro miró un momento las uñas que las adornaban. Más largas que lo ordinario, más concavo-convexas que lo ordinario, más rojo escarlatas que lo ordinario, le inquietaban como si le recordasen algo.

Pero ya el gran Maestro aparecía y el universo-mundo completaba la perfección de sus esferas. Perseguidos por los siseos de los bien-indignados respetuosos, los últimos petimetres se deslizaron en sus localidades extinguida la salva receptora. Los círculos del purgatorio (que como tal podemos designar a las localidades baratas, sólo en apariencia más altas que el escenario) recibieron su carga de almas rezagadas y solemne, hierático, consciente de sí mismo, dispuesto a abajarse hasta el nivel necesario, envuelto en la suma gracia, con ochenta años de idealismo europeo a sus espaldas, dotado de una metafísica original, dotado de simpatías en el gran mundo, dotado de una gran cabeza, amante de la vida, retórico, inventor de un nuevo estilo de metáfora, catador de la historia, reverenciado en las universidades alemanas de provincia, oráculo, periodista, ensayista, hablista, el-que-lo-había-dicho-ya-antes-que-Heidegger, comenzó a hablar, haciéndolo poco más o menos de este modo:

"Señoras (pausa), señores (pausa), esto (pausa), que yo tengo en mi mano (pausa) es una manzana (gran pausa). Ustedes (pausa) la están viendo (gran pausa). Pero (pausa) la ven (pausa) desde ahí, desde donde están ustedes (gran pausa). Yo (gran pausa) veo la misma manzana (pausa) pero desde aquí, desde donde estoy yo (pausa muy larga). La manzana que ven ustedes (pausa) es distinta (pausa), muy distinta (pausa) de la manzana que yo veo (pausa). Sin embargo (pausa), es la misma manzana (sensación)."

Apenas repuesto su público del efecto de la revelación, condescendiente, siguió hablando con pausa para suministrar la clave del enigma:

"Lo que ocurre (pausa), es que ustedes y yo (gran pausa), la vemos con distinta perspectiva (tableau)."

Vista la carencia de certificado legal del médico que la había asistido en sus últimos momentos, desembarazarse del cadáver de Florita (al mismo tiempo que cadáver cuerpo de delito), sólo podía ser logrado por uno de estos tres procedimientos: falsificación de documento público, soborno de profesional colegiado no implicado en el homicidio intrauterino, sepelio clandestino fuera de sagrado. El cerebro activo del Muecas no cesó en la búsqueda de una solución para el problema, ayudado por Amador que — fiel — regresó más tarde tras la agresión-interrogatorio de que había sido objeto por parte de individuo mal encarado. Cada una de las contradictorias soluciones presentaba sus propias dificultades. Lo mejor hubiera sido recabar de Don Pedro la firma del certificado, pero era imposible porque dedicado full-time a la experimentación animal carecía de colegiación y por tanto no podía administrar la oportuna legalización al fallecimiento. "Si no hubiera tanta sangre llamaríamos al de ahí abajo", opinaba el Muecas. "Podría haber sido una repentina." "No va a haber más remedio que enterrarla nosotros, pero iremos todos a presidio." "En el corral hay sitio." "Habrá chivatazo: ese tío no me ha gustado nada." "Ése no es chivato." "Ése no será chivato, pero te digo que éste está tramando algo." "La vieja y el sabelotodo callarán por la cuenta que les tiene."

Pero la redonda consorte se había puesto ya en camino y había ido de descubierta recorriendo kilómetros de polvo hasta llegar a alguna zona habitada por seres a los que la emigración no ha envilecido y poder escuchar (como en su aldea) la campana de una iglesia tañir a muerto y para que las debidas preces y responsos acompañaran al cuerpo de su malograda hija cuando sepultureros profesionales, con la habilidad y presteza que dan los años de trabajo, echaran las primeras paletadas de tierra rojiza sobre la caja que estaba dispuesta a comprar para depositar en ella el despojo exangüe, a despecho de cuantas complicaciones legales este deseo irresponsable, pero muy profundamente hincado, pudiera traer para cuantos habían decidido del destino en su presencia aunque sin su consentimiento.

El cuerpo de Florita, entre tanto, estaba en perfecto reposo, sin que se hubieran iniciado en él los secretos movimientos que acompañan a la muerte. La hermana, con el rostro deformado, colocaba unas florecillas alrededor y lo miraba.

Con regocijo, con júbilo, con prisa, con excitación verbigerativa, con una impresión difusa de ser muy inteligentes, se precipitaban los invitados en los dominios del agilísimo criado y se posaban luego en posturas diversas, ya sobre los asientos de las butacas gigantescas, ya sobre los brazos y respaldos de las mismas que eran capaces de dar confortable acomodo a los pájaros culturales que encaramados en tales perchas y con un vaso de alpiste en la mano, lanzaban sus gorgoritos en todas direcciones, distinguiéndose entre sí las voces más que por su contenido específico, por el matiz sonoro de los trinos. El "¡Qué fácil se le entiende!" era muy pronunciado por aves jóvenes de rosado pico apenas alborotadoras y hasta humildes, incrédulas de su fácil vuelo hasta las ramas más bajas del árbol de la ciencia; el "Le he seguido perfectamente" indicaba un grado más en el escalón de la autosuficiencia y en quien lo profería, al mismo tiempo que agradecimiento, aprobación hacia la manera de explicar sus verdades el filósofo; el "Está mejor que nunca" era un graznido ronco de conocedor que cata las frutas del árbol y sabe si son aguacates, mangos, piñas u otra especie de tropical infrutescencia, al par que dictamina si el grado de maduración es el óptimo y si en el desembuche y pelado de la materia ofrecida se han seguido las reglas del buen gusto; el que afirmaba "Lo de la manzana ha sido genial nadie ha explicado con tanta precisión y tanta claridad que la weltanschauung de cada uno depende de su propio puesto en el cosmos", era ya un gran pájaro sagrado de vuelo nocturno, búho sapientísimo definitivamente instalado en lo más umbrío de la copa. Fuera de todas estas clasificaciones, pajarita preciosa pero también hábil pajarera, la señora

165

de la casa volaba de rama en rama entonando canciones más complejas que al mismo tiempo que servían — como las de las otras aves — para su propia glorificación y adorno, tenían también fines más úriles de apareamiento y tercería de grupos, a veces sólo imperfectamente constituidos y de los que un movimiento continuo de composición-descomposición alteraba constantemente el equilibrio dinámico. Cuidando de que ningún pájaro-bobo mediante un aislamiento excesivo, ni ningún irresponsable avestruz mediante impremeditada coz, pudiera alterar la armonía del conjunto, distribuía sus bandadas por sus amplias estufas de aclimatación, donde encontraban acomodo tanto las aves por su nacimiento adscritas a elevados climas sociales, como las que manifestaban con revoloteos impúdicos, picoteos un tanto demasiado ansiosos en los comedores o trinos excesivamente inteligentes su oriundez de climas más bajos junto a charcas fangosas e inferiores arroyos poco claros. Estos pájaros lindos sólo podían llegar a tales alturas, para ellos no predestinadas, merced a gracias especiales de plumaje o gorgorito que compensaran con su valor estético e "interesante" la mediocridad básica de su especie. Así como infrecuentes mutaciones en el seno de una familia de perdices de matiz terroso, hacen brotar sin causa aparente otra de plumaje nacarino, o entre vulgares pardales un tataranieto inesperado presenta un precioso pecho de color de fuego, los pájaros-toreros los pájaros-pintores y hasta, en más rara ocasión, los pájaros-poetas o escritores (si acompañaba al don poético una noble cabeza de perfil numismático) podían, aunque hijos del pueblo, codearse allí con las aves del paraíso y con las nobilísimas flamencas rosadas, las que siempre seguían — a pesar de todo — distinguiéndose de los advenedizos por finura de remos, longitud de cuello y plumaje por más alto modisto aderezado.

166

— Ya veo que ha venido usted — dijo amablemente la pajarera mayor deteniendo su mirada sobre Pedro en facha de pingüino con su traje azul marino arrugado y estrecho —. ¿Le gustó la conferencia? — al mismo tiempo que oteaba el horizonte para encontrar un difícil acomodo a quien había de presentar como investigador desconocido muy amigo de Matías, sin otra gracia alguna. A no ser que aludiera al *cáncer*, palabra crudelísima que bien podría remover las entrañas del interés de cierta anciana marquesa en vías del definitivo arrugamiento, pero todavía amorosa cuidadora de la carcasa con tanto mimo transportada a lo largo del tiempo. Y como lo pensó, lo hizo, llevando del brazo al alarmado joven del que no precisaba escuchar el murmullo ininteligible, sino simplemente sonreír mientras atravesaban el frondoso ramaje del cocktail, algunos de cuyos retorcidos sarmientos ardían con llamarada de risas y chisporroteo de agudos gritos de cotorras sorprendidas por el ingenio increíble de sus interlocutores.

Cuando Pedro se vio colocado frente a las dos nobles damas recogidas sobre sí mismas, tras haber hecho su gesto medio-reverencia, medio-besamanos fallido y tras haber oído cómo la palabra *cáncer* salía de la boca de su gentil presentadora y cuando ésta hubo desaparecido, comprobó con horror que (aunque anfitriona perfecta) la dueña de la casa había cometido un error de cálculo y algo muy particular estaba sucediendo acerca de lo que las dos grullas de piel endurecida preferían cambiar impresiones personales y ejercer una vigilancia implacable, por lo que sólo un resto muy menesteroso de atención le pudo ser concedido. Tras un lapso de tiempo indeterminado pero largo, se interrumpió el chismorreo confuso de las viejas y ambas le miraron fijamente detallando la calidad de su corbata y de sus zapatos.

167

—¿Es usted sobrino de Dolores? — dijo una de las ancianas.

— No, señora. Yo...

—¿Qué dijo Matilde? ¿Qué lo de Dolores es cáncer? — preguntó la otra a su compañera y al mismo tiempo a él aunque de modo oblicuo y desinteresado —. ¡Pobrecilla!

— No. Dijo que yo trabajo sobre el cáncer.

—¡Ah! Usted... ¿Es usted médico?

— Tal vez mejor dicho, investigador. Estoy haciendo unos estudios sobre el cáncer de los ratones que...

— Pero usted estaba en la conferencia — constató la primera obediente a una necesidad de precisión.

— Sí.

—¿Y qué tiene que ver el cáncer con la filosofía? — sumiendo a Pedro en la confusa necesidad de tener que contestar algo ingenioso que estuvo a punto de ocurrírsele y que, sin embargo, no llegó.

— Todos los experimentos que usted quiera, pero curarse no se cura.

— Todavía no.

— Y dice usted que Dolores tiene cáncer. ¿Qué tratamiento le han aplicado? De todos modos la pobre está ya muy acabada.

— Yo no he dicho...

—¿Para qué lo va a negar usted? Es cosa sabida. Cáncer de pecho. Todas mueren de eso en la familia. Pero se obstinan en decir que no, que no, que pulmonía. Ya se sabe que su madre tuvo cáncer y su hermana, la monja, cáncer... ¡Eh! ¡Matilde! — y con agilidad poco creíble dado su aspecto, se levantó y fue tras la dueña de la casa que, haciendo como que no la oía, tendía su vuelo hacia un notable jurisconsulto que pontificaba rodeado de señoras más próximas a la edad in-

168

grata de lo por ellas admitido, acerca de los derechos de las mujeres en el matrimonio cuando no se ha firmado en su día el contrato de separación de bienes.

Pedro aprovechó la ocasión de aquella fuga para desligarse de la otra anciana con apariencia de sorda, de un modo discreto sin decir nada, poniendo gesto de atención y llevando en la mano el vaso vacío a guisa de excusa salvadora. En este ademán de beduino próximo al oasis acertó a tropezar con Matías acompañado de una esbelta joven rubia que le miraba fijamente con interés devorador y hasta ponía una mano afilada sobre su solapa de hombre fuerte y le hacía alguna pregunta a la que Matías, como adulado u orgulloso, parecía demorarse en contestar. Pedro, con una sonrisa de contento ingenuo intentó aproximarse poniendo fin a su deambular de boya sin amarras por el salón lleno de desconocidos, pero cuando ya alzaba su mano y entreabría su boca para el saludo, le detuvo la mirada pétrea de su amigo, que con gesto de desconocimiento total, ignorándole no sólo en cuanto que entidad personal, sino también en cuanto que cuerpo físico en que una mirada pudiera tropezar, lo inmovilizó. Pedro, por un momento, se preguntó si padecía un error, una de esas alucinaciones que — en las situaciones de espera — nos hacen proyectar sobre el rostro de un desconocido las facciones y hasta los gestos familiares de la persona que consume nuestro tiempo. Pero no, era el mismo Matías, si bien con un aspecto que él nunca le había conocido. No sólo su modo de mirar era distinto, sino que también el rictus de su boca se había modificado y se hacía evidente que no eran palabras latinas las que por ella podían escapar sino otras mucho más banales, pronunciadas en su idioma secreto, cuyo valor los iniciados pueden discernir y que entre otras virtudes, tienen la de hacer estremecerse de familiaridad o de deseo a deliciosas criaturas de cuyo grácil cuello se origina un halo luminoso sobre el que la cabeza navega orientada magnéticamente hacia quien las pronuncia. También el cuerpo de Matías había dispuesto el orden de sus miembros de otro modo, del que apenas Pedro tuvo una fugaz intuición en el momento en que — el otro día — penetró la madre en aquel mismo salón tan bruscamente metamorfoseado. El vaso que también — como obedeciendo a un imperativo categórico universal — Matías sostenía en la mano era tenido de un modo diferente, era alzado de un modo diferente y era consumido de un modo diferente tan preciso en sus detalles, tan diferenciado en sus ademanes, tan lentamente desplegado en el espacio como un rito cuya modificación pudiera ser sacrílega. Así, el mismo Matías que con él había compartido el asombro que el vacío de todo contenido les produjo en la conferencia del Maestro, aparecía ahora trocado en un ser distinto, mostrando a su observación una superficie tan desconocida como la de la otra cara de la luna, que, sin embargo, existe sin lugar a dudas. Y para confirmarle en la presencia de su antiguo amigo, subyacente bajo aquella apariencia quizá más real que la por él conocida, un guiño partió bruscamente, un gesto de inteligencia que quería decir: "Esta pelma no me deja ir contigo a charlar de las cosas que nos gustan, pero si supieras qué deliciosa es me perdonarías".

Pedro se dejó hundir en uno de aquellos sillones de infinita blandura, sentado en el que se desciende hasta lejanas profundidades. Hubo de confesarse que la comezón que sentía no era otra cosa sino la misma envidia: la bicha amarilla que los pintores medievales colocan en la teoría alegórica en que la lujuria es una mujer desnuda con una manzana en la mano y la soberbia una mujer vestida con una corona en la cabeza. Todo aquel mundo donde las palabras alcanzan una significación que él no posee (pero podría llegar a poseer) y donde los gestos alcanzan su belleza en una gama que para él permanece invisible (pero que podría llegar algún día a ver, curado de su daltonismo inconfesable) constituye un reducto de seres de otra especie que hacia él se muestran benévolos y complacientes y que le ayudarían a ir subiendo los peldaños de una escalera muy larga pero no insalvable. ¡Sí! Es sólo un acto, un acto de voluntad. Lo mismo que el ángel pudo tentar: "Comed de esta fruta y seréis como dioses". Y no hay sino dar ese paso, o gesto, o mordisco y ponerse en la fila por donde se va llegando. Simplemente tiene que decidir ser como ellos, ir al fruto, adherirse, asimilarse, cargar con la nueva naturaleza. Pero no quiere. Sufre porque no quiere. Sufre porque se obliga a sí mismo a despreciar lo que en este momento — miserablemente — envidia. ¿Pero desprecia este otro modo de vivir porque realmente es despreciable o porque no es capaz de acercarse lo suficiente para participar? ¿No es más que un resentimiento de desposeído o su moral tiene un valor absoluto? ¿Si está tan cierto de que lo que él quiere ser es lo que debe ser, por qué sufre? ¿Por qué envidia? Es demasiado sufrir a causa de este pequeño mundo por donde podría caminar y no camina, a causa de estas mujeres pájaros dorados que son estúpidas y vanas. Ser oído y admirado, saber besar la mano, ser admitido al diálogo insinuante, estar arriba, ser de los de ellos, de los selectos, de los que están más allá del bien y del mal porque se han atrevido a morder la fruta de la vanidad o porque se la han dado ya mordida y la respiran como un aire que no se siente ni se toca.

— Y, ¿qué hace usted aquí tan solito? — dice la pajarera mayor.

— Matías estaba muy ocupado — explica vengativamente Pedro.

171

Su rencor le permite ser violento, porque tras su análisis no está dispuesto a admirar a nadie ni a asustarse de nadie, sino a vestir una armadura de insolencia.

— No me diga que está usted enfadado.

— No comprendo el objeto de estas reuniones mundanas. ¿No me dijo que era para comentar la conferencia?

— Pero si no se ha hablado de otra cosa..., usted ha estado en la luna. ¿No habló con el profesor? — y señala hacia un grupo nutrido donde todavía diserta un señor calvo —. ¿Quiere que se lo presente?

— No, muchas gracias. Tendré que irme.

— Usted está enfandado. Cree que no le hemos hecho caso.

— No, no es eso.

Y de improviso, cayendo al fin en la trampa, en el hacerse interesante, en el adornarse de plumas propias aunque pintarrajeadas añade:

— Ayer noche he estado operando.

— ¡Ah, sí! — dice la luminosa señora —. ¡Cuénteme! — pero antes de que empiece su relato, ya debe levantarse —. ¡Perdón! — El profesor se aleja; va a abandonar la reunión. Rodeado de su sabiduría como un gran navío se contonea lentamente antes de hacerse a la mar —. ¡Qué pesado! ¿Por qué se va tan pronto?

— Señora...

— No se vaya todavía. No he podido hablar con usted. Tiene tantas cosas que explicarme...

— Sólo un momento; sólo un momento... — y se la lleva hacia un rincón ya próximo a la puerta donde con gestos blandos y mirada intensa le comunica una ciencia para ella totalmente indiferente. Pedro la vigila con mirada posesiva; le parece que tiene ya derechos sobre esta mujer y que la atención que presta a otro le ha sido robada. Le gustaría que ella le oyera. Estaba dispuesto a contarle... pero el cadáver de Florita se presenta en medio del salón. Sobre la profunda, alta, mullida, frondosa alfombra reposa más cómoda que en su propio lecho. Obstinadamente desnuda deja que su sangre corretee caprichosamente entre los muebles y entre las piernas de los desmesurados contertulios. Sin duda es uno de los objetos que éstos no deben ver, pues aunque pasen a su lado o bien lo pisen distraídamente, no lo advierten. Entre las leyes de este mundo de dioses y de pájaros hay alguna referente a los cadáveres.

Matías surge ante él alarmante, el rostro contraído, ha olvidado al hada rubia que antes se apoyaba en su pecho con la mano, parece haber recuperado su naturaleza habitual, le mira preocupadamente. Le dice algo referente a un asunto grave, muy urgente. Alguien ha llegado que tiene algo que decirle. Muy importante. Está arriba, en el mismo cuarto donde el gran macho cabrío sigue presidiendo el inmóvil aquelarre. Matías está muy nervioso. ¿Por qué se ha puesto pálido? Alguien quiere verle con urgencia. No acaba de levantarse del profundo sillón. Las capas de silencio son tan gruesas que la voz de Matías apenas llega. Adivina lo que ocurre por sus gestos. Matías le ha cogido por el brazo y le conduce fuera del ámbito de la fiesta, fuera de la presencia de las divinidades, hacia una realidad que le espera aquí al lado, en su alcoba, ante el gran buco dominador.

La diferencia que existe entre las fábricas que lanzan grandes series y las que únicamente producen cantidades más restringidas de productos manufacturados, no es solamente — como podría suponerse — de tipo cuantitativo, sino que hay diferencias cualitativas gracias a las cuales la aplicación de las reglas emanadas del taylorismo-bedoísmo logra una eficacia infinitamente superior y de otro orden. Cuando una fabricación alcanza la envergadura propia de la *gran serie* es cuando la producción en cadena destina uno o más operarios a cada una de las mínimas operaciones en que la analítica del proceso puede llegar a descomponer la totalidad bien integrada del mismo. Es entonces cuando el principio del cronometraje alcanza toda su virtualidad y cuando puede llegar a impedirse que la totalidad de la factoría "tenga que marchar al ritmo del peor de sus obreros". Un planning adecuado del conjunto, con esquemáticos índices de la complejidad relativa de cada operación y una economía de desplazamientos, movimientos, lapsos, deliberaciones, con absoluta exclusión de todo recurso a la maestría, llegan a producir los resultados que todos deseamos. Esta racionalización quizá en ninguna empresa de nuestra ciudad haya podido llegar a establecerse con absoluta precisión por falta de la masa de producción necesaria. Por ello, para hacernos idea de los principios en que se basa recurriremos a una organización en que, aunque no se trate propiamente hablando de manufactura, se dispone del número suficiente de objetos a manipular para que las normas racionalizadoras alcancen su eficacia indudable. Se trata de los enterramientos verticales que se practican con los cadáveres de las personas que, habiendo pertenecido en vida a las clases sociales menos pudientes, no han podido o no han querido adquirir una sepultura en propiedad y por ello están destinados a ser colocados de modo poco preciso en un terreno vago e indelimitado, durante el número de años necesario para que los procesos de la putrefacción completen su obra y posteriormente a ser trasladados a la fosa que se conoce con el sonoro y elegante nombre de osario. Puesto que el terreno de que se dispone (a despecho de la notable extensión del desierto periciudadano) es forzosamente limitado, mientras que el número de muertos puede considerarse prácticamente infinito ya que, a lo largo del curso ininterrumpido del tiempo, cada día con parsimonia o con generosidad aporta su carga, ha sido preciso poner a punto una técnica de aprovechamiento que, al mismo tiempo que limita la extensión de la zona putrefactora, disminuye los gastos que el erario debe dedicar a este novísimo servicio prestado a cada ciudadano. La esencia y fundamento del taylobedoísmo — como es sabido — consiste en que cada obrero no deje pasar ni un solo instante improductivo (ya en espera de la llegada de las herramientas, ya por necesidad de disponer de un modo adecuado la pieza en que deba trabajar, ya por negligente encendido de un pitillo) y en que durante el trabajo, cada uno de los movimientos constituyentes de esta actividad ininterrumpida tenga un rendimiento preciso modificando la situación de la materia en el espacio, refiriéndonos aquí a la que forma parte del objeto manufacturado. De acuerdo con estas normas, los sepultureros del Este, en lugar de juguetear con calaveras o tibias haciendo bromas macabras casi siempre de dudoso gusto, dedican su actividad de un modo continuo a un trabajo normalizado y racional. Mientras una de las brigadas, que podemos designar con la letra A, confecciona en la tierra rojiza unas fosas paralelepipédicas rectangulares de una profundidad aproximada de cuatro metros y de la anchura y largura que una larga experiencia ha demostrado ser la más conveniente, otra brigada que podemos denominar C transporta en carretillas hacia unos terrenos donde se aprovecha como relleno la parte sobrante — que viene a ser algo menos de los siete octavos del total —, al par que la brigada B se dedica al enterramiento propiamente dicho que siendo la fase más especializada del proceso merece una descripción más minuciosa. De acuerdo con el esquema racionalizador, cada uno de estos operarios se dedica exclusivamente a su trabajo específico y son otros servicios subalternos los que suministran el material a manipular, conforme a un ritmo cuya periodicidad ha de ser rigurosamente controlada si se quiere conseguir el rendimiento óptimo. Esta periodicidad se consigue gracias al previo depósito de cuantos han de ser transportados durante la duración de la jornada de trabajo, en un espacioso hangar desde el que las expediciones parten a intervalos regulares trasladándose con velocidad uniforme por los diversos senderos que previamente han sido diseñados. Puesto que el tiempo invertido en cada pieza oblonga está bien determinado, viene a constituir el orden de periodicidad básico al que se añade un coeficiente corrector basado en el respeto al dolor humano de los deudos; con lo que se consigue que los cortejos mortuorios no tropiecen unos con otros ni coincidan en el mismo tajo. Este pudor se protege más perfectamente disponiendo trayectorias diferentes, no superponibles, para cada dos transportes sucesivos. Llegado el objeto al pie de la fosa paralelepipédica que acaba de abandonar la brigada A para empezar a vaciar a cierta distancia otra semejante, los obreros de la brigada B entran en acción. Con movimientos rápidos y precisos disponen dos gruesas sogas que hacen pasar por debajo del ataúd: una en la posición teórica del cuello o algo más abajo, en el punto de la vértebra que resalta y hace prominencia al comienzo de la espalda; la otra en la posición teórica de la corva o hueso poplíteo. Así colocadas ambas sogas aseguran un equilibrio perfecto de la carga. Mediante ellas, agarrando cada uno de los cuatro miembros de la brigada uno de los cabos, la caja desciende rápidamente (confeccionada en madera de pino de poco espesor que favorecerá la más rápida penetración de cuantos elementos deben introducirse en ella para una rica putrefacción: humedad, tierra, raíces de plantas, gérmenes, larvas de insectos, pequeños gusanos blanquecinos) sin tropezar o rozando apenas los bordes verticales de la cavidad excavada. Llegada al fondo y comprobada su horizontalidad, las sogas son retiradas fácilmente mediante el procedimiento de tirar de uno de los cabos soltando el otro. El acompañamiento sonoro y religioso del entierro se ha ido produciendo simultáneamente y tras dar, durante un breve instante, opción a alguno de los parientes más próximos para arrojar al fondo un puñado de tierra que rompa la precaria intangibilidad de la tapa, los cuatro obreros con movimientos síncronos y sin estorbarse mutuamente, cubren el objeto de una capa de tierra de espesor suficiente para ocultarlo a las miradas de los curiosos (y a veces impertinentes deudos que se obstinan en inclinarse sobre el agujero con la esperanza de seguir viendo un trozo de tabla negra), pero no tan gruesa que disminuya importantemente la cabida de la fosa, con la consiguiente merma en el rendimiento de su trabajo. Concluido que es el depósito de esta capa de tierra que estrechamente (aunque dejando el aire necesario para la futura vida necrófaga) abraza al muerto, los obreros de la brigada B hacen un gesto tan expresivo de all right, finito, ya está, se acabó, que cuantos circunstantes siguen estudiando la coloración ocre de la terrosa sustancia superpuesta se hacen conscientes de la inanidad de su ocupación y levantando la vista y tras cierta indecisión, siguen los pasos — más seguros — del capellán del campo de la paz y de su acólito que se retiran a buen andar hacia el depósito en busca de nueva carga. Ya es hora de que así lo hagan, porque se aproxima sigilosamente, todavía apenas distinguible para unos ojos empañados por la pena, el subsiguiente

177

transporte que una buena racionalización exige sin demora. De este modo, los enterramientos verticales consiguen apilar en el menor espacio y con el menor esfuerzo físico la mayor cantidad posible de difuntos sin que padezcan la buena moral ni los ritos religiosos. Y el ideal — casi inalcanzable — de un trabajo bien hecho, es conseguido sin pedantería alguna por estos sencillos operarios.

Sometido a este destino común, el cadáver exangüe y seudovirginal de Florita llegó al depósito antes aludido a una hora incierta y fue depositado en la serie bien administrada de mesas sarcofágicas. El Este había desplegado a la luz del sol todas sus galas alucinatorias de jardín encantado del Bosco. Los puntiagudos tejados de las pagodas alzaban sus tejas de colores hacia un espacio oriental. Una multitud vaga, ociosa y enlutada, por pequeños grupos, recorría los caminos admirando las diversas maravillas: aquellos nichos ajedreceados que muestran todas las casitas de muerto con su puerta independiente que se podría golpear y que han sido hechas accesibles gracias a paraboloides espiroidales que atornillan la tierra, permitiendo a quien lo pague, yacer eternamente en un tercero izquierda; aquellos árboles puntiagudos rodeados de flores en su base de color preferentemente amarillo; aquellas zonas estériles en que ninguna lápida permanente es permitida sino tan sólo transitorias cruces de madera o hierro o pequeñas verjas de jardines privados del tamaño de un cuerpo; aquellos edificios concebidos por un arquitecto alocado en el momento de la apoteosis del mal gusto primisecular; todos estos elementos heteróclitos consiguen dar al conjunto un aspecto de paisaje de abanico japonés al que se hubieran extirpado los lagos artificiales, los brazos de agua, los puentes con joroba y los sauces llorones.

La redonda consorte y tres viejas más, el dependiente de

la gran tasca vestido de pana, una prima del pueblo y la mujer de Amador fueron únicos testigos de la hábil manipulación mediante la cual volvía al polvo lo que del polvo había surgido como fantasma engañoso de carne tentadora. Pero cuando ya la tierra que la debía acompañar en el largo viaje había sido colocada sobre su caja con alarmantes sonidos a hueco y tres compañeros de diverso sexo se habían acostado sobre el joven cuerpo de Florita, llegó la orden de exhumación que un juez lejano, en un juzgado polvoriento, en virtud de quién sabe qué extrañas maquinaciones, había firmado sobre un papel sin brillo pero debidamente legalizado que un alguacil llevó hasta la necrópolis a lomo de bicicleta. De este modo absurdo la Ley — siempre inhumana — interrumpía el ritmo del trabajo e impedía que la labor del día alcanzara la acostumbrada norma de eficacia. De nuevo la blanda tierra hubo de ser extraída a medias por la brigada B y la C, puesto que la A alegó que no era asunto de su incumbencia y los frescos ataúdes, todavía sólo manchados en su bello color negro de humo se alinearon impúdicamente en revuelta promiscuidad inacostumbrada, mostrando otra vez al sol lo que no debería ser nunca visto.

— Éste es — dijo impertérrito y seguro el capataz de todas las brigadas y una vez abierto para que se hiciera patente la ausencia de error de su mente ordenadora; el cadáver de Florita inició su retorno a lo largo del camino por donde nunca se vuelve, no hacia el mismo depósito, sino hacia otro edificio próximo, también espumante y asiático, donde reinaban durante el tiempo de su trabajo los médicos forenses e ininterrumpidamente el mozo de las autopsias gordo, rojo, jovial, más allá de todas las repugnancias, hábil conocedor del cuerpo humano y de varias especies de gusanos.

El gran ojo acusador (que ocupa durante el día el vértice de la cúpula astronómica y que proyecta su insidiosa luz no sólo en las superficies planas que a su mirar se exponen cándidamente, en las fachadas de las casas pintadas de blanco, en los tejados apenas resistentes de las chabolas, en los ruedos arenosos de las plazas de toros, sino también en los lugares de penumbra donde las almas sensibles se recogen y mediante esa misma luz consigue llevar hasta el límite su actividad engañosa porfiando tercamente ante cada espectador sorprendido para hacer constar, de un modo al parecer indudable, que es real solamente la superficie opaca de las cosas, su forma, su medida, la disposición de sus miembros en el espacio y que, por el contrario, carece de toda verdad su esencia, el significado hondo y simbólico que tales entes alcanzan durante la noche) extendió como cotidianamente su actividad trasmutadora al ombligo mismo del mundo de las sombras, al palacio de las hijas de la noche donde, inmóvil pero siempre providente, reposaba como hormiga-reina de gran vientre blanquecino, la inapelable y dulce Doña Luisa. Como su homóloga en el otro reino de las sombras, era también capaz de transformar las jóvenes criaturas en potencia aptas para llegar a ser vestidas-de-largo-velo-blanco honestas danzarinas del vuelo nupcial, en infatigables obreras ápteras; y también como su homóloga, no precisaba para esta triste pero rentable transformación recurrir a mutilantes operaciones quirúrgicas, a extirpación de órganos o a metálicos cinturones de castidad, sino que simples modificaciones en los hábitos alimenticios y vitales (incluyendo una alteración meticulosamente estudiada del horario que preside el ritmo sueño-vigilia) lograba con facilidad el efecto deseado. Así como la colocación de una pared de cristal, ya en una colmena, ya en un hormiguero, determina una inmediata réplica por parte de la colectividad que consiste en tapizar tal pieza traslúcida con una sustancia opaca, restaurando la oscura atmófera propia de tales lugares, única apta para sus actividades específicas, también en el hormiguero de Doña Luisa la entrada del gran mentiroso y de sus rayos deformadores era impedida con cuidado mediante la interposición de celosías, persianas enrollables de rafia verde, contraventanas de madera y pesados cortinajes. Los ojos artísticamente aderezados con rayas azules, párpados negruzcos y gotas dilatadoras de sus habitantes, no tenían por tanto que sufrir la afrenta inexorable con que el día castiga a sus congéneres solitarias y aparentemente libres, que careciendo de una organización adaptada a su naturaleza, en el momento en que abandonan acompañadas del decepcionado cliente el cuarto de pensión económica o la casa de señora viuda que se ayuda, se ven expuestas a que su acompañante vea en la atmósfera letal del día, disolverse hasta llegar a desaparecer — como en un cuento de hadas — la hurí lasciva con la que erróneamente creía haber yacido. Bajo su brazo aparece ahora una mujer de su casa que va a hacer la compra en el mercado, una cocinera, cuyo ceño se contrae por los precios que las verduras han alcanzado en el mercado. De esta actividad engañadora del sol, solamente una pieza había dejado de ser preservada ya que en ella las potencias maléficas no habían de tropezar con los seres susceptibles de tales metamorfosis. Así en la cocina donde se ajetreaba la pincha, el sol penetraba por el patio interior y daba consuelo a un gato que prestaba su calor vivo, durante las desagradables y hasta terribles horas diurnas, a los rollizos muslos de Doña Luisa. A ella, de cuya regia jerarquía no habría sido propio entretenerse en labores de aguja ni en confección de bufanda de punto como dama de las Conferencias que trabajosamente gana el cielo a lo largo de una existencia nunca totalmente ociosa, pertenecía más bien acariciar la piel que cubre los lomos de los animales nobles desde siempre admitidos en palacio, los lebreles, las gacelas, los elegantes felinos indomesticables. Así, sentada en una esquina de la cocina, única entre las criaturas nocturnas capaz de afrontar la luz, reposaba con ojos de batracio apenas entornados, haciendo pasar y repasar su mano por el dorso del gato negro que le respondía con su música secreta, táctil y sonora al mismo tiempo.

Ante ella estaban Matías y Pedro, como dos pajes viajeros de paso para Tierra Santa que solicitan yacija en el alcázar y prometen distraer con sus gracias a las damas de la corte. Hasta la misma cocina conducidos, también menos resistentes al sol que la matrona, más débiles, más pálidos, tras una noche de miedo y de meditación, reflexionantes, avizorantes del peligro, intentando atolondradamente evitar lo inevitable, habían recurrido al fin a aquel subterfugio estúpido, a aquel huir sin sentido hacia el otro mundo por ellos conocido, donde las horas transcurrían con un ritmo distinto y donde los límites de los conceptos no coincidían con los de la realidad diurna en que brillan cosas tales como la muerte y el castigo. Sin saberlo, seguía Pedro el mismo camino que habitualmente recorre el delincuente que, tras cometer su crimen en otra esfera, regresa al mundo para el que está adaptado, como ciertos animales cuyos ojos faltos de uso han llegado a permanecer atróficos, sin abrirse nunca, ciegos capullos bajo la piel del cuello, del mismo modo que ellos ocultan bajo su frente, sin abrirse por falta de ejercicio adecuado, los órganos invisibles del discernimiento moral. Habitualmente tales ofidios o reptiles, entre las grietas de las rocas pizarrosas se alimentan sin cuidado de pequeñas alimañas, pero cuando alguna vez en lugar de consumir la paga de la también nocturna compañera, muerden en la más pequeña pero de otro dinero hecha del empleado de banca o del cobrador de tranvía, son sin remedio aplastados, más que por el mismo delito, por haber osado realizarlo a la luz del día.

Matías y Pedro, cómplice y delincuente, tras atravesar los pasillos y escaleras de penumbra, olientes a tabaco frío, tras pasar estirando las piernas por encima de mujeres arrodilladas que fregaban el suelo, tras resbalar en los mosaicos húmedos, tras percibir en los parquets de madera el mismo olor que en verano sale de la tierra seca tras la lluvia, tras adivinar por las puertas abiertas la ejecución del único cambio de sábanas cada veinticuatro horas que caracteriza a los prostíbulos económicos bien llevados, tras encontrarse en otro pasillo con el único-hombre, oligofrénico de mano contraída, mandadero de un decamerónico convento, que con su cesto lleno de vituallas se dirigía también, arrastrando la pierna enferma por el suelo, gracias al vigoroso esfuerzo de la sana contralateral, hacia la lejana cocina, tropezaron de bruces con el ídolo búdico bañado en luz. El sol entraba en la cocina haciendo ese reguero visible de minúsculas partículas que delata su paso en los lugares polvorientos. Doña Luisa, con los párpados ligeramente caídos, los vio llegar y permaneció inmóvil, dotada de otras cualidades que la comercial afabilidad nocturna y su casi ternura por los jovencitos. Matías se precipitó sobre el ídolo y con esfuerzo de sus nobles brazos y de su estómago en bascas, la abrazó.

— Aquí estamos. ¿Dónde están las chicas?

— No es hora — informó la severa matrona.

— No importa. Venimos a comer con vosotras. Os convidamos. Convida Pedro...

Entraba el mandadero y Doña Luisa, con un gesto, le

hizo acercarse para ver el contenido del cesto. Para poder verlo mejor con la otra mano, alejó a Matías. Pedro había quedado cerca de la ventana, azorado, un tanto atónito de la existencia de una cocina, de un fogón, de un gato negro y de un cesto de la compra. Doña Luisa, sin levantarse, alzó la tapa y gruñó su aprobación. Tomó un tomate y lo levantó, haciendo que el sol golpease con dureza sobre la pequeña esfera roja. Ella miraba el tomate por un lado. Pedro lo miraba por el otro. Ambos lo veían desde diferente perspectiva.

— Estos tomates están demasiado maduros. Los quiero más verdes.

— ¿Qué importa? Nosotros convidamos. Ahora mandamos por comida. Vamos a comer contigo y con alguna chica más. Nos quedamos aquí todo el día.

— No es hora — insistió Doña Luisa.

Pero ya Matías encargaba al mandadero embutidos, latas de sardinas en aceite, latas de melocotones en almíbar, queso y vino tinto, metiéndole en la mano uno o dos billetes. Los párpados inmóviles de Doña Luisa oscilaron lentamente en dirección a la puerta. Luego volvió a palpar otro tomate.

— Bueno. Haremos una ensalada de todos modos.

Y encarándose con las inframujeres del fogón les dijo:

— Vosotras os cogéis vuestro pucherito y os vais a comer abajo.

Añadiendo:

— Despierta a la Andresa y a la Alicia y que vengan de una vez.

Doña Luisa se levantó con trabajo, haciendo saltar al suelo el gato negro. Mostrando la enorme dificultad de sus desplazamientos y las dificultades inmensas con que sus pies tomaban contacto con la tierra, fue arrastrándose hasta la ventana y con gesto pausado pero consciente de sí mismo, cerró el paso al sol, constituyéndose de este modo de nuevo ama de la noche.

Cuando la grata y envolvedora tiniebla hubo con el nuevo crepúsculo restablecido el predominio de la verdad y de la exactitud en la cocina de la casa, cuando las cosas volvieron a proclamar su naturaleza simbólica de *seres* dejando aparte la inexactitud espacialmente declarada de sus formas, de sus ángulos y de sus dimensiones, cuando Doña Luisa tomó de nuevo el aspecto providente y confidencial de gran madre fálica que convida a beber la copa de la vida a cuantos — venciendo el natural respeto — hasta la misma fimbria de su vestido llegan arrastrándose y — postrados de modo respetuoso — besan aquellas cintas violetas, aquellos encajes de color de albaricoque, aquellos ligueros pudorosamente rosados y nunca — a su edad — lúbricamente negros, cuando los ojos batracios pudieron abrirse plenamente desplegando el abanico rizado de los párpados y mostrando el brillo nunca perdido de las sapientísimas pupilas y cuando — finalmente — el gato ya no necesario regresó a sus habituales partidas de caza por los vecinos aposentos, Matías conoció que era llegada la hora de la confesión de boca. Y con verdadero dolor de corazón, aun cuando en ausencia de todo propósito para el futuro sino seguir siempre adherido al disfrute del amor (por la honesta artesanía elevado al nivel de obra de arte) manifestó a la presidenta cuáles eran los motivos de su llegada a tal deshora y cuáles eran los delitos (no del todo extraños a aquella casa) por los que la policía puesta en pie de guerra a consecuencia de no sabemos qué maquinación funesta, qué protocolo de autopsia legalizado por ignorado médico forense, iba tras las huellas de su amigo allí también presente, pálido, un

tanto tembloroso, dotado de profundas ojeras, carente de
sueño tras una noche de pánico transcurrida en torno a las
vendedoras de porras en las calles, entonado apenas por ciertos copetines de anís del mono desnaturalizado, necesitado
ahora de una comida más sólida, de un refugio, de una protección, de un peplo cálido que primero desplegado en gesto
acogedor lo recogiera luego con envolvente ademán materno.
Fueron relatadas las circunstancias, la edad de la suave víctima, la inocencia del victimario, el inverosímil no haber go-
zado de aquella a la que tal raspado había sido hecho, la
trampa procelosa del incestuoso padre, las concomitancias de
tipo comercial que entre el uno y el otro por el intermedio del
fiel Amador habían existido; finalmente, la imposibilidad en
el estado de hemorragia avanzada de detener la llegada de la
inevitable. Doña Luisa, al percatarse de los hechos crimino-
sos, miraba al doncel doliente como si un nimbo de fuego o
de un oro más suave rodeara ahora su cabellera despeinada y
parecía encontrar una demoníaca belleza en aquel nuevo habi-
tante a provisoria perpetuidad de sus avernos entreabiertos.
Suavemente, extendiendo para ello su mano cargada de alha-
jas — que sólo de noche relucían con brillos morados y ama-
tista — en el extremo de un brazo vestido de negro, grueso todavía, tomó la de Pedro fría y la acarició primero, contem-
plándola después como admirando el poder que en tales dedos se encubría. La mano de Pedro fina, pero no tanto como
hubiera sido si él fuera un hábil quirurgo dispuesto a seguir los
derroteros triunfales que la otra vieja (la de la pensión) soñaba, transmitió por sus nervios sensitivos hasta el alma enco-
gida del muchacho una clara repulsión. Pero contuvo el gesto
de huida que se le acumulaba y la dejó ser acariciada, ser con-
templada, ser gustada y relamida por la atención senil y cal-
culadora que preveía cuán útil le había de ser para remedio

186

de los estragos que, en ocasiones, la inadvertencia o la fatalidad producían entre sus obreras, haciéndolas abandonar provisionalmente el cauce definitivo de su esterilidad. Pero no se atrevió todavía a hacer valer el poder que pudiera haber alcanzado sobre tan empecatadas manos, sino que se contentó con gozar de ellas por un instante en su estado de pura posibilidad no manifestada, con la sensualidad huraña del asesino a sueldo que acaricia un revólver reluciente que todavía no ha empezado a disparar.

— ¡Mi chico! — dijo Doña Luisa.

Y Pedro inclinó la cabeza como si fuera a apoyar su frente en aquella rodilla revestida, como si se fuera a hincar ante una verdadera madre y como si de la pítica un oráculo fuera a descender sobre su pena haciéndole conocer el único camino de su salvación.

— Aquí puede estar unos días — dijo Doña Luisa —. Hasta que se arregle todo.

Pedro sintió que estaba llorando de agradecimiento, aunque no salía ningún hipido de su boca y ni siquiera las lágrimas asomaban a sus ojos y tampoco su pecho se conmovía, sino que misteriosamente le parecía que había dejado de respirar y que quedaba inmóvil en aquel espacio sumergido en que todo (el alimento, el aire, el amor, la respiración) se lo introducían por un tubo de goma mientras que él permanecía inerte. Doña Luisa hizo entonces el gesto durante tanto tiempo esperado, el gran gesto hacia el que había estado caminando durante toda la noche y desde hacía tantos años; rodeó con su robusto brazo el cuello del muchacho e hizo caer la cabeza en su regazo sobre los blandos almohadones de los pechos, apretando la nariz contra la piel arrugada de su cuello, haciéndole respirar la mezcla residual de los perfumes que ella había echado sobre su carne cuando a los quince años la

187

vendía ya profesionalmente, cuando se exhibía — torpe tonadillera — en los barracones libres de la república, cuando — querida de un concejal — ocultaba su papo bajo suntuosos renards argentés asomada a un palco del Eslava, cuando — ya establecida — cambiaba el diapasón de sus aromas virando hacia otra gama con más pétalos de flores machacadas y menos regusto de la bolsa genital del almizclero.

Pero Matías, riendo, precipitándose:

— ¡Eh, que me da envidia! — dijo y estampó un beso burlón en la mejilla lacia y siguió riéndose luego como si todo hubiera sido ya arreglado y como si sólo ya le quedara por hacer una pirueta, un salto mortal desde lo alto de una silla, para despedirse del respetable público y hundirse en el mundo diurno que misteriosamente se obstina en persistir más allá de las lonas del circo y de su música.

Dando un prudente golpecito en la puerta, a guisa de aviso o de modesta súplica, entreabriendo luego el orificio que comunicaba los lugares, entrando finalmente con paso cauto, se mostraron a la luz de la bombilla las dos muchachas soñolientas a las que Doña Luisa había requerido para que participaran en el festín (y casi ágape) tras el que Pedro quedaría consagrado como su prenda y su rehén valioso. Ambas huríes desteñidas llegaron con sus largas cabelleras (rubias en el aéreo extremo y negras en la raíz) sueltas; con sus gentiles batas polícromas (representando peonias y amapolas) desceñidas; con sus grandes bocas rojas abiertas en poderosos bostezos tras los que asomaba picaresca la afilada lengua; con sus brazos alargados estirándose en lento desperezo; con su grasienta cadera apenas cimbreante y se sentaron — levemente despatarradas — en las sillas de pino en torno a la mesa de la cocina, saludando con alegría a Matías a quien tanto conocían y con la misma alegría a Pedro a quien aún no conocían.

Pero — advirtiendo que aún no era llegado su momento, que todavía no eran sino simples objetos decorativos movidos por la voluntad dadivosa de su ama, que habían de pasar largas horas antes de que el poder irresistible que la noche les confiere pudiera restablecerlas en su verdadera dignidad — procedían con modestia y candor de colegialas y en lugar de utilizar el lenguaje metafísico y los gestos altivos de los seres completos, hablaban con palabras imperfectas y hacían los mohínes torpes de crisálidas que esperan el momento de saltar fuera del incómodo caparazón que las oculta y bajo el que, no obstante, la futura apariencia ya está delicadamente conformada.

El mandadero, eunuco de los subterráneos, entró con su carga de alimentos y la depositó sobre la mesa sin que nadie pareciera advertir su presencia.

Doña Luisa partió el pan y dio las gracias. Las muchachas no creyeron necesario agradecer los dones recibidos. Avariciosamente tendían sus manos hacia las hogazas en las que la impronta de la dueña quedaba dibujada en grasa de chorizo. Consumían en un prudente silencio, abriendo moderadamente sus bocas al mascar, exhalando leves ruidos mandibulares, inclinando hacia atrás sus cuellos para beber el vino tinto, aunque no era en un porrón donde se contenía sino en un vaso de plástico azul como de dientes, que Doña Luisa sacó de una alacena y que consideró útil para asegurar el reparto en porciones adecuadas y fungibles.

— ¡Qué rico!

Pedro comía con rabia de mala noche, mientras los trozos de pan desaparecían y un cálido reconforte se establecía en su cuerpo hasta hace poco frío. Sin embargo, hacía calor en la cocina. El fogón encendido aseguraba, ya desde entonces, el agua caliente para los bidets de las alcobas. La pincha entró tan silenciosa como el mandadero y echó de nuevo carbón.

— ¡Que aproveche! — dijo.

— ¡Vete tú pa abajo! — insistió Doña Luisa.

Y tras haber bebido, empezaron a decir mil cosas inocentes o tal vez a poder escuchar las cosas inocentes que las mujeres habían estado diciendo y que antes no se oían, qué rico, está bueno, oye tú, toma un poco más. Hasta que Matías quiso tocar la pierna crasa de Alicia por bajo de la bata. "¡Quieto, tú!"

Doña Luisa — consumidos los nutritivos alimentos y oculto en la alacena un resto de vino — los bendijo proclamando la paz.

Y Pedro inició el camino de su escondite subiendo sin deseo alguno hacia una alcoba inhóspita cuyo número enunció la anciana solemne, para dormir una siesta profunda que imitara en todo lo posible al verdadero sueño que nace de la noche.

Amador a fuer de hombre de belfo prepotente tenía satisfecha a su mujer. Ella admiraba las tonalidades cariñosas del asturiano paterno, ella admiraba su puesto en la sociedad más elevado que el de sereno de comercio, ella encontraba a su hombre muy alto, muy fuerte, muy poderoso, muy capaz de conducirla por encima de todas las imperfecciones de la vida hacia un honesto enterramiento de tercera especial con tumba propia mediante el cuidadoso pago de las cuotas del Ocaso. Era el de Amador un carácter generoso. Lo mismo era capaz de regalar su tiempo sin mirar minucias a un investigador especialmente activo, como de comprar sin previo aviso un bolso de plástico color café con leche a su mujercita adorada. Igualmente podía dar un pellizco a una de las fregonas que bruñían el pavimento del ajetreado instituto o hacer una escapada a un palco del Monumental con una criadita encontradiza del lejano Noroeste, y tras el deshonesto episodio hacer olvidar a su mujer la avanzada hora del retorno sin esfuerzo aparente. Celta-cauto, astur-bravío, aunque nacido en el mismísimo cogollito del mundo, sus atavismos le permitían conducir su derrotero con ventaja sobre la masa de aborígenes esteparios. El altísimo padre ya difunto le transmitió — con la sangre del norte — un cierto amor a la vida, una cierta capacidad de risa, una abundante potencia bebestible que la seca matriz de su madre toledana no había llegado a rebajar en grado apreciable. Por eso era ahora más notable su melancolía inesperada cuando recorría las piezas relativamente confortables del lejano piso, hace tantos años ocupado en el propio Tetuán de las Victorias.

— ¿Qué te pasa? — le preguntaba la mujer, vientre sin hijos, todavía concupiscente.

— Ese pobre Don Pedro, ese pobre Don Pedro — repetía Amador para su capote, sin hacer audibles tales pensamientos a su mujer, sino contestándola con un brusco encogimiento de hombros que, aunque despectivo, sabía matizar con un no sé qué de afecto.

Y luego en voz alta:

— Vamos a tomar una caña a la Glorieta.

— ¡Anda! ¡Ve tú solo! — sonrió la enamorada.

En la Glorieta lucía el sol sobre el normal revoltijo de tranvías, dos o tres taxis y gentes mal vestidas. Amador se acercó con su paso cauto, casi cansado, resoplando por las grasas, sin acabar nunca de dejar de sonreír del todo, a las minúsculas sillas plegables de madera y a los pobres veladores desteñidos, sin manteles de plástico ni ceniceros de Cinzano.

De un tranvía 43 recién llegado bajaban masas de obreros vestidos de azul o pardo oscuro y con la tartera vacía envuelta en un pañuelo de cuadros amarillos o verdes se iban hacia los vericuetos próximos. Eran obreros antiguos de la construcción o electricistas o fontaneros. Tenían sus pisos heredados, pequeñas casas propias. Sólo algún coreano se movía modestamente entre ellos, dispuesto a seguir pagando el realquiler o la posada.

"Ese pobre Don Pedro" seguía girando el cerebro de Amador y le remordía un tanto la conciencia. Repetía, sin advertir que su mujer no podía ya verlo, el gesto despectivo y tierno de sus hombros.

— Ése es — dijo señalándolo, plantado frente a él un niño, su vecino.

"Ya está. La policía."

El acompañante del niño era un joven bien vestido, casi demasiado amable (cuando se acercó a él) para quitarle las sospechas.

— Yo soy amigo de Pedro — dijo, como si con tan simple mentira pudiera aquietar los recelos y abrir la boca que como una ostra apretaba Amador —. Tenemos que ayudarle. Está metido en un lío. Me ha dicho que le busque a usted.

— ¿Qué Pedro es ése? — protestó Amador.

Pero ya Matías se había puesto a explicarle todo: la seudorresponsabilidad del seudoaborto y el porqué de la traición del Muecas o de quien fuera el bellaco, porque Pedro nunca creería, nunca, nunca, era imposible que el propio Amador hubiera sido quien...

— Yo no sé nada — dijo Amador, persuadido de que sólo un policía podía estar tan informado.

— Él está escondido. Yo lo he escondido. Espera que vaya usted, que vaya Amador y lo aclare todo. Me ha dicho que Amador puede atestiguar cómo fueron realmente las cosas y por qué murió la muchacha. Tiene que venir conmigo a la comisaría y aclararlo todo...

— ¿Yo? — Amador sintió que se le erizaba la espalda —. ¿Qué voy a contar yo, infeliz de mí, que soy un pobre hombre que no sabe nada y que quieren enredarme?

— ¡Por favor!

— ¿Yo? ¿Pero cómo quiere que yo?

— ¡Venga conmigo!

—¿Yo?

La procesionaria del pino es un gusanito de pelo rubio y aspecto suavísimo que, sin embargo, cuando se toca pincha como una ortiga y levanta habones en la piel, llegando a inflamar los párpados si el descuidado naturalista pasa sus dedos por los ojos curiosos. Cada animalito, que aparentemente es ciego, segrega a su paso un hilo de materia brillante y traslúcida. El individuo que camina detrás del primero hace pasar ese hilo entre sus minúsculas patas y lo engruesa con su propia baba. Así hace el siguiente y sucesivamente cada uno del ciego rebaño siguiendo al guía que el azar ha convertido en capitán. A pesar de su ceguera, estos gusanos terminan por alcanzar puerto y en las noches frías, mezclados unos con otros en el nido, se dan calor mutuamente. Del mismo modo, hubiera sido causa de regocijo de entomólogo la procesión que (a lo largo de la ciudad, guiados por un hilo, que detrás de cada uno de ellos, cambiaba de naturaleza ya que no de sentido) formaban Matías, Amador, Cartucho y Similiano.

"Al que se esconde más debían castigarle más. Los jueces no saben o no quieren saber lo que tienen que trabajar los modestos funcionarios del cuerpo y los peligros a que nos exponemos o a que nos exponen. No hay sino callar y decir amén, y descuidando completamente la salud de uno, en medio de la noche, como si uno fuera de hierro, que no lo es, porque bueno estoy yo que ya ni sé cómo lo resisto y no pido el retiro, aguantándome las ganas cuando me vienen. Pero me da menos fuerte cuando estoy de servicio. Es como si me contrajera y me hiciera más duro y puedo andar y andar sin cansarme. Y hasta pierdo el miedo yo que siempre era tan miedoso."

"Se creerá que me la va a dar. A mí no me la da."

"Ese pobre Don Pedro estará achaparrado en algún agujero, eso lo creo yo. Pero que éste me diga que me está esperando a mí, eso no lo creo. Si éste es capaz de haberlo escondido en su casa, tendrá que verse. A ver si lo encuentro y sabemos de una vez en qué para esto. Todo por no tener el certificado."

"Yo creo que de aquí no va a salir nada, pero me dice: sígale usted que ése nos llevará sin darse cuenta. Es que él nunca ha estado en la de costumbres y no sabe. Qué tiene que ver que sea vecino si él siempre ha estado por lo criminal, por el navajazo aquel, o por robo. Pero no me lo imagino metido en esto que no hay dinero por medio. El declarante de la taberna dijo que se había pasado toda la noche allí mirando, pero que él creía que era por celos. Le gustaría la chica y ahora anda con la navaja, me juego lo que sea, con una navaja de a palmo en el bolsillo intentando buscar al que le puso los cuernos. Que tiene que ser el mismo médico. Porque por qué iba a ir el médico si no era por eso, si esa gente no tiene tres duros para pagarle. No se justifica. Pero mi oficio no es pensar sino seguirle a ése y tiene un modo de correr raro. Anda a saltos. A lo mejor se ha dado cuenta que le sigo."

"A mí no me la dan con queso. Por éstas que me las paga. Todavía no sabe ése con quién se va a encontrar."

"Y tan simpático que es, que lo único que le gusta es estar mirando por el micro a los ratones. Ése es todo su vicio. Y estarles hurgando en los intestinos donde les salen los bultos esos. No sé por qué tuvo que meterse en esto. Además que no sabía hacerlo. Se veía que era la primera vez. Yo mismo me las habría arreglado, pero ese infeliz dale que te pego, dale que te pego con la cucharilla, sin tomarle el pulso, sin pedir ayuda en vez de ir corriendo a la trasfusión."

"Fortuna audentes juvat, pero perseverare diabolicum."

"Y me está viniendo y ese tío que no para. Tomaré una píldora. Luego dirán que el opio no es bueno, que es droga y que intoxica. Pero si no fuera por el extracto tabaico qué sería de mí. Hay que ver cómo me lo para y qué tranquilo se queda el paquete. A mí me debían trasladar a un clima templado Málaga o Alicante... lo malo es el piso. No puedo dejar aquí a la mujer y ponerme de patrona. Podía vender el piso y que mi mujer comprara otro en Alicante. Aún ganaría dinero... se va a subir al tranvía. ¡Se subió! Ahora a correr, con ruidos de tripas y a correr. Claro que casi descansa. Lo más disimulado es correr detrás de un tranvía. Nadie piensa que uno es lo que es."

"Se creía que me la iba a dar subiéndose al trole. A mí. Un castrón como ese tío. A mí. Ni sé cómo no le pincho ya."

"¡Toma existencia! Esto le enriquece la existencia. La situación límite, el borde del abismo, la decisión decisiva, la primera vivencia. ¡El instante! La crisis a partir de la cual cambia el proyecto del existente. La elección. La libertad encarnada. Muerte, muerte dónde está tu victoria. Canta musa la cólera de Aquiles."

"Él fue el que la chingó. En mis barbas. Y yo que le tenía

miedo al Muecas. Y no hice más que darme la hartá de tetas.
Vaya alipori."

"Conque querías mancha, pobre. Te gustaba el juego de
la mancha. La mancha original. La virginidad reconstructa.
¡Toma vorágine y ríete de los que se acuestan con putas viejas!"

"Todo ha sido por los ratones. Me daba a mí mala es-
pina que tuviera que interesarse tanto por las chabolas. Cada
cual con su cadacuala y clás con clás. No tenía por qué haber
ido. Y cómo estaba de animado: ¿Son éstas las chabolas,
Amador? Niños tiernos, son niños tiernos y se creen que son
hombres."

"Si me voy a Alicante me quitarán el plus de capitalidad
y el plus de casa en Madrid y no habrá casi nunca dietas, porque qué puede pasar en Alicante que obligue a un hombre a
que le den dietas. Me veo teniendo que renunciar a las vaca-
ciones y buscando un trabajito por las tardes. Pero Laura no
lo aguanta, claro que no lo aguanta. Si aquí se avergüenza
que nadie lo sabe, cómo lo va a aguantar en un Alicante
donde todo el mundo, por fuerza, tiene que acabar por saberlo. Con lo bien que me vendría el clima y poder tomar el
sol directamente en la tripa como decía aquel doctor que fue
el único que me entendió. Todo el día tomando el sol en la
tripa y seguro que se acababan los retortijoncillos y los haz-
merreíres hidroaéreos. Porque yo, para mí, que esto no es más
que flato y ya decía mi madre: Tapa el flato con el gato. Pero
eso lo podía hacer ella en el pueblo, sentada en la silla baja,
delante del fuego, con el gato encima y haciendo media. Pero
cómo voy a ponerme yo el gato encima siguiendo a semejante
tipo en un tranvía. Me haría bien entrar adentro. Las plataformas me matan. Pero si entro, me ve. Error técnico. No me
conoce pero se huele. Eso que yo soy el que más despinto,

como dijo el comi: 'Usted Similiano, hay que ver cómo camufla. Parece exactamente un comisionista'. Pero nada de ascensos por mérito ni nada. Escalafón, escalafón y tente tieso. Tienes un destino en Madrid y eso ya es suerte. Ese tío me parece que se va a bajar."

"Luminarias altísimas le guían en la noche. Seguro que está todavía en la cama. Como si estuviera enfermo. La habrá tocado o no la habrá tocado. A lo mejor ni la ha tocado. Bueno, yo creo que sí. Se habrá echado en sus brazos. Necesita protección. Retroceso al seno materno. Intento de reconquistar la matriz primigenia. Búsqueda de la aniquilación prefetal. Ese hombre siempre está a lo mismo. (Risa para adentro.) Es su sino."

"Yo le dije, digo: qué contento se pondrá. Pero no creí que tanto. Ese Muecas es una fiera. En qué líos nos ha metido. Todo por dormir en la misma cama que no es sano, no señor. Qué bien hice cuando me lo sacudí. Nada de realquilado. Que tú no tienes hijos. Y yo le digo: Por eso mismo, para no tenerlos. Parece mentira, pero no es la primera vez. Uno ha visto ya de todo. Pero ese pobre Don Pedro no tenía nada que ver y cualquiera se atreve a echarle una mano ahora. Por menos de nada lo empapelan a uno."

"Le habrá dicho: Perdone señorita, ya sé que no es hora pero se ha empeñado Doña Luisa."

"Comprendo que un médico aborte a una duquesa o a la hija de un estraperlista, pero que un médico se ponga a abortar en una chabola es cosa nunca vista. No se puede caer más bajo."

"Y lo que anda éste. Se parece a su amigo si es que es su amigo. En el tranvía íbamos mejor. Ahora se me va parando en los libreros de San Bernardo. Como si a mí me interesaran los libros. A ver si después de todo no va a buscarlo y todo era cuento. Bueno, yo le sigo un poco más, pero no sé ni para qué me meto en lo que no es de mi incumbencia."

"Resulta que el gordo va sorbiéndole los vientos a aquel otro. Me huele a cosa de la pasma."

"¿Y el bomboncito de la pensión? Está enamorada. Qué manera de venir a avisarle, desmelenada, histérica, hembra embravecida. No hay como las mujeres para las altas circunstancias. ¡Pedro! ¡Pedro! ¿Qué has hecho Pedro? ¿Por qué te persiguen? ¡Dime que no es verdad, Pedro! ¡Dime que no puede ser! No una palabra de condena; no una palabra de repugnancia. Comprensión femenina, asimilación, digestión del infeliz varón en el seno pitónico. Osado el que penetra en la carne femenina, ¿cómo podrá permanecer entero tras la cópula? Vagina dentata, castración afectiva, emasculación posesiva, mío, mío, tú eres mío, ¿quién quiere quitármelo? Ajjj... Pero qué guapa, un bombón."

"A mí no me la da. Acabaré en el trullo. Pero a mí ni ése ni nadie. No ha nacido todavía."

"Laura en seguida me lo nota. Has estado de servicio. Y es que no lo aguanto, se me hunden los ojos y tardo tres días en reponerme. Tomaré otra píldora. Gracias a que sé tomar las píldoras sin agua y no como ésos que se atragantan. A lo mejor es que tienen la garganta atrofiada. Y ya me está viniendo el latigazo a la cabeza. Tengo que convencerla de que en Alicante, tomando el sol en la tripa."

"Vaya mujer bonita. Me gusta casi tanto como la de la pensión. Qué manera de andar. Se comprende que las dejemos hacer todo, hasta ser intelectuales y oír conferencias. ¿Sería así mi madre de joven? Sí, sería así pero nunca andaría como anda ésta. Mi madre sería tan guapa pero en fino, la nariz delgada, los tobillos delgados, las muñecas delgadas... ¡Estoy pensando en mi madre! Tú también Edipo, hijo mío,

tú también ¿cuándo te librarás de tus complejos infantiles?
¿Cuándo dejarás de buscar lo que buscas y te entregarás a las
jóvenes apenas núbiles y no a ésas cuya amplia experiencia te
hace creerlas superiores lo que no es sino el complejo de retroceso intrafetal que tu pobre amigo purga ahora y al que no sa-
tisfarás sino el día en que, abandonado, el fantasma de Cli-
temnestra se aleje, envuelto en su velo y tú al fin sólo veas en
Eva, la limpia, libre de todo parto, poseída y ya no posee-
dora?"

"Menos mal que ahora anda derechito y sin distraerse,
parece que sabe a dónde va. ¡Qué mujer, mi madre! De esas
me recomendaban a mí para el reúma."

"A mí ya no me para ni siquiera ésta: ¡Guapa! ¡Sólo con
lo que tú pones podemos irnos de merienda!"

"Al volverse podía haberme visto. Error técnico. Hay
que seguirle más de lejos. Gracias a que yo despinto. Pero no
tengo la cabeza para el trabajo. Me está ya dando el latigazo
y eso no es señal de nada bueno."

"¿Cómo habrá conseguido que se le enamore? Porque es
tan poco entreprenant. Habrá sido ella la que arregló la caza.
Pero está colada. Ríase usted de la Sarah Bernhardt. Qué es-
cenita. Te amo, te como, te devoro, te hundo los colmillos en
la víscera más tierna. Y yo espectador privilegiado en prosce-
nio especial, representación privatissime. Y ella, ignorante del
lujo asiático de la mansión señorial, en absoluto coartada por
los valiosos cortinajes, como si todo aquello no fueran sino
bambalinas y decorados abstractos, actuando en la cúspide de
su maestría. No lo merece ese tonto, ni lo sabe comprender.
Gracias a que estaba yo. Si no el espectáculo se pierde en el
vacío. Entró como la encarnación de la tragedia. Deus ex ma-
china. Un gesto suyo y el destino quedaba decidido. El amor,
la ira, el terror pánico, el vértigo de la angustia, lo patético. Y

yo: Le esconderé, no te preocupes. Fascinado por la literatura. Arrastrado por el torbellino. Porque lo que tenía que hacer era entregarse: ir a declarar. ¿A qué viene toda esa tontería de esconderse? Tuvimos que ponernos a su altura. Ella nunca hubiera comprendido que hubiéramos pedido un taxi y hubiéramos enviado su amor a la prevención. ¿Qué leerá esa chica? Es que lo llevan dentro."

"Yo lo que quiero saber es si puedo hacer algo por él, con tal que no me comprometa. Yo no hice nada. Él fue el que lo hizo. No sé qué puede querer que yo diga. Lo de la chica no fue más que una desgracia. Y el Muecas es quien debe responder, pero si no quiere responder yo cómo voy a echarme encima de un familiar. Lo mejor es que se vaya a América y allí podrá estudiar de verdad y descubrir eso que anda buscando, porque de allí es de donde trajeron los malditos ratones. Que se vaya, que pida una beca y que nos deje a nosotros seguir pudriéndonos en nuestra propia mugre. Eso es."

La detención fue cosa sencilla hasta para un policía tan poco entusiasta como Don Similiano. Amador no había llegado a entrar en la casa inmovilizado por su protector instinto defensivo. Cartucho, sí; se lo saltó a la torera. Aunque no era la hora del mayor trabajo, ya estaban algunos mendicantes eróticos como errátiles meteoritos vagando por pasillos y escaleras, mascullando por lo bajo y evitando recíprocamente las miradas al cruzarse. Matías hablaba con Doña Luisa en el saloncito reservado, explicándole el caso, que no había podido convencer al testigo de descargo y que lo mejor era esperar hasta que llegara un su amigo hábil abogado, ardilla jurídica, corazón generoso, incapaz de negarle favor alguno. El repiqueteo de los altos tacones en los pasillos era ignorado esta vez completamente por Matías. No era tan de noche, no estaba tan bebido, no sentía sino un deseo confuso de conocer pronto el fin de todo aquello. Cuando la puerta del salón fue abierta por una de las oscuras siervas subalternas demudada y entró el largo cuerpo de Don Similiano enarbolando, a guisa de salvaconducto o llave mágica, la placa policial en su mano izquierda.

— Arriba está — dijo sin dudarlo Doña Luisa —. Pero yo no sabía nada. ¡Qué compromiso!

— Debíamos haberlo pensado — observó amable el policía —. Buscándole por lo que se le busca, no podía haber ido a mejor parte.

— Yo no me dedico a eso — sofocóse la anciana —. Ésta es una casa honrada, legalmente reconocida.

Pero a Don Similiano no le gustaba discutir. Inclinándose sobre Doña Luisa le preguntó en voz baja las señas del lugar reservado del que las píldoras no podían preservarle por más tiempo. Bien sabía él cuán peligrosos son estos reductos y con qué insólita densidad en ellos pululan los más diversos gérmenes patógenos. Pero su alto sentido del deber le impedía buscar más lejano exutorio. No podía dar más oportunidades a su presa, que aunque por el momento yacía hipnóticamente traspuesto en brazos de dama concurrida, pudiera en cualquier momento sacudir su letargo y proseguir a través del mundo exterior, lleno de pregnancias inoportunas, su estela destructora.

— ¡Cuidadito! — dijo levantando su índice y moviendo significativamente la cabeza antes de desaparecer en el peligroso y reducido lugar, a lo que la patrona contestó:

— ¡Descuide! — con la misma voz con que en otras ocasiones había garantizado a un cliente la irremisible presencia concertada de una rubia gruesa de ojos verdes.

— Voy a avisarle... — se revolvió el inadvertido Matías.

Pero la anciana, deteniéndole por el brazo, pellizcándole risueña la mejilla:

— Tú, hijito, te largas ahora mismito. ¡Déjame a mí! ¡Busca al abogado! ¿No ves que te estás exponiendo inútilmente?

El policía, habiendo conseguido evitar todo roce sospechoso, satisfecho de sus cuclillas profilácticas, sonriente, siguió a Doña Luisa hacia las altas regiones.

— No es que yo lo haya escondido — iba explicando ella —. Ya sabe usted, a los que vienen para más de un rato los ponemos arriba.

— Sí, sí; ya sé — concedía Similiano.

— ¡Qué compromiso, Dios mío! Nunca sabe una lo que se le puede meter en casa... Son todos unos indeseables... eso es lo que son. ¡Lo que tiene una que ver!

— Sí, señora.

Pedro, efectivamente, estaba en la alcoba acompañado de una dama, porque había sido condición sine qua non de la ayuda recibida. La dama, muy aburrida, contemplaba al mancebo con cierta admiración o cierto recelo. Él estaba echado, ya vestido, sobre la colcha azul a flores de una tela como de seda artificial fría y brillante. La parte baja de la colcha se abría marchitada por los sucesivos pies no descalzos que, durante algunos meses, había soportado. Pero, en cambio, la funda de la almohada, cambiada el mismo día, era sorprendentemente blanca. Había una lucecita rosa en la mesilla de noche. Dándole al botón se convertía en blanca. Pero todos — clientes y profesionales — preferían la luz rosa por un residuo romántico y sentimental que desde lo hondo del tierno corazón humano, lo hace revolverse contra la ausencia total de la poesía. No sólo la luz rosa consigue hacer desaparecer los puntos negros de la nariz o las arruguillas de los ángulos del ojo. También a los contornos desnudos de los cuerpos alcanza con su borrosa indeterminación, por lo que convertidos en objetos más táctiles que visuales, pueden superponerse con menor esfuerzo sobre el interno arquetipo al que el espíritu incansable busca coincidencia. Los mismos objetos de porcelana blanca y brillante, que en un rincón del cuarto recordaban su higiénica utilidad, bajo la luz rosada podían parecer pequeños animales domésticos acurrucados y a veces rumorosos, con rumor de vida soñolienta gracias al grifo que chorrea. Aquella frescura del agua hacía olvidar el polvo de los suelos, donde un hule surcado de grecas y cenefas, lucía clavado en la madera y la mediocridad de las pinturas de las paredes y del techo, que intentaban sin éxito alguno aproximarse a los modelos pompeyanos que algún desconocido decorador consideró en su día, al verlos en fotografía de colores aptos para burdel recién inaugurado. Un alargado espejo, situado horizontalmente en la pared a la altura del lecho, aunque oxidado y lleno de manchones pardos, constituía el último refinamiento de las alcobas de primera y bajo la luz rosada, devolvía apenas en negro la silueta del cuerpo imaginado, tan difuso que se hacía anónimo y bondadoso, oculto en el sueño del azogue, como si desde allí espiara a la eterna pareja desencantada para bendecirla inútilmente. En efecto, calzando un completísimo maillot de goma, embutidos los dedos en gruesos guantes quirúrgicos, obturados los orificios de la nariz y de la boca por capas de algodón hidrófilo y cubiertos los ojos y el rostro entero por una máscara residual del año 18, los cuerpos nunca se tocaban, ni las miradas llegaban a encontrarse, permaneciendo en una oscura ignorancia de la compañía íntima, cuya única función era desencadenar el campanillazo brutal mediante el que se sigue comprobando

203

otra vez lo mismo. Atónitamente ajenos uno de otro, vestido él ya de calle, desnuda ella pero protegida por la invencible indiferencia, hablaban con aburrido gesto de las cosas mismas de que el hombre se ve constreñido a hablar día tras día; del tiempo que ha hecho, de lo guapa que eres, de qué lindos ojos tienes, de cada vez está todo más caro, de me gusta mucho Humphrey Bogart, de cuando cambia el tiempo siempre me duele esta pierna que me rompí cuando era chica.

— Vamos, salga de ahí. Policía — dijo púdicamente, sin asomarse, Similiano.

La muchacha asustada se envolvió en la bata floral de las peonías y miró con ojos espantados al hombre tendido en la cama, como si se hubiera convertido en un escorpión amenazante. Su movimiento de retirada la llevó al otro extremo del cuarto allí donde, agazapado, el bidet dejaba oír su lamento interminable que ahora sonaba más claramente. Pedro, permaneció primero inmóvil, luego pareció desperezarse de un sueño más profundo recuperando fuerzas para un acto. De un solo gesto brusco quedó sentado en la cama, con los codos apoyados en las rodillas y con los ojos fijos en la puerta.

— Vamos, son sólo unas preguntas — repitió siempre humano y tranquilizador el policía —. No se asuste.

Y aunque ningún signo premonitorio podía hacerle sospechar nada violento, insistió acariciadora, profesionalmente:

— No alborote. Es mejor para usted, se lo aseguro.

Como dice el dentista: "Estése quieto", en el momento en que hinca el torno en el centro de la muela.

Don Similiano era tan amable, despintaba tan finamente de su oficio, que cuando salieron cogidos por el brazo, los que entraban no pudieron distinguir en el rostro de Don Pedro otro rubor que el habitual sonrojo de la especie satisfecha. "Habría que coger también a ése", iba pensando el policía que había visto a Cartucho hirsuto, desde una esquina del salón mirar cómo pasaba el detenido y fijar su imagen grabada al odio en su memoria.

Cada una de las rejas, rastrillos y cerrojos que Pedro iba encontrando en su camino descendente, poseía un gnomo gris que, a su paso, los hacía transitables, como si no estuvieran fabricados de un apenas oxidado hierro sino de alguna materia fluida y deformable.

Que en el interín Similiano le hubiera pedido algunas recetas gratuitas con destino a sus bien descritos padecimientos, que otros sujetos amables y oportunos le hubieran entretenido con diálogos referentes a su nombre, apellidos, estado civil, profesión y domicilio, que la naturalidad más cotidiana presidiera los gestos y actitudes de cuantos en aquellas oficinas se afanaban no habían sido datos suficientemente tranquilizadores para que el desasosiego hubiera abandonado su pecho a la fatiga, al sueño ni al hastío. Permanecía, pues, despierto, sentado en uno de aquellos sillones rotatorios, mientras que algunos empleados se acercaban y le miraban como diciéndose: "Es éste", y se alejaban después tras recoger un papel evidentemente inútil o teclear al desgaire en una de las máquinas profusamente repartidas por todo el ámbito de locales unidos entre sí por el pasillo donde guardias, presos, oficinistas y algún que otro perdido camarero con su chaquetilla blanca transitaban. La pequeña porquería que imperceptiblemente iba cayendo se depositaba sobre cuantos objetos eran asequibles a los dedos dándoles tacto rasposo y aspecto amarillento. Tal vez esta sensación no fuera debida, a decir verdad, al polvo cuya realidad es siempre cuestionable (como la de los otros entes invisibles), sino el miedo que parecía reinar con dominio absoluto en tales zonas, habitadas además de por los regidores y manufactureros de la angustia, por ciertos sutiles seres de color verdoso y barba crecida, nacidos de una raza todavía no añtropológicamente clasificada, en cuyos rostros, al ser contemplados atentamente, resplandecía aquel reino absoluto, ante los que Pedro podía inclinarse como ante un espejo que mostrara la naturaleza de la metamorfosis por él mismo sufrida, de la que aún no tenía total conocimiento. Así pues, lo que él notaba como pequeña sensación de cansancio en ambas corvas, tensión de la bolsa del párpado inferior, picores prolongados a lo largo de ambas hendiduras palpebrales, ausencia absoluta de hambre sobre superficie seca de lengua vuelta objeto extraño en cavidad bucal repentinamente contraída, incapacidad para comprensión de preguntas sencillas, fuerte deseo de ser amable con todo el mundo, suciedad pegajosa en axilas y en pies no por falta de jabón sino por sudor nuevo nunca antes eliminado, mirar agitado y vertiginoso hacia todos (absolutamente todos) los rostros de los empleados intentando escrutar en ellos los signos de una lejana simpatía que, por lo demás, indiferentes prodigaban, proximidad excesiva de los zapatos a los pies que han perdido aparentemente toda utilidad traslatoria ya que no se es movido a impulsos de una voluntad que se trasmite a los músculos de las piernas sino por una fuerza magnética que emana de los hábiles ordenadores de la circulación en tales pistas, proximidad excesiva del cuello de la camisa al de la carne que ha perdido también sus naturales propiedades transportadoras de aire, alimentos, etc., conservando sólo la de servir de pivote al movimiento circular preciso para captar con la mayor frecuencia posible las muestras de simpatía de los rostros circundantes, temblor o bien rigidez a lo largo de las vértebras lumbares, no eran sino los indicios internos de ese mismo terror que deformaba los rostros de los que él podía ver, hijos de esa raza des-

206

preciable en la que todo hombre puede ser trasmutado por la culpa públicamente descubierta, hecha patente y en ruta hacia el castigo.

— Vamos a acabar en seguida. Usted es un hombre inteligente — dijo uno de los omnipotentes habitantes de las oficinas que precisamente mostraba hacia él una simpatía más desbordante, una sonrisa especialmente acogedora, una magnanimidad más fina y providente.

Pedro se volvió hacia él interrumpiendo la búsqueda de otras fuentes de simpatía ya que ésta, al parecer más decisiva, con tan especial abundancia sobre él se derramaba.

— Así que usted... (suposición capciosa y sorprendente).

— No. Yo no... (refutación indignada y sorprendida).

— Pero no querrá usted hacerme creer que... (hipótesis inverosímil y hasta absurda).

— No, pero yo... (reconocimiento consternado).

— Usted sabe perfectamente... (lógica, lógica, lógica).

— Yo no he... (simple negativa a todas luces insuficiente).

— Tiene que reconocer usted que... (lógica).

— Pero... (adversativa apenas si viable).

— Quiero que usted comprenda... (cálidamente humano).

— No.

— De todos modos es inútil que usted... (afirmación de superioridad basada en la experiencia personal de muchos casos).

— Pero... (apenas adversativa con escasa convicción).

— Claro que si usted se empeña... (posibilidad de recurrencia a otras vías abandonando el camino de la inteligencia y la amistosa comprensión).

— No, nada de eso... (negativa alarmada).

— Así que estamos de acuerdo... (superación del apenas aparente obstáculo).

—Bueno... (primer peligroso comienzo de reconocimiento).

—Perfectamente. Entonces usted... (triunfal).

—¿Yo?... (horror ante las deducciones imprevistas).

—¡¡Ya me estoy cansando!!

Bruscamente y de modo imprevisible, la fuente de la simpatía quedó cegada y Pedro contempló frente a él el rostro cuya aparición había estado temiendo desde el momento mismo en que dio comienzo su agonía y que no había podido apercibir tras la cáscara blanda de Similiano, ni tras la atareada honradez laboriosa de cuantos, previamente y en varias ocasiones, se habían interesado por su edad, profesión, domicilio, estado civil, lugar de nacimiento e — incluso — por el nombre de pila de sus padres.

Y tras la cegadora visión de Júpiter-tonante, Moisés-destrozante-de-becerros-áureos. Padre-ofrecedor-de-generosos-auxilios-que-han-sido-malignamente-rechazados, Virtud-sorprendida-y-atónita-por-la-magnitud-casi-infinita-de-la-maldad-humana, Pedro muy justa y naturalmente, fue privado de la augusta presencia y conducido al proceloso averno en el que la caída, aunque rápida e ininterrumpible, se produjo a través de los meandros y complejidades que canta la fábula.

El primero de los cuales no era sino un largo pasillo laberíntico en el que los zigzagues maliciosos estaban dispuestos a lo largo y a lo ancho de dos y también a lo profundo de otra dimensión del espacio, mediante intercalación de artificiosos y disimulados escalones que ora subían, ora descendían sin aparente regla ni posible recuerdo. Tras del pasillo, por un momento, se atravesaba un patio lleno de automóviles y de inmóviles chóferes con cazadoras de cuero que miraban sin ver. Tras el que una nueva boca, ya más próxima a las fauces definitivas, engullía con poderoso sorbo las almas trémulas de los descendentes. Tras las que nuevas escaleras conducían a un espacio dispuesto al modo de bar americano, en cuya barra apoyados un momento, con otro empleado más severo que los de arriba y con máquinas de escribir mejor engrasadas, volvía a repetirse el ritual diálogo del nombre, apellidos, edad, etc., destinado a que todo error humanamente evitable quede evitado y nadie por tal error u otra omisión sufra submersión a él no destinada. Tras lo que nuevo serpenteante corredor, ahora subterráneo, con luces de neón simuladoras del día, del que ya las paredes berroqueñas son desnudamente hijas directas de la tierra, conducía a la primera de las solamente franqueables gracias al beneplácito del gnomo silencioso, al que era preciso mostrar un papel de color amarillo que llevaba en la mano el hábil guía. La próxima boca da paso a una garganta escalonada y tortuosa a través de la que, sin carraspeo alguno, la ingestión es ayudada por los movimientos peristálticos del granito cayendo así — tras nuevas rejas — en la amplia plazoleta gástrica donde se iniciara la digestión de los bien masticados restos. Allí efectivamente se procede al desguace de cada pieza individual recién cobrada, privándole de su carga de metales preciosos, plumas estilográficas, corbatas, tirantes, cinturones, gafas y cualesquiera otros objetos aptos para el suicidio, con lo que los desprovistos individuos de casta intelectual quedaban especialmente disminuidos, sujetándose los pantalones con las manos, sintiendo frío en la parte del cuello, lanzando una mirada apingüinada sin cristales, temerosos de ofender a los bien intencionados esbirros a causa de su voz modulada con excesivo refinamiento. El capataz de estas maniobras da luego un número y bajo las cóncavas criptas y abovedados corredores se desliza el conducido prisionero hasta llegar al lugar exacto de su ubicación definitiva en este infierno en el que, a diferencia de aquellos en que más hábiles demonios atormentan estridentes condenados, no se oyen los gritos de éstos sino que guardan un profundo silencio que tan sólo rompen con intervalos de varios años-luz para solicitar, ya la gracia de una micción, ya la de una cerilla cuando los tribunales superiores han permitido, con benignidad inacostumbrada, que el tabaco no sea incluido en la lista de mortíferos objetos que han de ser ineludiblemente requisados.

La celda es más bien pequeña. No tiene forma perfectamente prismática cuadrangular a causa del techo. Éste, en efecto, ofrece una superficie alabeada cuya parte más alta se encuentra en uno de los ángulos del cuadrilátero superior. Aparentemente, cada dos células componen una de las semicúpulas sobre las que reposa el empuje de la enorme masa del gran edificio suprayacente. Estas cúpulas y paredes son de granito. Todas ellas están blanqueadas recientemente. Sólo algunos graffiti realizados apresuradamente en las últimas semanas pueden significar restos de la producción artística de los anteriores ocupantes. Las dimensiones de la celda son más o menos las siguientes. Dos metros cincuenta de altura hasta la parte más alta de la semicúpula; un metro diez desde la puerta hasta la pared opuesta; un metro sesenta en sentido perpendicular al vector anteriormente medido. Dadas estas dimensiones, un hombre de envergadura normal sólo puede estirar a la vez los dos brazos — sin tropezar con materia opaca — en el sentido de las diagonales. Por el contrario, ni un hombre muy alto podría llegar a tocar el techo. La cama no está orientada en el sentido de la diagonal, sino paralela al plano normal de la puerta y apoyada en la pared opuesta a ésta, por lo que un hombre de buena estatura al dormir debe recoger ligeramente sus piernas aproximándose a la llamada posición fetal sin necesidad de alcanzarla totalmente. La puerta es suficiente para pasar por ella sin tener que inclinarse y está fabricada en madera seca de buena calidad. A media altura hay en ella un ventanillo de 15 por 20 centímetros, siendo la dimensión mayor la vertical. Este ventanillo aunque obturado por tres barrotes de hierro permite una perfecta inspección de cuanto contiene el espacio habitable de la celda. La altura a que este ventanillo está situado es tal que obliga a los guardianes de altura reglamentaria a inclinar ligeramente la cabeza para ver al que hay dentro. En el caso de que el prisionero esté de pie sobre el lecho, el guardia sólo ve la parte inferior de su cuerpo a partir del ombligo y la inclinación que debe hacer para verle completamente es más grande. Esta inspección visual es posible gracias a una bombilla colocada en un agujero de la pared sobre el marco de la puerta. Por lo tanto la luz ilumina al mismo tiempo la celda y el estrecho corredor. Este corredor está de tal modo dispuesto que nunca hay celdas enfrente sino sólo una pared lisa. Entre esta pared lisa — también blanqueada — y la puerta queda un espacio de cuarenta centímetros por el que deambulan los guardias. En aparente contradicción con la magnitud de los muros de granito y la profundidad a que tan curioso laberinto se ha establecido, cada puerta individual no está cerrada sino mediante modesto cerrojo de baja calidad semejante al que pueda ser utilizado, por ejemplo, en un gallinero. El prisionero, aplicando su cara a los barrotes puede llegar a ver el cerrojo, pero no manejarlo, a no ser que disponga de algún útil apto para esta manipulación, tal como alambre, cuerda, o fragmento de madera.

Nada, sin embargo, en el interior de la celda puede ser considerado como fuente de aprovisionamiento de tales materiales. El ventanillo, desprovisto de cristal, al mismo tiempo que asegura la ventilación, permite sean encendidos por el guardia los pitillos que el prisionero pueda haber llevado consigo hasta el provisional aposento.

La luz es eterna. No se apaga ni de día ni de noche.

Dentro de la celda, además del aire y del prisionero, de la cal con que están pintadas las paredes y de los dibujos que en ésta hayan podido ser hechos, no hay otra cosa que un lecho. Este lecho está construido de un modo sólido, a prueba del peso quizá excesivo con que un hipotético campeón de lucha grecorromana o tesorero estafador del "Club de los Gordos" pudiera abrumarlo algún día. La idea básica que ha presidido la fabricación de este lecho standard merece ser estudiada con detalle. Se ha llegado a conseguir un tipo de lecho que excluye la posibilidad de desvencijamiento e incluso los molestos crujidos que pudieran producir los desacordados movimientos del prisionero. Asimismo resulta totalmente imposible el alojamiento o cría de parásitos en sus intersticios. Su sólida construcción hace sumamente improbable que de él puedan obtenerse materiales arrojadizos u otros utilizables como ganzúa. Este lecho silencioso, indeformable, incombustible, intransportable, a prueba de fuego, a prueba de choque, a prueba de inundación, bajo el que persona alguna jamás podrá ocultarse, que nunca será arrojada alevosamente contra el guardián por preso mal intencionado está enteramente realizado en obra de mampostería rematada en capa de cemento amorosamente pulida por el maestro albañil de una vez por todas, con la precisión con que la camarera de un hotel de lujo alisa la colcha cada día. Así se ha conseguido armonizar las artes suntuarias con la arquitectura del modo más perfecto. Por un escrúpulo de humanidad y para dar todo el reposo tolerable a los miembros de los huéspedes, la almohada ha sido realizada en el extremo correspondiente del lecho asimismo en cemento, haciendo cuerpo con el resto del inmueble y de la·altura aconsejada para un sueño perfectamente fisiológico: seis a ocho centímetros. Otras ventajas: la perfecta coaptación del lecho con las paredes y suelo de la celda hace inexistente esa rendija en que en reiteradas ocasiones se han introducido mensajes en cifra, biblias protestantes, fotografías pornográficas o cápsulas de cianuro. Y no só·o eso: la solidez, el cuerpo, la armadura del cemento prestan (una vez que deja de considerarse tal mole grisácea como lecho y se pasa a la no menos útil perspectiva de ver en ella un paisaje habitable o un accidente geográfico) sólido apoyo y campo de ejercicio a quien quiera ejecutar los diversos tipos de gimnasia que una celda de aislamiento permite al prisionero: ejercicios respiratorios, yoga, swing de golf con palo imaginario, ataques epileptiformes voluntariamente simulados, precipitación al abismo y subida de nuevo a la montaña. Sobre el lecho, en efecto, puesto el preso en pie, un rotundo cambio en la perspectiva es conseguido. El aire de las regiones superiores es sin duda más puro, los dibujos de la pared son más escasos allá arriba, los pies del guardia son vistos a su paso tras el ventanillo y no sus robustos hombros, el suelo de la celda con restos quizá de miga de pan, quizá de grasa, quizá de colillas deletéreas queda a mayor distancia. La misma almohada se convierte en pequeña colina árida que huella Gulliver, al fin, en un mundo a la medida humana.

Otra posible utilización del lecho consiste simplemente en sentarse con la mirada fija en el ventanuco y (más allá de él) en la pared desnuda y (más allá de ésta) en el mundo exterior concéntricamente ordenado. Alzando ahora la visual con ligera oblicuidad hacia las regiones más elevadas del pasillo, la cara del guardia (a su paso, regido por una periodicidad impropia) podrá ser vista sin necesidad de que él se incline y se comprobará así la presencia de sus ojos, de sus labios, de su nariz, de su boca y a veces de su frente.

La tercera posible utilización del lecho no es otra que la posición recumbente o postura de dormir, función nunca del todo imposible incluso en las más adversas circunstancias.

Aunque, durante las primeras horas, pudiera creerse que el silencio reina en aquellas confusas galerías, esta impresión es errónea y se debe a la escasez de señales acústicas significativas y a la escasa importancia, en el primer momento, de ruidos y rumores que, sin embargo, existen. Puede hacerse, a este respecto, un rápido inventario. Ante todo son constantes los ruidos de agua que corre, que se deben a los escapes de váteres y lavabos. Luego se advierte el eco y cóncava resonancia de las voces que podemos llamar *exteriores*, lamento de ciego vendiendo lotería, monótona mujer gruesa que pregona los periódicos, cláxones apagados por la distancia. Otras voces, por el contrario, son *interiores* y tienen mayor interés. Las más constantes son las que profieren los guardianes libres de servicio jugando a las cartas durante todo el día y toda la noche en la plazuela central del laberinto. Los más sorprendentes son las risas y juegos del Kindergarten subterráneo que forman los niños de las detenidas en la celda común que, por su pequeña edad, acompañan a sus madres. Estos niños corren, gritan y ríen sólo dentro de un espacio restringido, pero sus voces llegan hasta la más recóndita celda. Por último, constantemente se cree oír el nombre de alguno de los detenidos cuando es llamado, ya para declaración, ya para traslado, ya para libertad. La espera configura la materia prima de las vibraciones de forma que cada detenido cree, cuando aguza su oído, escuchar su propio nombre en boca de alguno de los inmediatos servidores del poder que radica unos metros más arriba.

Llegada la noche se da una manta parda al detenido. Llegado el día se le retira exigiéndole sea doblada por sus pliegues. Estos acontecimientos y los más banales del rancho o de la orina dan forma de calendario a un tiempo que, por lo demás, se muestra uniformemente constituido de angustia y virtudes teologales.

El destino fatal. La resignación. Estar aquí quieto el tiempo que sea necesario. No moverse. Aprender a estar mirando un punto de la pared hasta ir, poco a poco, concentrándose en un vacío sin pensamiento. Relajación autógena. Yoga. Estar tendido quieto. Tocar la pared despacio con una mano. Relax. Dominar la angustia. Pensar despacio. Saber que no pasa nada grave, que no hay más que esperar en silencio, que no puede pasar nada grave, hasta que el nudo se deshaga igual que se ha hecho. Estar tranquilo. Sentirse tranquilo. Llegar a encontrar refugio en la soledad, en la protección de las paredes. En la misma inmovilidad. No se está mal. No se está tan mal. Para qué pensar. No hay más que estar quieto. No pensar en nada. Llegar a hacer como si fuera un deseo propio estar quieto. Como si el estar aquí quieto, escondido, fuera un deseo o un juego. Estar escondido todo el tiempo que quiera. Estar quieto todo el tiempo necesario. Aquí mientras estoy quieto, no me pasa nada. No puedo hacer nada por mí mismo. Tranquilidad. No puedo hacer nada; luego no puedo equivocarme. No puedo tomar ninguna resolución errónea. No puedo hacer nada mal. No puedo equivocarme. No puedo perjudicarme. Estar tranquilo en el fondo. No puede ya pasar nada. Lo que va a pasar yo no lo puedo provocar. Aquí estoy hasta que me echen fuera y yo no puedo hacer nada por salir.

¿Por qué fui?

No pensar. No hay por qué pensar en lo que ya está hecho. Es inútil intentar recorrer otra vez los errores que uno ha cometido. Todos los hombres cometen errores. Todos los hombres se equivocan. Todos los hombres buscan su perdición por un camino complicado o sencillo. Dibujar la sirena con la mancha de la pared. La pared parece una sirena. Tiene la cabellera caída por la espalda. Con un hierrito del cordón del zapato que se le ha caído a alguien al que no quitaron los cordones, se puede rascar la pared e ir dando forma al dibujo sugerido por la mancha. Siempre he sido mal dibujante. Tiene una cola corta de pescado pequeño. No es una sirena corriente. Desde aquí, tumbado, la sirena puede mirarme. Estás bien, estás bien. No te puede pasar nada porque tú no has hecho nada. No te puede pasar nada. Se tienen que dar cuenta de que tú no has hecho nada. Está claro que tú no has hecho nada.

¿Por qué tuviste que beber tanto aquella noche? ¿Por qué tuviste que hacerlo borracho, completamente borracho? Está prohibido conducir borracho y tú... tú... No pienses. Estás aquí bien. Todo da igual; aquí estás tranquilo, tranquilo, tranquilizándote poco a poco. Es una aventura. Tu experiencia se amplía. Ahora sabes más que antes. Sabrás mucho más de todo que antes, sabrás lo que han sentido otros, lo que es estar ahí abajo donde tú sabías que había otros y nunca te lo podías imaginar. Tú enriqueces tu experiencia. Llegas a conocer mejor lo que eres, de lo que eres capaz. Si realmente eres un miedoso, si te aterrorizas. Si te pueden. Lo que es el miedo. Lo que el hombre sigue siendo desde detrás del miedo, desde debajo del miedo, al otro lado de la frontera del miedo. Que eres capaz de vivir tranquilo todavía, de estar aquí serenamente. Si estás aquí serenamente no es un fracaso. Triunfas del miedo. El hombre imperturbable, el que sigue siendo imperturbable, entero, puede decir que triunfa, aunque todos, todos todos crean que está cagado de miedo, que es una piltrafa, un gusarapo. Si guarda su fondo de libertad que le permite elegir lo que le pasa, elegir lo que le está aplastando. Decir: quiero, sí, quiero sí, quiero, quiero, quiero estar aquí porque quiero lo que ocurre, quiero lo que es, quiero de verdad, quiero, sinceramente quiero, está bien así. "¿Qué es lo que pide todo placer? Pide profunda, profunda eternidad."

Tú no la mataste. Estaba muerta. No estaba muerta. Tú la mataste. ¿Por qué dices tú? — Yo.

No pensar. No pensar. No pensar. Lo que ha ocurrido, ha ocurrido. No pensar. No pensar tanto. Quedarse quieto. Apoyar la cabeza aquí. Se está bien. Se está bien aquí apoyado, sin pensar, se pueden cerrar los ojos o es lo mismo que tenerlos abiertos. Es lo mismo. Si se abren los ojos se ve la sirenita. Con el hierro pequeño del cordón del zapato de uno al que se olvidaron de quitárselo se puede dibujar en la pared rascando poco a poco la cal. Se rasca despacio porque hay todo el tiempo necesario. Se va rascando poquito a poquito y el ruido desagradable, denteroso del hierrecillo, de la pequeña hojalata doblada por alguna máquina sobre el cordón marrón del zapato marrón, va resbalando en la pared haciendo un dibujo que va tomando forma semihumana y que acompaña porque llega un momento en que toma expresión, va llegando un momento en que toma forma y llega por fin un momento en que efectivamente mira y clava sobre ti — la sirena mal dibujada — sus grandes, húmedos ojos de muchacha y mira y parece que

217

acompaña. La cola son dos muslos cerrados, apretados. La muchacha de la cola no está dispuesta a dividir su cola con un cuchillo porque no ama. Está todavía así con los muslos enfundados en escama. No hay nada en la pared hasta el momento en que cristaliza la forma, cuando se reconoce al ser humano en un poco de cal rayada y lanza su mirada y mira. Sí, lo quiero, lo quiero. Es como si lo quisiera. ¿Qué diferencia hay, quién puede demostrar que no sea cierto, quién puede convencerse — por mucho que me desprecie — por mucho que se empeñe en despreciarme —, por mucho que ría al saber que estoy aquí y diga *ése* — de que yo no estoy aquí porque quiero, porque he querido estar y porque estoy queriendo estar? Aunque me haya escondido, aunque haya estado en brazos de una puta esperando que pasara el tiempo, que pasaran los días, aunque quería que nunca más se acordaran de mí y se olvidaran y me dieran la beca para Illinois y estar allí mirando ingles de ratones por los siglos de los siglos, donde se dice *quiero* y baja de las nubes un superciclotrón de cien millones de dólares y se dice *necesito* y baja toda la familia de los simios tropicales con sus cerebros casi-humanos para que yo los estudie y fuera espera en un coche muy grande pintado de violeta, la muchacha superferolítica del último modelo de la humanidad bien alimentada que ha conseguido la perfección de la belleza en el mismo cuerpo que oculta el corazón sano y democrático y la generosidad de las gentes que te llevan al parti y el sabio juega al golf y el sabio come perros calientes y el laboratorio es como una gran cafetería sonriente donde el cáncer se descompone al tocarlo, como si fuera aicecrim con soda. Pero yo he querido estar aquí, fracasado, sin tocar ni cánceres, ni microscopios ibéricos, de los pequeños sabios ibéricos, que yo no puedo ya tocar, porque lo que he querido es estar aquí solo, pensando; no, sin pensar; sólo depositado, extendido, como si me hubiera muerto y supiera ya lo que es estar muerto, con el cuerpo tan lisamente extendido como el de una muchacha muerta que supiera por qué se ha muerto y no por un accidente estúpido en el que yo puse mi mano que no estaba firme como tenía que haber estado...

Estaba borracho. Yo.

No pensar. No pensar. Mirar a la pared. Estarse pasando el tiempo, mirando a la pared. Sin pesar. No tienes que pensar, porque no puedes arreglar nada pensando. No. Estás aquí quieto, tranquilo. Tú eres bueno, tú has querido hacerlo bien. Todo lo has hecho queriendo hacerlo bien. Todo lo que has hecho ha estado bien hecho. Tú no tenías ninguna mala idea. Lo hiciste lo mejor que supiste. Si otra vez tuvieras que volver a hacerlo...

¡Imbécil!

No pienses. No pensar. No pensar. Estáte tranquilo. No va a pasar nada. No tienes que tener miedo de todo. Si pasa lo peor. Si te ocurre lo peor que te pueda ocurrir. Lo peor. Si realmente creen que tú lo hiciste. Si te·están esperando para aplastarte con el peso de la pena más gorda que puedan inventar para aplastarte. Ponte en lo peor. Si te pasa lo peor. Lo peor que puedas pensar, lo más gordo, lo último, lo más grave. Si te pasa lo que ni siquiera se puede decir qué sea, todavía, a pesar de eso, ¿qué pasa? A pesar de eso, no pasaría nada. Nada. *Nada.* Estarías así un tiempo, así, como estás ahora. Igual. Y luego te irías al Illinois. Eso. Y no estás mal aquí. Aquí se está bien. Vuelto a la cuna. A un vientre. Aquí protegido. Nada puede hacerte daño, nada puede aquí, nada. Tú estás tranquilo. Yo estoy tranquilo. Estoy bien. No puede pasarme nada. No pensar tanto. Es mejor no pensar. Tranquilamente, dejar pasar el tiempo. El tiempo pasa siempre, necesariamente. No puede pasar nada. Aunque la cosa se ponga peor. Aunque la cosa se ponga mal. Me pongo en lo peor. Supongamos que pasa lo peor. Supongo que me pongo en lo peor. No pasa nada. Sólo un tiempo. Un tiempo que queda fuera de mi vida, entre paréntesis. Fuera de mi vida tonta. Un tiempo en que, de verdad, viviré más. Ahora vivo más. La vida de fuera está suspendida con todas sus cosas tontas. Han quedado fuera. La vida desnuda. El tiempo, sólo el tiempo llena este vacío de las cosas tontas y de las personas tontas. Todo tiene que resbalar, resbala sobre mí, no sufro, no sufro nada absolutamente. Cualquiera pensará que estaré sufriendo. Pero yo no sufro. Existo, vivo. El tiempo pasa, me llena, voy en el tiempo, nunca he vivido el tiempo de mi vida que pasa como ahora que estoy quieto mirando a un punto de la pared, el ojo negro de la sirena que me mira. Solo aquí, qué bien, me parece que estoy encima de todo. No me puede pasar nada. Yo soy el que paso. Vivo. Vivo. Fuera de tantas preocupaciones, fuera del dinero que tenía que ganar, fuera de la mujer con la que me tenía que casar, fuera de la clientela que tenía que conquistar, fuera de los amigos que me tenían que estimar, fuera del placer que tenía que perseguir, fuera del alcohol que tenía que beber. Si estuvieras así. Mantente ahí. Ahí tienes que estar. Tengo que estar aquí, en esta altura, viendo cómo estoy solo, pero así, en lo alto, mejor que antes, más tranquilo, mucho más tranquilo. No caigas. No tengo que caer. Estoy así bien, tranquilo, no me puede pasar nada, porque lo más que me puede pasar es seguir así, estando donde quiero estar, tranquilo, viendo todo, tranquilo, estoy bien, estoy bien, estoy muy bien así, no tengo nada más que desear.

Tú no la mataste. Estaba muerta. Yo la maté. ¿Por qué? ¿Por qué? Tú no la mataste. Estaba muerta. Yo no la maté. Ya estaba muerta. Yo no fui.

No pensar. No pensar. No pienses. No pienses en nada.

220

Tranquilo, estoy tranquilo. No me pasa nada. Estoy tranquilo así. Me quedo así quieto. Estoy esperando. No tengo que pensar. No me pasa nada. Estoy así tranquilo, el tiempo pasa y yo estoy tranquilo porque no pienso en nada. Es cuestión de aprender a no pensar en nada, de fijar la mirada en la pared, de hacer otro dibujo con el hierrecito del zapato, un dibujo cualquiera, no tiene que ser una muchacha, puedes hacer un dibujo distinto aunque siempre hayas dibujado mal. Tienes libertad para elegir el dibujo que tú quieres hacer porque tu libertad sigue existiendo también ahora. Eres un ser libre para dibujar cualquier dibujo o bien hacer una raya cada día que vaya pasando como han hecho otros, y cada siete días una raya más larga, porque eres libre de hacer las rayas todo lo largas que quieras y nadie te lo puede impedir...

¡Imbécil!

Aunque la madre pensó que era un mal asunto, se puso histérica, gritó, tomó un gran tazón de tila y al día siguiente tenía jaqueca, la abuela y la nieta sintieron — cada una a su manera — que ahora sí, que ahora era ya del todo suyo. La vieja sabía que una pequeña indignidad vuelve al hombre más humilde de lo que en rigor le ha podido debilitar. Sabía por antiguas experiencias que nada hay que más se agradezca que el pequeño halago en la desgracia. Si la esterilidad vergonzante del viejo coronel le había puesto del modo más radical en manos de su mujer, también esta sorprendente caída del investigador lo había de dejar listo para convertirse en el hombre de la casa y para quedar agradecido encima y para que se sintiera culpable y mirara con más respeto a la familia que — digna aunque desgraciada — le había abierto de par en par las puertas de su cálido seno acogedor.

Por eso la anciana hizo como que no veía y como que no oía cuando Dorita — obedeciendo a impulsos evidentemente más generosos propios de un corazón joven — echó a correr, aunque era ya después de cenar, por el pasillo y apenas protegida por un abrigo de paño y por su belleza, descendió la calle al poco tiempo de haberse sabido por algún cable maldiciente, la detención de Pedro. Todavía había mucha gente por las calles en los alrededores de los cines que anunciaban su sesión de noche con carteles luminosos y con papeles impresos en colores vivos. Desde la Plazuela del Progreso ella iba andando por esa calle que desciende directamente al corazón de la ciudad y al andar, esquivaba miradas, codazos, tropezones, tan sumamente enajenada con su pena que no advertía a quienes la miraban.

A Dorita le dijeron primero que no era hora. Luego le dijeron que esperara. Luego la dejaron pasar. Subió unas escaleras y anduvo por un pasillo sucio. Se sentó en una silla. La miraron unos empleados trabajando fuera de hora. La dejaron pasar más adentro. Se sentó en una oficina pintada de amarillo con máquinas de escribir polvorientas. Una barandilla de madera separaba el lugar de las máquinas, donde había un señor grueso, del espacio dedicado quizás al público o a los preguntones. El señor acababa de cenar en aquel momento a juzgar por el cubierto sucio, a un lado, sobre la mesa. Estaba leyendo el periódico de la noche y tenía puesta una radio pequeña de la que salían música y anuncios. La miró primero hoscamente. Luego sonrió. Le dijo que se sentara. Luego se puso la chaqueta que estaba colgada de una percha. Se acercó sonriente:

— ¿Por quién pregunta?
— No. No se puede.
— ¿Usted qué es de él?

—No. No puedo decirla nada.

—¿Usted qué es de él?

—No se apure, señorita. Todo acaba siempre arreglándose. Se lo digo yo que las he visto de todos los colores.

—No puedo pasarle ningún recado.

—No. No es grave.

—Todos están incomunicados las setenta y dos horas.

—Sí, setenta y dos horas.

—Lleva sólo tres horas.

—¿Quién se lo ha dicho?

—No. Yo no lo puedo saber.

—Ya le he dicho que no puedo ayudarle. Lo siento mucho.

—Usted no se preocupe.

—Usted váyase tranquila y a dormir.

—Usted no debe llorar con esos ojos.

—No se lo tome tan a pecho.

—Ya le digo que es imposible. Si no fuera imposible...

—¡Qué más quisiera yo!

—No faltaba más.

—Absolutamente imposible.

—¡Claro que sí! Puede usted volver mañana.

—¿Cómo dijo que se llamaba usted?

Si el visitante ilustre se obstina en que le sean mostrados majas y toreros, si el pintor genial pinta con los milagrosos pinceles majas y toreros, si efectivamente a lo largo y a lo ancho de este territorio tan antiguo hay más anillos redondos que catedrales góticas, esto debe significar algo. Habrá que volver sobre todas las leyendas negras, inclinarse sobre los prospectos de más éxito turístico de la España de pandereta, levantar la capa de barniz a cada uno de los pintores que nos han pintado y escudriñar en qué lamentable sentido tenían razón. Porque si hay algo constante, algo que soterradamente sigue dando vigor y virilidad a un cuerpo, por lo demás escuálido y huesudo, ese algo deberá ser analizado, puesto a la vista, medido y bien descrito. No debe bastar ser pobre, ni comer poco, ni presentar un cráneo de apariencia dolicocefálica, ni tener la piel delicadamente morena para quedar definido como ejemplar de cierto tipo de hombre al que inexorablemente pertenecemos y que tanto nos desagrada. Acerquémonos un poco más al fenómeno e intentemos sentir en nuestra propia carne — que es igual que la de él — lo que este hombre siente cuando (desde dentro del apretado traje reluciente) adivina que su cuerpo va a ser penetrado por el cuerno y que la gran masa de sus semejantes, igualmente morenos y dolicocéfalos, exige que el cuerno entre y que él quede, ante sus ojos, convertido en lo que desean ardientemente que sea: un pelele relleno de trapos rojos. Si este odio ha podido ser institucionalizado de un modo tan perfecto, coincidiendo históricamente con el momento en que vueltos de espaldas al mundo exterior y habiendo sido reiteradamente derrotados se persistía en construir grandes palacios para los que nadie sabía ya de dónde ni en qué galeones podía llegar el oro, será debido a que aquí tenga una especial importancia para el hombre y a que asustados por la fuerza de este odio, que ha dado muestras tan patentes de una existencia inextinguible, se busque un cauce simbólico en el que la realización del santo sacrificio se haga suficientemente a lo vivo para exorcizar la maldición y paralizar el continuo deseo que a todos oprime la garganta. Que el acontecimiento más importante de los años que siguieron a la gran catástrofe fue esa polarización de odio contra un solo hombre y que en ese odio y divinización ambivalentes se conjuraron cuantos revanchismos irredentos anidaban en el corazón de unos y de otros no parece dudoso. ¿Llamaremos, pues, hostia emisaria del odio popular a ese sujeto que con un bicornio antiestético pasea por la arena con andares deliberadamente desgarbados y que con rostro serio y contraído, muerto de miedo, traza su caligrafía estrambótica ante el animal de torva condición? Tal vez sí, tal vez sea eso, tal vez, puesto que la fuerza pública, la prensa periódica, la banda del regimiento, los asilados de la Casa de Misericordia y hasta un representante del Señor Gobernador Civil colaboran tan interesadamente en el misterio.

¿Pero qué toro llevamos dentro que presta su poder y su fuerza al animal de cuello robustísimo que recorre los bordes de la circunferencia? ¿Qué toro llevamos dentro que nos hace desear el roce, el aire, el tacto rápido, la sutil precisión milimétrica según la que el entendido mide, no ya el peligro, sino — según él — la categoría artística de la faena? ¿Qué toro es ése, señor?

Y venían los guardias maternales, anchos, gordos, altos, con sus grandes pechos cubiertos de grueso paño gris en los que ocultaban cajas de cerillas, pitillos, libretitas con apuntes misteriosos, fotografías de sus hijas, kilométricos de ferrocarril y le socorrían con palabras de hombre. "Así que usted es médico, vaya, vaya, médico."

Y venía el guardia cualquiera al que le tocaba cuidarle y se asomaba al ventanillo y le decía: "Pida usted lo que quiera", siempre que no fuera más que una cerilla encendida o ir a orinar.

Y si le decía: "Gracias", el guardia contestaba: "Nada de eso; para eso estamos", y si no le expresaba su reconocimiento también acudía la próxima vez con la misma presteza en cuanto hubiera dado unos golpes en la puerta y después de preguntar con acento gallego: "¡Número!", para conocer el de su celda, lo que guiaba al compasivo socorredor a través del enrevesado vericueto cretense.

Y venían otros y otros guardias, uno nuevo cada dos horas y nada les importaba llevarle hasta el húmedo urinario a cualquier hora que fuese del día o de la noche, bien estuvieran despiertos y aburridos, bien hubieran estado cómodamente dormitando repantigados en una silla. "¡Número!" y venían incansables.

Y venían otros dos acompañando a un ancianísimo que repartía rancho, el que, a causa de la fatiga de sus piernas, ejecutaba esta operación sentado en una silla baja, colocando el caldero humeante entre sus rodillas temblonas, introduciendo el cucharón con un solo movimiento cada vez hasta el fondo, para coger siempre, con sabiduría secular, la cantidad precisa, matemáticamente idéntica y dejarla caer en la escudilla presentada modestamente por el preso, secundado por un — por el contrario — mocito de aire amariconado que llevaba los cachos de tocino cocido en un plato, para ir dejando caer cada uno en cada escudilla con trayectoria de saltamontes aplastado y decir al preso que pide: "Sólo uno", con remilgo: "Es que sólo toca a uno".

Y venían guardias especialmente robustos, especialmente desarrollados, prematuramente encanecidos por el trabajo nocturno y por el continuo contacto con la angustia, con su noble aire romano de boxeadores retirados y contaban su historia a medias palabras, por el ventanillo, explicando cómo habían estado en Australia y cómo habían combatido en el Madison Square Garden.

Pero lo que más les gustaba a todos los guardias era ex-

plicar la imperiosa necesidad por todos experimentada de trabajar en otra cosa en sus horas libres y así quien era cobrador
de recibos del Gas, quien cobrador de una Mutua recreativa,
quien cobrador de un alto club de campanillas: "Son trabajos
de confianza, para eso somos preferidos".

Y venía otro guardia, ya en edad de ser padre de preso y
explicaba cómo le había hecho la operación un cirujano famoso y mostraba la cicatriz e indicaba hasta qué punto aquello le había dejado como vaciada la cabeza y el dolor que sentía todavía a los cambios de tiempo y cuando aprietan mucho
los servicios y cómo le bastaba ver en medio de la calle al famoso cirujano, para que éste se detuviese, le reconociera, le
dijera: "Guardia", y le preguntara por aquellos residuos de
molestias, pequeños calambres, hormigueos, cefalalgias y sen-
saciones vertiginosas de las que ya el famoso cirujano no podía hacer otra cosa que reírse suavemente como hechos sin
ninguna importancia para quien todos los días lucha victorio-
samente con la muerte burlándola en sus mismas narices san-
guinolentas.

Y venía el mágico de las catacumbas, duchero divino que
tenía el poder insólito de (haciéndole abandonar el cuchitril
lóbrego del calabozo y las delicias del lecho de cemento)
transportarle a una cámara acuática donde poderosas calderas
envueltas en vapor y en humo arrojaban los hilos virginales
del agua recalentada sobre su cuerpo y lo pulían voluptuosamente con caricia sin fin, hasta que la misma fatiga obligaba a
interrumpir el festín de las superficies corporales y tras un
frote apenas necesario con una toalla limpia, volver a sumer-
girse durante 23 horas 55 minutos en el lugar correspondiente.

Y venían los guardias consoladores que calmaban los
llantos e hipidos ininterrumpidos de una mujer en la celda

próxima, perfectamente escuchable: "Vamos, vamos, no se ponga así que eso no conduce a nada", o al muchacho angustiado que piensa más en el padre ofendido que en el peso de la ley: "Tú lo único que tienes que hacer es contestar a lo que te pregunten".

Porque con una comprensión de la naturaleza humana, que no les venía de especial inteligencia sino de especial aprendizaje, los guardias escuchaban sin sorpresa que todos y cada uno de los recién llegados dijeran que no sabían por qué estaban allí y que no podían ni imaginar cuál fuera el motivo por el que el evidente error policíaco había llegado a producirse: "Tú piensa un poco y ya te acordarás; algo habrá, algo habrá"... "Como no sea...", admitía finalmente el sinmemoria y quedaba como soñador, simulando pensar en nuevas posibilidades antes insospechadas. "Como no sea eso..., pero no puede ser, eso no es nada".

— ¿Cuándo saldré de aquí? — preguntaba tres o quince horas más tarde la mujer ya sin lágrimas.

— No se preocupe — contestaba el guardia —. Desde que yo vengo, y hace mucho de eso, todos han salido.

Matías intentó poner en movimiento todo el complejo instrumento de las fuerzas sociales que podía afectar, ya que no su amistad personal, el poder de su apellido. Numerosos ujieres y porteros de ministerios le encaminaron por procelosos pasillos hasta altas salas con arañas doradas de cincuenta y tantas lámparas y muebles de violento retorcido estilo español con otras tantas cabezas de guerrero con casco y animales mitológicos esculpidos por desconocidos artesanos con harta pericia y escaso gusto. En otros locales más funcionales los pisos eran de mármol bruñido y las lámparas indirectas o inscrustadas al cielo raso sobre mesas metálicas de modelo gerente o sobre elegantes buroes franceses con cuero verde en la parte de arriba ribeteado de oro. Detrás de cada una de estas mesas se alzaba un rostro sonriente y enigmático cuya sonrisa se acentuaba al tomar conocimiento de cuyo era el padre y cuyos los tíos carnales de Matías y que inmediatamente después, quedaba perplejo al comprobar el extraño género de relaciones que frecuentaba este mozo, aparentemente algo descarriado del que alguno quizá había podido oír comentarios referentes a tales y cuales aficiones literarias y tales y cuales fracasos académicos con ausencia de ingreso en escuela especial alguna: "Yo haré todo lo posible". "Mañana mismo ceno con el director general." "Me informaré", eran los sibilinos oráculos que, desde su trípode semiomnipotente, tales venerables bocas emitían y en todas ellas se adivinaba un esfuerzo para vencer el momentáneo mohín de auténtica repulsión no fingida que la palabra *aborto*, con su correlato apenas imaginable de suciedad, contagio, afecciones venéreas y relaciones inconfesables, provoca en corazones limpios a muchas leguas mantenidos de tales asuntos a despecho de una ya amplia experiencia vital.

— Él no ha hecho nada. Fue una encerrona. Le llamaron de urgencia a media noche. ¿Qué iba él a hacer? Cuando la intervino ya estaba muerta prácticamente — explicaba Matías.

— Y dice usted que dio cuenta a la policía en seguida.

— No. Estaba muy fatigado.

— Claro...

Y tras una pausa:

— ¿Y al día siguiente se presentó a hacer la declaración?

— No. Le dio miedo o lo que sea. Se aturulló. Al día si-

guiente estuvo conmigo en la conferencia y luego en mi casa
en el cocktail que dio mi madre en honor del...

— ¿Y le fue a buscar allí la policía?

— No. La policía lo detuvo al otro día.

— Cuando se presentó a declarar, supongo.

— No. Le detuvieron en una...

— ¡Ah!

Tras este diálogo sincopado (que Matías fue aprendiendo
a llevar adelante cada vez más perfectamente, esto es, con
mayor disimulo de las verdaderas circunstancias) bruscamente amistoso y confianzudo — protector —, el personaje
del otro lado de la mesa se volvía hacia él, se inclinaba y le
daba unos consejos personales de acuerdo con los cuales lo
mejor era que él no se metiera para nada en este asunto, porque si las cosas eran como su amigo le había dicho, por sí mismas habían de arreglarse sin dificultad alguna, aunque quizás
no todo fuera exactamente como Matías creía que era, porque la juventud tiende a ser generosa en sus juicios y ya se sabe
que la amistad nubla para juzgar exactamente a las personas.
Era más conveniente que él buscara sus relaciones entre gente
de su misma educación, no porque efectivamente no puedan
existir — fuera de determinada clase — personas magníficas
dignas de la amistad de cualquiera, sino simplemente porque
al faltar un fundamento social y una moral sólida (lo que se
llama una tradición o un ambiente) estas personas pueden, a
pesar de sus virtudes o de su inteligencia, resultar poco reco-
mendables. No, naturalmente que no, que podamos prejuzgar
su culpabilidad, pero un individuo que no ejerce la profesión
y que por tanto tiene necesidad de dinero, es muy extraño
que se haya dejado arrastrar a una encerrona como Matías
pensaba, a una encerrona sin sentido, absurda, ante la que lo
único que tenía que haber hecho era inhibirse y dar parte a

quien correspondiera. Si Matías quería ayudarle, lo mejor que podía hacer era aconsejarle que dijera la verdad y todo volvería a sus cauces sin violencia y quedaría aclarado, pero era una lástima que Matías, hijo de su buen amigo X, pudiera aparecer como enredado en un asunto tan turbio: "Un asunto tenebroso", como dijo uno de aquellos señores, víctima de su bachillerato francés.

Matías sentía perder pie. En tal momento, a través del rol del caballero, en sus palabras y actitudes de Néstor prudente, se adivinaba la verdadera verdad de lo que pensaba. Pero más tarde, cuando salía de detrás de la mesa y se precipitaba sobre él para conducirlo a la puerta y le llevaba del brazo o hasta le daba paternales golpecillos en el hombro con mano robusta acostumbrada a empuñar la pluma estilográfica únicamente para menesteres de firma, el caballero (víctima de un hábito indomable que iba más allá de toda prevención y de todo escrúpulo) volvía a adoptar la actitud de su primer-reflejo-ante-peticionario-de-buena-familia e insistía con su amplia sonrisa, borrado el mohín de asco: "Yo haré todo lo posible". "Mañana ceno con el director general", y algunos, especialmente bien educados: "Póngame a los pies de su señora madre".

Tras haber utilizado toda su mañana y lo mejor de la tarde con tales señores, Matías se puso a la búsqueda y captura de la ardilla jurídica, para que hiciera de abogado de su amigo, siguiendo la idea que la tarde anterior diera Doña Luisa y que había dejado olvidar cegado por el brillo de sus poderosas relaciones, de las que una sola palabra hubiera sido suficiente para hacer que las aguas remontaran su cauce y el flujo de la historia se invirtiera sin apariencias de catástrofe.

Pero la ardilla había abandonado ya el bufete del famoso

abogado para el que trabajaba como pasante y se había ido a no se sabía qué gestiones o qué visitas particulares y en su casa no le esperaban hasta la hora de cenar. Matías intentó — lo que no podía ser tan difícil en una ciudad tan relativamente concentrada — localizar al astuto profesional y tras unas cuantas llamadas telefónicas y habiendo reunido ciertos leves indicios, se echó a la calle. Caminó desde la plaza hacia arriba, por la gran avenida. Había caído ya la hora de salida de los cines y las aceras eran incapaces para contener la gran muchedumbre que salía de las puertas bajo anuncios luminosos y entre grandes cartelones que representaban un vaquero del Oeste alto de cuatro pisos enarbolando un lazo de cartón-piedra que no acaba nunca de salir despedido de su mano. Los coches americanos con sus cromados y sus colores tiernos frenaban cuando las luces rojas se encendían, quedándose in situ con movimiento de góndola o de cuna Napoleón I durante unos segundos todavía, mientras el conductor y la señorita sentada a su lado miraban fijamente, sin apariencia de sorpresa, a la negra multitud que se arrojaba — todos a una — al paso de peatones, como en un acuario en que fueran los peces los que miraran infinitos visitantes atontados a los que una orden obligara a marchar sin posible detención. Así las miradas que el público arrojaba a los preciosos peces de las peceras rulantes eran breves, de refilón, por el rabillo del ojo, tímidas y moderadas, mientras que el mirar de los cómodamente sentados durante todo el espacio de la luz roja era un mirar continuo, fijo, impertinente y englobador de la gran masa, sin deslindar muy precisamente individuo alguno sino únicamente en el caso de que se tratara de alguna de las esporádicas bellezas de grandes, enormes ojos negros brillantes y pintados y largas piernas dignas de mejor uso que la ocasional función deambulatoria. Envuelto en el rebaño de gentes de escasa estatura, Matías podía ver hasta distancias relativamente lejanas y en ello confiaba para localizar al abogado quizá arrastrado por la corriente de espectadores de un cinematógrafo cualquiera. El río de muchedumbre, partido en dos por la banda oscura en que los autos volvían a deslizarse, tenía como orillas laterales dos bordes luminosos donde riquezas del más remoto origen se alineaban, sólo separadas físicamente de los semovientes por frías lunas invisibles tan sólidas como paredes de ladrillo o cámaras acorazadas. Oro, brillantes, seda, diminutas maquinarias complejísimas de relojes importados de Suiza, botellas de whisky, objetos de gusto exquisito, bolsos de cocodrilo, perfumes realmente parisienses, libros de arte, folletos para una cacería de leones en la sabana, piezas de marfil y jamones de York de color rosa pálido estaban así, a un centímetro escaso del espacio público, pero tan exentos como si no fueran ellos mismos sino sus ideas puras nunca alcanzables en el borde de la platónica caverna. Con casi inverosímil expresión de indiferencia una mujer indigente cargada de periódicos o un niño abretaxi clandestino vendedor el domingo por la noche de la goleada pasaban a su lado. Matías — menos metafísico — miraba estos objetos como quien contempla un cuadro abstracto del que únicamente nos son accesibles las relaciones entre sus formas, sus líneas, sus espacios y sus matices cromáticos. Hubo de parar un momento. La luz roja lo ordenaba. Y al sentir el remolino bramador e interminable, maesltrom que corona la calle de la Montera, sintió lo que es estar solo. El recuerdo de Pedro y su soledad se precisaron. Lo había tenido presente todo el día, pero ahora lo comprendía mejor: *Está solo*. La imagen necesaria de su amigo, el abogado, se concretó en el esfuerzo de encontrarlo. Como en una plasmación metapsicológica, apareció ante él. Reía bajo sus gafas del hombre sabio. "Mataiotas", le gritaba muerto de risa, "cai panta mataiotas", celebrando así el aspecto con que alto, serio y detenido en medio de la burbujeante muchedumbre, Matías se mostraba: imagen viva del hombre filosófico que se hace cargo de la caducidad de los tráfagos humanos.

— Te he estado buscando todo el día.

— Heme aquí — admitió la ardilla profesionalmente, sin el más ligero acento de sorpresa.

— Tenemos que hablar.

— Hablemos.

Y se encaminaron a un bar de una de las callejas próximas donde una señorita tocaba la guitarra y el ambiente era más lánguidamente refinado que el de cualquier brutal cafetería.

La señorita iba vestida de negro con un jersey muy apretado y con una falda muy ceñida y apenas si sabía cantar ni moverse, pero tenía un aire distinguido y podía ir de mesa en mesa sonriendo y mirando a los señores por allí esparcidos y con eso justificaba el número y el sonido decadente de las cuerdas armonizaba bien con el tabaco rubio y con los whiskys que empezaron a ingerir con velocidad desproporcionada Matías y el abogado. El lugar era como un túnel prolongado, con sus recovecos y predominaban las luces de tonalidad rojiza. A ambos lados del túnel había unos divanes escurridizos con almohadones. Aunque incómodos, su aspecto inclinaba a apoltronarse en ellos y a soñar en algo así como serrallos orientales. Pero al fondo, donde el túnel se hacía más retorcido y donde había prolongaciones colaterales menos sospechadas, las luces rosadas se habían convertido en azules de menor voltaje y allí ya parecía necesario, para ponerse a tono, fumar grifa, cerrando los ojos y hablando muy bajito con alguien que estuviera cerca. Los moros habían introducido este vicio, toxicomanía de países subdesarrollados, y habiendo vencido en su pequeña guerra del opio, lo vendían a mujerucas con delantal en las proximidades de sus cuarteles, las cuales lo transportaban hasta regiones más próximas y lo repartían entre dos clases de clientela posible: el golfo arrabalero y el señorito degenerado. La grifa, a diferencia de otros tóxicos más esquizoides, pide compañía. A veces se la consume haciendo burbujear el humo a través de un botijo de vino que luego se bebe y con ello se reúnen varias borracheras en una. Cuando da el vacilón, con los ojos cerrados, alguien va contando en voz alta las cosas que sueña con lo que, los menos autodidactas alucinados podrán seguir la dirección de sus ensueños e ir gozando todos de la misma visión colectiva pintada con vivos colores, al modo de un cinematógrafo en tecnicolor comunitario y sin censura. En lo hondo del túnel azulado podía fumarse grifa en secreto, sin decirlo en voz alta y sin quemar mucho ni muy deprisa, para poder luego vanagloriarse: "Pues yo no he sentido nada". "Ni siquiera me marea."

Matías explicó al abogado la misma historia que a sus conocidos prepotentes, un poco deformada (porque la experiencia le había aconsejado). Contada descarnadamente, su mismo amigo ardillesco podría negarse a tomar cartas en el asunto. Jaime escuchó muy atentamente, poniendo una carita seria bajo las gafas de montura negra muy grandes, que aumentando la superficie aparente de su cráneo, le ayudaban a hacer efecto sobre los clientes remisos. Después, le dijo:

— No se puede hacer nada hasta las setenta y dos horas.

— ¿Nada?

— Nada. Tú entérate de cuando sea puesto a disposición judicial. Hasta que el juez le interrogue y decrete su prisión, el abogado no puede actuar. Iré a hablar con él y veremos las tonterías que ha dicho y lo que ha confesado y lo que ha callado. Habrá de presentar solicitud de libertad provisional y depositar la fianza si es que el juez considera que puede señalarla. Hasta tanto, nada. De momento ni siquiera está procesado. Si un hombre no está procesado no hay quien le defienda. En rigor nadie le defiende hasta el mismo juicio oral. Hasta ahora no se trata sino de una simple indagación policíaca. La defensa, lo que se dice defensa, no puede iniciarse ahora. Las ruedas de la máquina giran solas. No hay nada que hacer. Tenemos que esperar a que empiece la instrucción propiamente dicha. Tú estáte al tanto y avísame y cuando pueda yo actuaré solicitando libertad provisional. Si es posible, que no lo será, recurriré contra el auto de procesamiento. Pero no será posible; tal como tú lo cuentas hay sospechas fundadas y a tu amigo no hay quien le evite un proceso...

Toda esta facundia de procedimiento, plazos y actuaciones dejó a Matías sumido en una vaga ensoñación, interrumpida por la aparición de una mujer alta, vestida de amplio escote, collar de perlas (o lo que fueran) de rara fantasía y sonrisa dedicada a la ardilla que, puesto en pie, hizo sentar a la recién llegada y tras la petición de nuevo whisky y ofrecimiento de pitillo rubio, el prisionero desapareció como objeto de su interés, volatilizándose en el aire cargado de humo, como si fuera un fantasma de la grifa.

—¡Jaime...! — maulló suavemente a poco de sentada en el diván.

—Preséntame a esta monada — exigió Matías.

—Que te lo has creído — replicó egoísta el abogado.

Y se quedaron los tres mirándose muy sonrientes y muy contentos de que el mundo haya sido dispuesto de tal modo que en él existan dos sexos diferentes y de que uno de ellos

— el opuesto — esté tan agradablemente provisto de dones y de gracias. Algunos jóvenes escurridos de cinturas delgadas, que se apoyaban en la barra de la penumbra, parecieron mirar con desprecio ese embeleso, como convencidos de que también sin tal partición bipartita la vida valdría la pena de ser vivida. Pero sin prestar atención a tales miradas y con las patillas afeitadas más cortas que los que tan altamente les juzgaban, Jaime y Matías siguieron sumergiéndose por turno en el resplandor verde de los ojos de la belleza — por el momento — felizmente compartida. La animadora de la guitarra había subido otra vez la escalera desde el tocador de señoras que hacía de camerino. Iba ahora de rojo y la luz azulada del proyector conseguía vestirla de un violeta lúgubre, mientras que su escasa voz intentaba llenar el local con los acordes centroeuropeos de una vieja canción de guerra sentimental.

La redonda consorte del Muecas había conseguido, con la visita que hizo por su propia iniciativa a los que organizan tales ceremonias, que el cuerpo de su pobre hija fuera sepultado en sagrado, aun a costa de la promiscuidad vertical que para los enterramientos de tercera es preceptiva en el Este, pero lo que no podía caber dentro de su capacidad de presunción es que el mecanismo por ella inocentemente puesto en marcha fuera tan complejo que poco más tarde el mismo cuerpo de Florita hubiera de ser exhumado y, mediante una marcha retrógrada como en una película cinematográfica puesta al revés (que resulta tan divertido), se encaminara de nuevo a hombros de una de las brigadas (la organización no había podido ser tan perfecta como para volver a tener dispuesta la camioneta fúnebre) hacia los edificios de extrañas formas orientales que constituían la trilogía *Capilla, Depósito, Oficinas* sin entrar en ninguno de éstos sino en otro más pequeño que decía *Depósito judicial*. En virtud de algún reflejo biológico que también actúa sobre el perro fiel al difunto amo, ella había permanecido al pie del pequeño montoncito de tierra marrón durante el tiempo transcurrido entre las dos opuestas operaciones, sin importarle gran cosa no saber exactamente en cuál de los pisos superpuestos dormía Florita y sin plantearse siquiera el problema teórico de hasta qué grado de paulatina descomposición un cuerpo muerto merece velatorio. Por eso pudo ser testigo de la nueva salida de la exangüe y la vio tendida junto al alguacil llegado a lomo de bicicleta, adivinando por la expresión de este sujeto que en él había un cierto conocimiento tanto del *por qué* como del *para qué* de la ceremonia. Cuando la palabra *autopsia* salió de la boca del ciclista y ella comprendió lo que tan extraña voz griega quiere decir en cristiano, invadida por nueva desesperación, se obstinó en permanecer acuclillada a la puerta del Depósito Judicial, casi del todo cubierta con un pañuelo negro y lanzando unos ayes roncos que nada fue capaz de interrumpir. El forense, al entrar en el local, la consideró con pena y opinó que era mejor que la llevaran fuera porque él no quería tener un disgusto al salir, una vez realizada su tarea. Pero no hubo quién para poder llevársela y por simplificar, el mozo insinuó tranquilizador al funcionario que, saliendo él por otra puerta excusada "no había caso".

"Hija mía", "Hija mía", repetía desconsoladamente, para añadir luego con rabia: "Que me la están matando".

— Aquí, señora, no matamos a nadie — replicó el mozo jovial.

Y decía la verdad.

Pero ella insistía: "Que me la están matando". "Ay, que me la están matando." Más tarde, su lenta imaginación pareció llegar a precisar lo que temía: "Que me la están rajando toda, la pobre, que me la están abriendo". Sufría más de esta profanación que de la misma muerte y de las que — en vida — había sufrido previamente. Atronaba así los oídos de los que trabajaban y a todos les estaba poniendo los nervios tirantes. "Y seguramente ella tiene la culpa, que la puso en tal paso", opinó el mozo mientras prestaba su hábil auxilio prestímano a la facultad. "Esto es insoportable", dijo al fin el forense y tirando de teléfono, avisó a la policía.

Cuando la llevaron, se quedó completamente callada y permaneció en el mismo silencio el tiempo que duró el viaje hasta la comisaría. Ni siquiera temblaba, ni parecía que estuviera asustada, ni que el corazón le fuera muy deprisa.

— ¿La enterrarán otra vez?

— Sí, señora.

Después de un número de horas o de días o de noches difícilmente calculable, la luz de las habitaciones polvorientas de arriba, acarreada por un sol que salpicaba contra la fachada de enfrente, a través de una calle estrecha, de un aire seco y de unos cristales sucios, era un festín para los ojos.

— Usted es un hombre inteligente — empezó diciendo el interrogador tras clavar en él sus pupilas verde-doradas puntiagudas y brillantes —. ¿Qué quiere usted tomar?

El mozo con su chaquetilla blanca esperaba igual que en un restaurante cualquiera, no muy elegante, con el paño puesto sobre el hombro, y en el mandil, más abajo, sólo algunas manchas de grasa.

— En seguida — dijo el mozo.

Y poco después, puso las cervezas encima de la mesa.

— Si usted quiere, no la tome todavía — insistió el amable señor —. No crea que se la ofrezco para desatarle la lengua.

— No, no... — dijo Pedro y empezó a beber ávidamente.

— Usted es un hombre inteligente — repitió el policía —, así que acabaremos pronto. No vamos a estar perdiendo el tiempo para terminar por donde debíamos haber empezado. Hay una lógica implacable.

El policía tenía un cuello fibroso y en el rostro una ligera coloración rojiza, como si por debajo de su complexión moreno-verdosa, ardiera un oculto temperamento sanguíneo. A Pedro le produjo la impresión de inteligencia y de fuerza.

— ¡A su salud! — dijo el policía bebiendo también —. ¿Usted en qué trabaja?

Había otro subalterno a un lado, con la cara muda, inclinado sobre una máquina de escribir tan sucia que parecían telas de araña los hilos de polvo viejo que se estiraban por su interior roñoso.

— Hago investigaciones sobre el cáncer.

—¡Ah! ¿Y eso se cura?

Pedro explicó que el cáncer no se cura. El policía le escuchó con religiosa atención, como si en uno de sus costados sintiera ya el mordisco de las bocas del cangrejo.

— Mi madre murió de cáncer — dijo después poniendo cara compungida —. Ahora, con estos progresos, a lo mejor no hubiera muerto.

Pedro explicó que, a pesar de los progresos, las madres siguen muriendo.

— No me conven:e — dijo el policía —. Yo creo que no la entendieron a tiempo. No crea usted que todos los médicos son igual. Nosotros no tenemos seguro. No estamos bien atendidos. ¿Cree usted que pronto se dará con el antibiótico?

Pedro explicó que todavía faltaba mucho, que había muchas clases de cáncer y que el que él investigaba era un cáncer hereditario que aparecía espontáneamente en una determinada cepa de ratones traídos de América, desde el Illinois nativo. No todos los cánceres son hereditarios sino sólo unos pocos. Así que, aunque él descubriera alguna cosa con su investigación, no por eso el camino de la curación del cáncer quedaría abierto. Entre los genes de estos ratones había uno determinado que catalizaba la producción de una enzima que estimulaba la puesta en marcha de la tumultuosa reproducción incontrolable que, escapando a las leyes de la armonía, mediante un paso al metabolismo relativamente anaerobio, acaba por destruir al portador. Aunque bien pudiera ser que, en lugar de un gene, fuera un virus, un virus que transmitieran las mismas células reproductoras, que se alojara en el mismo núcleo celular, en íntimo contacto con los cromosomas, tanto que ya casi no se pudiera distinguir de un gene, puesto que sólo en el seno del propio aparato reproductor de la célula viva podría autorreproducirse y porque, como los genes, también ejercería su acción a distancia, mediante substancias catalíticas que deformarían la norma metabólica de los ácidos desoxiribonucleicos hasta conseguir esas proliferaciones monstruosas que se denominan mitosis multipolares, mitosis asimétricas, mitosis explosivas, sin que — y esto es lo maravilloso — a pesar de tan gigantesco estropicio y pérdida de norma, la vida se hiciera imposible para la célula individual (con lo que el problema quedaría resuelto por sí mismo), sino que el protoplasma circundante, trabajosamente sí pero lujuriantemente, seguía desarrollándose, asimilando, escindiéndose, creciendo, consumiendo sangre del mismo ser que era él mismo y hasta necrosándose in vivo, cuando el crecimiento reactivo de los vasos sanguíneos no fuera suficiente para seguir su atropellada carrera.

— Bueno, y diga usted, ¿qué más le da que sea un virus o que sea un gene si dice usted que son lo mismo?

— Si fuera un virus se podría descubrir una vacuna. Pero un gene, lo que se dice un gene, que es parte del mismo organismo, de la misma substancia del ser vivo, no es un antígeno extraño y por tanto no se puede conseguir una reacción inmunitaria.

— ¡Ah...!

— Por eso interesa que sea un virus. Yo creí que, a lo mejor las hijas del Muecas, que lo llevaban al cuello, en una bolsita, podrían contagiarse. Si les salían a ellas también los habones en la ingle, hubiera sido cierto... un virus.

— Pero...

— Era un sueño, una locura. Me lo dijo Amador: "Las crían ellas", "Las llevan al cuello para que entren en celo". Porque hacía frío, en el Instituto no procrean. Pero Muecas robó los ratones y consiguió las crías.

— Pero dice usted que ellas... ¿Usted hizo la prueba?

— No. Yo fui a comprar las crías.

— Y entonces conoció usted a la Florita.

— Sí. Me dio una limonada.

— Y a usted le gustó.

— ¿Cómo?

— Digo que usted se fijó en la chica.

— Sí. Claro. Me fijé en ella. Era la que mejor podía haberse contagiado.

— Ya comprendo...

— Pero estaba tan gorda y tan contenta. No tenía aspecto de cáncer. Parece mentira que en una chabola como aquella y con lo que Dios sabe qué sería lo que comieran, estuvieran las muchachas tan hermosas.

— A usted le gustó.

— Me pareció milagroso que pudiera estar tan bien. Vivían entre dos montones de estiércol y una piara de ratones. Tenían los ratones en jaulas de canario por la habitación donde dormían, por encima de la misma cama donde dormía toda la familia.

— Así que vio usted también la cama...

— No recuerdo...

— Y en vista de que seguía engordando, usted dijo: "Hay que abortarla".

— ¿Qué?

— ¡Nada! ¡Nada! ¡Ni usted fue el que la abortó ni hizo nada! No fue usted en la noche del trece al catorce a la chabola con sus instrumentos quirúrgicos. No la operó usted encima de una tabla. No le produjo una hemorragia por la que se desangró. No huyó usted después de consumada su muerte sin dar parte a la policía. No se escondió usted en una casa de prostitución. No se quedó usted allí hasta que nosotros fuimos a buscarle. No es cierto que la autopsia ha demostrado que la operación fue hecha con los mismos instrumentos que llevó el Amador. Al que usted tampoco conocía, ni le había puesto en contacto con la familia, ni le ayudaba en el laboratorio. No estaba usted desesperado diciendo: "Yo la he matado". "Yo la he matado", cuando fue interrogado por primera vez. ¿Cree usted que está hablando con un niño?

Pedro sintió la verdad que demostraban en su perfecta concatenación las circunstancias rigurosamente concordes como los eslabones de una cadena de silogismos. Y era verdad que él nunca debería haber intentado hacer un raspado porque no lo había aprendido a hacer antes. Y era verdad que nunca debería haber intentado una operación de urgencia, habiendo como hay tantas clínicas de guardia en la ciudad. Y era verdad que no debería haber intervenido sin estar colegiado ni dado de alta en el ejercicio de la profesión. Y era verdad que habiendo comprobado una muerte y siendo médico, debería haber dado parte de ella a la autoridad competente. Y era verdad que, por todo ello, sentía una culpabilidad abrumadora, una culpabilidad cierta y tremenda.

— Sí. En realidad, yo la maté — reconoció agachando la cabeza.

— ¡Acabáramos! — dijo el policía, y dirigiéndose al mudo y continuo testigo del diálogo —. ¡Escriba! *Preguntado si conocía a la fallecida, contesta que sí que la conocía así como a su familia y a la casa en que habitaban por intermedio de su ayudante de laboratorio llamado Amador.* Punto. *Preguntado si había tenido algún contacto íntimo con ella, contesta que efectivamente había comprobado que no se le habían producido unas tumoraciones en la ingle que él creía que podrían desarrollarse a causa de un contacto fortuito con los ratones de experiencia de que regularmente se proveía en aquella familia y que él utilizaba para sus investigaciones sobre el cáncer.* Punto. *Preguntado sobre si el día de la muerte él había acudido a la chabola y utilizado sus instrumentos quirúrgicos, contesta que...*

Pedro oía caer estas palabras con interno asentimiento. Efectivamente, así habían ocurrido las cosas. No tenía ningún objeto empezar a gritar que no, que no, como un niño que rechaza su castigo. Los hombres deben afrontar las consecuencias de sus actos. El castigo es el más perfecto consuelo para la culpa y su único posible remedio y corolario. Gracias al castigo el equilibrio se restablecería en este mundo poco comprensible donde él había estado dando saltos de títere con la cabeza llena de humo mentiroso.

Ciertos seres redondeados, malolientes, sucios, en cuyos intersticios corporales se acumulan sustancias grasas y pringosas que nunca son arrastradas por el agua, sino que se desprenden en forma de costras cuando el tiempo las seca, están fabricados de una tierra apenas modificada; sin embargo, en sus ocultas cavidades persiste una cierta actividad mental, no en forma de cálculo o de pensamiento, sino de coloreados fantasmas del pasado que se deslizan silenciosos.

Sumergida en los mismos agujeros subterráneos en que fueron colocados los demás detenidos, la que era legítima esposa de Pablo González (a quien sus compañeros de escuela unitaria, en el lejano pueblo toledano, llamaron hace años Muecas a causa de los incontenibles tics que como residuo le dejara la corea) ocupó el tiempo vacío de su calabozo con la interna visión de estampas de otros días.

En aquella tierra apenas modificada que ocupaba el hueco de su cráneo, aparecía ella misma llorando ante su hija, ella misma llorando ante su primitiva madre muerta, ella misma bailando delante de la procesión del Corpus en su pueblo, muy tiesa aunque chiquita, con una vara en la mano y un moño alto, ella misma rodeada de amigas que dicen *pelo como el de la Encarna nadie*, ella misma solicitada por el tísico de su marido que tiene sonrisa de ratón cuando todavía es joven y que abusa y la domina en una tapia de era, a la caída de la tarde, cuando ella misma se siente parte de la tierra caliente como un pan bajo el sol de julio, tan lejos de toda agua, siendo ella la única cosa fresca de la tierra y lo que él necesita para calmar la sed del cuerpo; ella misma tan gruesa ya cuando se casaba, que todas se le reían y a él no habían tenido que darle permiso en el regimiento, como a otros, porque era inútil-total por el mordisco del reúma en el corazón y por la estrechez de pecho y el alfeñique que le dejó el mal de la infancia; ella misma pariendo, dando gritos y patadas; ella misma pariendo otra vez en otro sitio, cuando iban corriendo por esas carreteras de la Mancha y hubo que parir en cualquier sitio, pensando en los moros que podían llegar de un momento a otro; ella misma viendo cómo era de grande la ciudad vista desde fuera, desde el punto donde cada día robaba siete ladrillos que iba reuniendo en un montón donde el alfeñique le decía que había que hacer la casa; ella misma haciendo la casa con las manos quemadas de la cal mientras el alfeñique bebía por la tarde; ella misma pegada, golpeada, una noche, otra noche, pegada con la mano, con el puño, con una vara, con un alambre largo, pegada por él cuando su mueca se contraía más de prisa por efecto del alcohol, pegada, pegada, pero sin sentirlo casi porque la comida antigua y la comida nueva, la comida que es casi como tierra que ella come y que ha buscado por los estercoleros, la ha ido poniendo redonda, hinchada en la menguada extensión que media de su pie pequeño a su moño ya menos alto, arrebujada, sucia, bajo las telas que no despega de su piel, puede sentir los golpes y adivinar por su ritmo la proximidad del momento en que el alfeñique caerá a su lado y roncará sin que el dolor pueda significar para ella otra cosa que medida del tiempo que la separa del reposo y no *dolor verdadero dolor* como el que pueda sentir quien sea persona, sino sólo señal de la proximidad de su marido, de que es de noche, de que éste ha podido traer dinero hoy y que por eso ha bebido y por tanto, si ha habido suerte y no ha bebido todo, mañana podrán comer, pero no dolor como cosa que molesta o hiere, sino sólo señal de su proximidad; ella misma cuando el hambre, viendo cómo las dos niñas chupan una raíz de planta que ha sacado de una tierra cerca de donde desaguan las cloacas que parecía llena de jugo nutritivo; ella misma partiendo en cuatro porciones un boniato y dando a las niñas y dando al alfeñique que tiene mucha hambre y repartiendo las cáscaras y cociéndolas y dando de comer a toda la familia cuando los años del hambre y pensando por qué, mientras la más pequeña chupa y chupa el troncho aquel y sigue viviendo y ella no siente lo que es hambre porque no tiene la facultad de sentir sino la de esperar y él a pesar de todo, llega a traer algo y caza gatos, ratas, conejos, perros abandonados que ata con una cuerda y ella siente manso agradecimiento por la industria con que salva sus hijas y las hace ir comiendo hacia un futuro que no puede imaginar sino sólo sentir crecer en sí misma y en sus hijas, latido a latido, respiración a respiración, mueca a mueca.

En el calabozo, este ser de tierra que no puede pensar, que no puede leer, que no sabe alternar, ve las imágenes lamentables de su existir homogéneamente extendido a lo largo de los años, hambrientamente consumido, envueltas en el gemido automático que llena la celda y se esparce por los pasillos que es su desolación física por la muerte de la que había parido, allá, hace tanto tiempo y había luego ido haciendo crecer primero con las sustancias de su cuerpo, luego con las sustancias de la tierra, luego con la inteligencia astuta de su hombre, de la que había llevado bajo la saya negra planchada y brillante cuando fue a la iglesia y la bendición del cura era casi más para la criatura pataleando furiosamente que para ella misma que ya estaba tan definitivamente hundida y empecatada en una maldición de que nunca se podría redimir porque no era la que podría cambiar las cosas de como son, ni la que podría sorprenderse de que el mismo hombre que la violó con dolor, la alimentara luego con dolor, la hiciera trabajar con dolor y la preparara sucesivamente, a lo largo de los años, al dolor que había de sentir en el momento en que le arrancaran la criatura que ella creía que podía haber salvado el exorcismo del sacerdote haciendo el gesto bendito encima de su vientre.

Nacer, crecer, bailar una vez en la fiesta del pueblo delante de la procesión del Corpus con el moño alto, porque era buena bailarina y se decidió que sí, que a pesar de todo a pesar de estar determinada al dolor y a la miseria por su origen, ella debía bailar ante el palio en la procesión del Corpus, en la que el orgullo de la Custodia a todos los campesinos de la plana toledana salva, hundirse después, hundirse hacia la tierra, rodear el airoso talle (que la hizo elegir para la fiesta) de tierra asimilada, comida, enterrarse en grasa pobre, ser redonda, caminar a lo ancho del mundo envuelta en esa redondez que el destino otorga a las mujeres que como ella han sido entregadas a la miseria que no mata, huir delante de un ejército llegado de no se sabe dónde, llegar a una ciudad caída de quién sabe qué estrella, rodear la ciudad, formar parte de la tierra movediza que rodea la ciudad, la protege, la hace, la amamanta, la destruye, esperar y ahora gemir.

No saber nada. No saber que la tierra es redonda. No saber que el sol está inmóvil, aunque parece que sube y baja. No saber que son tres Personas distintas. No saber lo que es la luz eléctrica. No saber por qué caen las piedras hacia la tierra. No saber leer la hora. No saber que el espermatozoide y el óvulo son dos células individuales que fusionan sus núcleos. No saber nada. No saber alternar con las personas, no saber decir: "Cuánto bueno por aquí", no saber decir: "Buenos días tenga usted, señor doctor". Y sin embargo, haberle dicho: "Usted hizo todo lo que pudo".

Y repetir obstinadamente: "Él no fue". No por amor a la verdad, ni por amor a la decencia, ni porque pensara que al hablar así cumplía con su deber, ni porque creyera que al decirlo se elevaba ligeramente sobre la costra terráquea en la

248

que seguía estando hundida sin ser capaz nunca de llegar a hablar propiamente, sino sólo a emitir gemidos y algunas palabras aproximadamente interpretables. "Él no fue" y ante la insistencia de un hombre, tal como ella nunca había conocido que existieran — dotados de esa alta prepotencia — aunque bien que lo adivinaba a veces mirando la ciudad de lejos con su nube de humo encima surgida de ciertos agujeros que hasta tanto más tarde no había de conocer, repetir: "Cuando él fue, ya estaba muerta".

"Él no fue" y seguir gimiendo por la pobre muchacha surgida de su vientre y a través de cuyo joven vientre abierto ella había visto, con sus propios ojos, írsele la vida preciosísima que, como único bien, le había transmitido.

— Bueno, ya está todo arreglado — le dijo el sonriente policía de ojos verdedorados.

— ¿Cómo?

— Sí. Todo aclarado. Gracias a la vieja. Puede darle las gracias.

— ¿Todo?

— Sí. Ahora le devolveremos sus cosas y queda usted en libertad.

Y ante la mirada atónita e incrédula:

— Sí. En libertad, en libertad... Mire lo que hago con su confesión — y desgarró ante sus ojos en dos mitades largas el papel que había firmado unas horas antes —. ¡Se acabó!

Luego se echó a reír.

— Ustedes, los inteligentes, son siempre los más torpes. Nunca puedo explicarme por qué precisamente ustedes, los hombres que tienen una cultura y una educación, han de ser

249

los que más se dejan enredar. Se defiende mucho mejor un ratero cualquiera, un pobre hombre, un imbécil, el más mínimo chorizo que no ustedes. Si no es por esa mujer, lo iba usted a haber pasado mal, se lo digo yo.

— Entonces...

— Sí. Todo está aclarado.

— Es lo que yo le había dicho: que a mí me habían llamado cuando ya estaba hecho el mal. No hubo nada que hacer.

— Sí. Ésa es la historia. ¿Pero quién iba a creérsela con la cantidad de tonterías que hizo usted luego? ¿A quién se le ocurre no dar parte? ¿Y sobre todo, a quién se le ocurre esconderse? ¿Y dónde? ¿Dónde fue usted a esconderse? ¿No se le ocurrió otro sitio?

— Estaba asustado.

— Sí. Pero eso no le disculpa. No pudo ser más torpe. No comprendo por qué. No llego a comprenderlo. Cuanto más inteligentes son ustedes más niñerías hacen. No hay quien lo entienda.

— Entonces, ¿puedo irme?

— ¿No lo cree todavía, verdad? — dijo el policía echándose a reír de nuevo —. Se debe pasar muy mal ahí abajo. Salen ustedes destrozados. Mucho peor que los chorizos. No tienen aguante.

— Me voy, entonces...

— Espere. Ahí llegan sus cosas.

De un gran sobre de papel estraza comenzó a sacar papeles, dinero, cartas, fotografías..., varios objetos que Pedro llevaba encima y otros que habían debido coger en su domicilio.

— Ahí está todo. Firme el recibo.

Pedro fue metiendo en sus bolsillos los papeles. Con movimientos torpes y mirada extraviada de miope. Se pasó las manos por la cara. Los cañones de la barba le rasparon. Imaginó un baño y un barbero. Luego se le ocurrió:

—¿Y tienen al que lo hizo?

—Ahí abajo está. Con el papá de la criatura, que tampoco es mal pájaro. A ésos se les ha caído el pelo. Pero usted, por favor, no vuelva a asistir a urgencias de ese tipo. No haga más tonterías, a trabajar, a divertirse. Deje usted tranquilos a los de las chabolas que ellos ya se las arreglan solitos.

Pedro se levantó y fue a salir. Por la puerta del despacho a lo largo del estrecho pasillo, pasaban una serie de jóvenes con aspecto de enfermos. Las escasas barbas crecidas les daban un inequívoco aspecto.

Ya se iba hacia la puerta del extremo del pasillo, por donde su instinto le indicaba que debía ser la calle, cuando lo llamó otra vez:

—Y conste, que si hubiera querido, lo empaqueto. Hay un delito de encubrimiento, que casi puede decirse que es complicidad..., pero le creo: Me ha caído usted simpático.

—Gracias, muchas gracias —se vio obligado a decir Pedro.

—De nada, hombre, de nada. Y, por cierto, me olvidaba. Ahí mismo le esperan. En la habitación de al lado —le guiñó un ojo, al tiempo que le alargaba la mano—. Es muy guapa. Enhorabuena. —Y volviendo a reír otra vez, se perdió por el pasillo en dirección opuesta.

En una estrechísima sala de espera, donde sólo cabía un banco y sobre él tres personas, le esperaba Dorita con Matías. La belleza de Dorita le sorprendió como si la viera por primera vez. No había pensado en ella desde el momento en que Similiano le hizo oír su voz. Los grandes ojos de Dorita, parpadeaban ciegos de lágrimas. Sus labios se encontraron con fuerza. Se sintió poseído por la violencia de este amor ol-

251

vidado. "Te quiero", "Te quiero", decía Dorita con voz ronca cuando sus labios se despegaban. Matías, confuso, miraba por la ventana hacia la estrecha calleja. "Amor mío", le cogía la nuca con sus manos, apoyaba todo su cuerpo contra él. Pedro, no podía — tan pronto — reconocer como mujer lo que tenía en sus brazos. "¿Cómo estás?", "¿Has sufrido mucho?". No podía devolverle las caricias. En los labios, al besar, sólo sentía la dureza de los dientes que podían hacerle hasta sangre, pero no darle voluptuosidad. La voluptuosidad no tenía importancia. "Te quiero." Ella se estremecía, temblaba, oscilaba con todo el cuerpo a su alrededor, se le apretaba otra vez, lloraba, reía. "Me quiere", pensó Pedro, "No cabe duda que me quiere".

— Bueno, bueno. Ya está todo arreglado — explicó Matías —. Todo arreglado —. Parecía haber hablado él también con el policía. — Se acabaron las tonterías. ¡Qué ratos nos has hecho pasar! ¿Sabes? Ya te tenía buscado un abogado, un abogado estupendo, un amigo mío... pero, chico, era pesimista. Has hecho tantas tonterías. Al fin, sin que hiciéramos nada, todo se arregló.

Abrazó a Matías también. Tras la explosión, Dorita había quedado en silencio, tranquila, cogida de su brazo.

— ¡Vámonos! ¡Vámonos de aquí! — le entró el ansia de repente. Eran sus primeras palabras.

Riendo, de prisa, dando saltos, bajaron las escaleras. Al llegar a la calle el sol le deslumbró. Pasaban autos y autos y autos. Sonaban bocinas, cláxones, timbres de bicicleta, escapes de motos. Pasaba gente, gente, gente con un rostro indiferente como si nunca hubieran llegado a sentir la enorme ventaja de tener sobre sus cabezas aquel cielo con pequeñas nubes blancas, inmóviles en apariencia pero que se desplazan, se deforman lentamente, marchan hacia lo lejos, vienen de lo lejos. Un limpiabotas pasó con su caja negra en la mano y la visión de este personaje cotidiano, que se encaminaba sin prisa hacia su problemática clientela, le humedeció los ojos. "¡Limpia!", gritó el hombrecillo que había advertido su mirada fija, pero Dorita y Matías lo arrastraron hacia un taxi que pasaba y se lo llevaron a la pensión, donde la madre y la abuela le esperaban con un gesto entre alegre y reprobatorio. Matías lo dejó entregado a las abluciones, al baño purificador, a la buena cama, a las sábanas limpias, a las caricias apenas encubiertas de Dorita.

— Vendré a buscarte mañana. Estás invitado a cenar conmigo.

Que la ciencia más que ninguna de las otras actividades de la humanidad ha modificado la vida del hombre sobre la tierra es tenido por verdad indubitable. Que la ciencia es una palanca liberadora de las infinitas alienaciones que le impiden adecuar su existencia concreta a su esencia libre, tampoco es dudado por nadie. Que los gloriosos protagonistas de la carrera innumerable han de ser tenidos por ciudadanos de primera o al menos por sujetos no despreciables ni baladíes, todo lo más ligeramente cursis, pero siempre dignos y cabales, es algo que debe considerarse perfectamente establecido.

A partir de estas sencillas premisas puede deducirse la necesidad de establecer en cada hormiguero humano un a modo de reloj en movimiento incesante o de mecanismo indefinidamente perfectible dentro de cuyos engranajes, el esfuerzo de cada uno de aquellos varones meritorios vaya encasillado de modo armonioso para que — como consecuencia de todos deseada — se logre un máximum de rendimiento y de disfrute: de poder sobre los entes naturales, de conocimiento de las causas de las cosas.

Estos sublimes principios e intenciones informan los Institutos, los Consejos, las doctas Corporaciones, las venerables Casas matrices a tan importantes trabajos dedicados. Gracias a ese conjunto de instituciones (excesivamente complejo para que pueda aquí ser descrito) no hay juventud inquieta ni iniciativa original que no encuentre su puesto en el gran desfile de los constructores del futuro. Como un ejército aguerrido, llevando al brazo no armas destructoras no bayonetas relampagueantes, sino microscopios, teodolitos, reglas de cálculo y pipetas capilares las falanges de la ciencia marchan así en grandes pelotones bien organizados. ¡Guay de quien desprecie la menguada apariencia de alguno de estos fabulosos constructores! Bajo un traje arrugado puede ocultarse el afortunado poseedor de un cerebro que — aunque enclenque, voluminoso — emanará pensamientos todavía por nadie sospechados, fórmulas de nuevas partículas elementales, antiuniversos y semielectrones; bajo un rostro de apariencia estólida y frente estrecha puede yacer un capaz archivero incansable devorador de palimpsestos y microfílmenes. Esta multitud estudiosa e investigante dispone de edificios con amplias ventanas, escaleras y pasillos fabricados con auténtico cemento armado. Aunque su dieta sea deficiente y el corte de su traje poco afortunado, aunque oculten en su cartera de cuero negro un bocadillo con el que sustituir la deseada cena caliente, el bedel no les cortará el paso sino que les dejará con respeto encaminarse hacia los locales donde unas veces unas ratas desparejadas, otras veces unos volúmenes en alemán, otras veces una colección incompleta de una revista norteamericana les proporcionarán los útiles necesarios para la puesta en ejecución de sus ideas. Confortados con tan eficaces estímulos ¿qué de extraño tiene que cada día más y más abundantemente nos sorprendan con los altos productos de su genio?

254

¡Cuántas patentes industriales no surgen en nuestro suelo que apresuradamente adquieren los rapaces industriales extranjeros! ¡Cuántas drogas inéditas y eficaces no vienen cada día a mejorar los medios de lucha de nuestros voluminosos hospitales! ¡Cuántos teóricos desarrollos de las ciencias más abstrusas, la Física, el cálculo de matrices vectoriales, la química de las macroproteínas, la balística astronáutica no son comunicados a las Academias de los países cultos para su estudio y admirada comprobación! ¡Cuántos ingeniosos prodigios de las ciencias aplicadas no sorprenden al visitante de cualquiera de nuestras Exposiciones de Inventores!

Solamente algunas de las ramas ligeramente descuidadas del árbol de la sabiduría nacional, permanecen todavía alojadas en viejos edificios, ya no a la altura de las circunstancias. En tales casos no se trata, pues, sino de modestos pabellones que con aire romántico y recoleto reposan en zonas umbrías rodeados de antiguos parques y de senderos donde corretean los niños desarrapados de la vecindad.

Hacia uno de estos pabellones se dirigió Pedro cuando hubo recuperado sus espíritus tras la subterránea y mortífera odisea. Llegado que fue a las verjas metálicas recuperó el *Don* que generalmente perdía a poco de salir del recinto.

—Buenos días, Don Pedro —le saludó el portero como si no hubiera pasado nada.

—¡Hola! —dijo Don Pedro.

En la puerta principal del edificio, a la que ya llegaba el penetrante tufo de los perros situados en las plantas superiores, una vigorosa fregona se esforzaba en dar brillo a los desconchados azulejos.

—Buenos días, Don Pedro —repitió como un eco del portero.

Yacía en posición genupectoral, con una bayeta de color

gris en sus manos y a su lado un cubo. No parecía echar de menos la perfeccionada maquinaria que la ciencia que tan humildemente servía, había producido en otro lugar, con el fin de hacer posibles las mismas operaciones en posición erguida.

— ¡Hola! — dijo Don Pedro.

Y subió por la escalera ancha y descansada. Una laborante envuelta en bata blanca, le vio llegar.

— Buenos días, Don Pedro.

— ¿Ha venido? — preguntó sin especificar a quién se refería.

— Ahí está — dijo ella.

Pedro se aproximó a la puerta del despacho y llamó con los nudillos.

— Precisamente — dijo el señor Director — tenía que hablar con usted.

Y, mirándole fijamente, preguntó:

— ¿Qué ha sido eso?

Pedro buscó una respuesta que no vino.

— ¡Está usted loco! — afirmó el Director sin más averiguaciones.

— Yo...

— ¡Completamente loco!

E invirtiendo el foco de su conmiseración:

— Me ha puesto usted en una situación muy desagradable.

— ¿Yo le he puesto...?

— Muy desagradable. ¡Usted no tenía derecho a hacerme eso!

El Director, tras este solemne exordio y constatación acusatoria, se reposó un momento antes de comenzar el discurso inevitable. Atusó con ambas manos la gris cabellera leonina que, a la alemana — como corresponde a quien ha cursado estudios en Frankfurt sobre el Meno —, reposaba blandamente en sus orejas y lleno de humanismo y de agudo sentido de sus responsabilidades profesorales, suspiró mientras tomaba asiento en el sillón, al otro lado de la mesa. Su gran cabeza se vino un poco hacia adelante, vencida por su honesta pesadumbre. La ciencia se acumulaba visiblemente bajo aquellas sienes hinchadas y brillantes. Vestía una bata blanca que, a diferencia de las de los números rasos de su escuadra, cerraba por delante, permitiendo que la severa corbata mostrara la perfección del nudo como símbolo de su interna necesidad de armonía y de belleza. Educado lejos del chato y corto positivismo anglosajón, habiendo tomado de la universidad centroeuropea un sentido filosófico ordenador de sus actividades, sabiendo que el puro dato científico sin un sistema racional que lo coordine dentro de las ciencias del hombre permanece ineficaz y hasta resulta pernicioso, estando al día de cuantas revistas de su disciplina se publican en las lenguas alemana, inglesa, francesa e italiana, elaborando libros en que era tan admirable la copia informativa como la elegante construcción, desdeñando un tanto — por buenas razones — hundir sus manos en la masa sucia de los escasos objetos de experiencia que un hombre puede llegar a abarcar a lo largo de una vida que las leyes biológicas imponen sea corta, lamentando el quantum que en tales investigaciones está reservado a la suerte, al simple hecho de una observación casual afortunada, prefiriendo a tal lotería alocada navegar en un plano más elevado recogiendo con brillante fecundidad la mundial cosecha de tales azares favorables para comprenderla y ordenarla dentro de las sienes admirables, el Profesor podía permitirse una sonrisa, entre irónica y astutamente penetrante, ante la ingenuidad de ciertos jóvenes que — recién llegados a sus manos — ya pretendían descubrir *algo* sin hacerse cargo de las dificultades que impiden tales prematuros y hasta insensatos descubrimientos.

— Nuestra profesión es un sacerdocio — dijo pausadamente y sin rastro alguno de ira — y exige que seamos dignos de ella. Yo diría que no basta con responder a ese mínimum de honestidad, sino que es necesario además aparentarlo. Hay sospechas que no pueden tolerarse. Ya sé que me dirá usted que está libre de toda acusación. En efecto, está usted libre de toda acusación, pero no — fíjese bien — no de toda sospecha. Muy al contrario, resulta usted para todos sospechoso y hay sospechas que sólo pueden alcanzarnos cuando imprudentemente nos ponemos en la ocasión de que se produzcan. Hay frecuentaciones, tratos, actitudes precipitadas, faltas ya que no a la moral, a la norma profesional, que no son admisibles. Usted ha actuado mal. En varias ocasiones me ha dicho — y yo le he creído — que el ejercicio de la profesión no le atraía, que usted quería dedicarse a la investigación. Era un noble ideal. Pero ahora me sale con eso: con un ilegal, absurdo y sospechoso ejercicio de una actividad para la que no está preparado e incluso ni siquiera autorizado. ¿Cómo quiere que yo interprete eso? No puede usted pedirme comprensión para unos hechos que rozan, si es que no están de lleno incluidos, con el articulado del Código Penal. Yo lo siento. Lo siento profundamente. Había llegado a tomarle cariño, como me ocurre siempre con mis discípulos. Yo creía que tenía usted un cierto interés, que le interesaba a usted la ciencia. Bien es verdad que, desgraciadamente, los frutos de sus investigaciones han sido pobres, muy pobres... casi nulos (esparciendo desdeñosamente sobre la mesa cuatro o cinco protocolos de autopsias ratoniles), no ha llegado usted a nada... Pero yo quería esperar que, con el tiempo usted maduraría. Su cultura científica era escasa y usted no leía mucho. Pero, tal vez, un azar afortunado o las sugerencias de sus compañeros y maestros hubieran llegado un día a mostrarle su camino. No ha sido así. Lo siento. Creo que no sabe usted muy bien lo que quiere. Oiga mi consejo. Déjese de investigaciones. Usted no está dotado para esto. Nunca llegará a nada. Me veo obligado, en vista de las circunstancias, a no prorrogar su beca. Pero tal vez esto sea un bien para usted. Tiene buenas manos. Váyase a una provincia. Ejerza la profesión. Puede usted hacer un discreto cirujano. Vivirá más tranquilo y lejos de ciertas compañías. Repósese. Esto no es para todos. Creo que, al final, resultará un beneficio. Dentro de unos años me lo agradecerá usted. (Levantándose y cogiéndole la mano.) Siento que no podamos seguir colaborando. (Llevándole por el hombro hasta la puerta.) Métase ahora en su casa y prepare las oposiciones de la Asistencia Pública. Tiene usted buena memoria. Las ganará sin gran esfuerzo. Yo diré una palabrita al Tribunal. Y no vuelva a enredarse en estas cosas. En una provincia se olvidará todo: los periódicos de Madrid no llegan, y aunque los lean no le identificarán. Vivirá tranquilo. Dígame cuándo sean los ejercicios para que yo hable con el Tribunal. Ya lo sabe, no le dejaré caer. Y lea, lea usted, estudie..., de verdad le digo que todo está en los libros.

Amador lo sintió mucho. Sabía que era responsable de haberle puesto en contacto con aquel mundo infernal de las chabolas que contamina a cuantos lo tocan y que él mismo había procurado mantener lejos de su casa desde el día de la postguerra agria en que se le habían metido los parientes con su colchón hasta dentro de la cocina de su piso. Había pasado miedo Amador, pero nada le había ocurrido. Mientras el Muecas y el Mago de la aguja iniciaban una navegación imprevisible por calabozos, cárceles, tribunales de justicia, penales y comisarías cuyo posible fin por ahora no podía ser imaginado, Amador seguía cogiendo con sonrisa indiferente los perros de sus jaulas de alambre y buscando en la juntura de la pata la vena en que tan hábilmente — él entre todos los mozos — sabía inyectar la sustancia que concluye en pocos segundos con los ladridos insoportables y deja al animal, atado sobre una mesa de operaciones de madera sucia en forma de canal de aguas negras, preparado para que la ciencia medre a expensas de su sangre. Amador ayudaba a los inexpertos investigadores fabricantes de tesis doctoral y no sólo les decía cómo había que operar el perro, sino que los operaba él mismo, una vez que silencioso y reflexivo, hubiera llegado a coger el quid de la cuestión, por lo general apenas variable dentro de ciertos módulos incesantemente repetidos: fístulas gástricas, fístulas salivares, circulación cruzada, fracturas experimentales. Cuando Don Pedro iba bajando por la escalera, lentamente y sin apariencia de sonrisa, algo pálido, con la pequeña alegría reactiva que había sobrevivido a su liberación perdida en una nueva melancolía, lo vio Amador. Y se alegró de verlo libre.

Don Pedro bajaba por la calle en cuesta andando muy despacio. Llevaba las dos manos metidas en los bolsillos deformes del pantalón, levantando el vuelo de la chaqueta. La cabeza un poco gacha, con gesto de muchacho que llega tarde al Instituto y que ya casi prefiere no llegar. Iba dando golpes a una piedra y comprobando lo polvoriento de sus zapatos.

— ¿Y qué dice, el hombre? — le asustó Amador, dándole alcance.

Pedro levantó la cabeza y vio ante él el rostro siempre sonriente, los gruesos labios rojos, los ojos grandes y separados, la frente arrugada, el pelo negro rizado.

— Tomemos un chato — insistió Amador —. ¡Yo le convido!

Se encontraron sentados en una tasca sucia y pequeña donde no había nadie. Un hombre viejo, con un mandil azul, se acercó y les puso el vino delante. Se acomodaron en unos sentajos redondos de madera.

— ¿Y le echaron, Don Pedro?

Pedro agradeció que Amador le mirara con aquellos ojos sinceramente entristecidos.

— Sí. Pero no me importa. Casi es mejor. Ahora podré casarme y ganar dinero.

— Claro. Eso ya se entiende...

— Al fin y al cabo aquí no hacía nada.

— ¡Cuánta pérdida de tiempo, Don Pedro! Se lo digo yo que he visto tanta juventud gastada en esta casa... ¿Y para qué, dígame Don Pedro, y para qué? ¿Quién se lo iba a agradecer? Son ilusiones bobas. Lo único que vi que valiera la pena era sacarse la tesis, eso sí. Luego van ya a cátedras. ¿Pero, otra cosa? ¡Pamplinas! ¡Váyase! ¡Váyase y gane dinero! Ésa es la positiva. Yo ya ve, porque es mi oficio y no tengo otro, pero ustedes, me quiere usted decir ustedes qué provecho sacan...

A Pedro la tristeza, de golpe, se le volvió a echar encima.

— ¿Y todo por qué? — se indignó —. Yo no había hecho nada. Tú sabes que yo...

— ¡Déjelo estar! — ordenó Amador —. No piense más en aquello. Una desgracia. Eso es lo que fue. Una desgracia.

— No sé lo que ese tío se habrá creído...

— ¡Déjelo, Don Pedro! ¡Déjelo estar!

En la tasca entró un sujeto de mala catadura. Pidió aguardiente. Llevaba una barba rala, pelirroja. La chaqueta de paño pardo tenía manchas de cal. En la puerta se había

261

quedado un perro rubio mirándolo fijamente, sin atreverse a entrar.

Amador bajó la voz confidencial.

— Usted tiene que irse cuanto antes de este pueblo, Don Pedro. ¡Váyase cuanto antes!

— Ya me iré, ya me iré...

— ¡Váyase en seguida!

— Pero, ¿por qué? — se alarmó Pedro sin comprenderle.

— El querido que la había desgraciado... un mal sujeto... cree que usted fue el que... ya sabe.

— ¡Qué tontería!

— Es un mal sujeto, se lo advierto.

— ¿Pero él qué sabe?

— Se lo dije yo, Don Pedro, yo se lo dije. Me sacó una navaja así de grande. Se me heló la sangre. ¿Yo qué podía? Se lo dije todo...

— ¿Todo, qué?

— Que había sido el médico. Yo creí que usted se iría...

— Tonterías... ¿Qué puede hacerme ése?

— Es un mal sujeto... Yo cumplo advirtiéndole, Don Pedro, porque, perdonando, es una bestia, una mala bestia.

La honrada familia organizó un sarao a la altura o un poco por encima de sus posibilidades. Conscientes de sus obligaciones sociales y del modo como se debe proceder para que un joven, incauto aunque agradable, olvide los sufrimientos a que su atolondramiento lo conduce. Alegres de conmemorar al mismo tiempo unos esponsales y la liberación de un cautivo con el regreso del pródigo todavía-no-pero-ya-casi-inevitablemente hijo. Satisfechas por proclamar ante la vecindad al fin la llegada legítima de varón con dos apellidos a la casa. Orgullosas de las altas prendas del elegido. Tiernamente conmovidas ante las muestras de ternura que emanaban de cada gesto, de cada palabra, de cada posición soñadora del esbelto cuerpo carne de su carne y obra maestra de la familia: fruto que habían logrado varias generaciones de elaboraciones ciegas pero conducentes a un determinado fin. Sabiendo que en ella se conjugaban armoniosamente la herencia bizarra del coronel y de la abuela junto con el pequeño punto de afeminada decadencia que el bailarín maldito introducido subrepticiamente pero de un modo afortunado para la estética de una estirpe en la que hasta aquel momento, las muñecas habían sido demasiado gruesas y las narices demasiado largas.

No pudieron organizar una comida servida por criados de librea (o al menos por camareros de smoking) en que hubieran ofrecido un menú de huevos, tres principios, caza y asado, ni cena de consomé, caviar, foie y langosta con champán frío a causa de que tanto a la hora de comer como a la de cenar, el comedor de la casa estaba ocupado por los habituales huéspedes. Tampoco pudieron organizar un cocktail con bebidas exóticas y whisky que aderezaran pequeñas y variadas suculencias picantes, tales como cuadraditos de queso con pimienta, aceitunas enanas calientes y hojaldres en receptáculos de plata, porque encontraban estos alimentos escasamente nutritivos y algo indisgestos. Así que dispusieron una sana merienda española con chocolate espeso y humeante, rebanadas de pan tostado con mantequilla Arias, churros fabricados por la propia madre de la bella (aunque estúpida, dotada para las artes culinarias), mantecadas de Astorga legítimas adquiridas en una dirección secreta a la que van a parar camioneros provenientes de la lejana ciudad brumosa y pestiños con miel o mermelada.

En esta hora de la media tarde, la casa tomaba un aire misterioso, distinto del misterio de la alta madrugada, pero también producido por la presencia-ausencia de los huéspedes. Mientras que algunos — los menos — trabajaban fuera, otros — los más — permanecían en sus cuartos dedicados a ocupaciones ignoradas y fingiendo no saber nada de cuanto indudablemente sucedía. Posiblemente estas lentas horas serían ocupadas en la lectura, en largas y calenturientas siestas, en cuidadoso espionaje por la ventana interior o los balcones exteriores, en la ejecución de esos solitarios en los que (una vez resueltos) las cartas quedan repartidas en cuatro mugrientos montones encabezados por un as, en una ensoñación melancólica cien veces repetida en la que irían apareciendo (para cada uno) con el halo de la desesperanza, los sueños de la juventud que nunca la vida ha llegado a concretar. Pero estas actividades encubiertas quedaron suspendidas aquella tarde todo a lo largo del sarao con que las nobles damas festejaron el regreso del doncel.

Las damas (como tenían su industria en la misma casa que les servía de cobijo) derivaban cierta incomodidad de la convivencia con los huéspedes. Procuraban evitarla tejiendo barreras de indiferencia fingida. Así — durante el sarao — procedieron como si no supieran que los sentidos vigilantes de los huéspedes no invitados orientaban sus antenas hacia ellas pretendiendo captar en toda su integridad cuanto goce o dolor pudiera conmover sus ya fatigados corazones.

Para mayor ofensa de los huéspedes más viejos, la osada ignorancia de sus respetables sentimientos fue llevada hasta el punto de, haciendo caso omiso de sus derechos, invitar a las relaciones extrapensionarias de la festejante familia. Pudo verse entonces vagar por el comedor al socaire del caliente soconusco a la gruesa madre (vestida de negro con trozos de crespón de seda en la parte alta del vestido) de la amiga predilecta de Dorita, que al contrario que su progenitora, muerta de envidia y rabiando de celos, pasando sin cesar revista mental al poco lucido plantel de sus actuales, pasados y posibles pretendientes, no probó bocado. Asimismo pudo verse a un señor ya mayor, algo baboso, toda la tarde al lado de la madre, sonriente sin cese, vestido también de oscuro, con un bastón en la mano, que no era otro sino el prestamista que en los momentos difíciles había ayudado a mantener a flote la poco airosa nave de la casa de huéspedes mediante ignorados favores que no es preciso detallar. De la generación de la adusta abuela quedaba una viuda que fue en tiempos de buen ver y que también acudió ilusionada y curiosa, con su aguerrido bigote, insinuando cuantos atravesados lances pudo firmemente sobrellevar en los tiempos en que fuera escándalo de guarnición y causa de petición de retiro prematuro de un marido pequeño a quien no tardó en consumir una tristeza sólo atenuada por el discontinuo cariño de su cónyuge. Estas personas brotadas de una historia despreciable pero cierta, existían a despecho de su apariencia de sombras, y consumían cantidades de pestiños y de mantecadas de las que hacía tiempo no habían podido disponer. Por ello la conversación no era especialmente lucida, pero el brillo agradecido de las miradas era suficiente para dar constancia de una cordialidad y de un gozo que sólo la despechada amiga de Dorita interrumpía con su pertinaz falta de todo apetito corporal.

— ¡Come, hija! — insistía su madre —. Está muy rico. Si no comes te vas a quedar hecha una estampa.

La hija prefería mirar a Dorita que sin recato cogía una de las manos de su galán vencido.

— ¿Cuándo os casáis? — preguntó punzante.

Pedro y Dorita la miraron con ojos sorprendidos y luego

volvieron a mirarse ellos sin contestar. Era demasiado guapa Dorita. ¡Qué profundamente podían iluminar aquellos ojos inmensos! ¡Qué delicadamente podía recortarse su nariz bajo una frente pura! ¡Qué tierna jugosidad tenían los tejidos allí mismo, bajo sus sienes, donde el tiempo primero se empeña en dibujar su surco!

— Mi primera instalación fue en la calle del Pez — explicaba el señor mayor—. Yo vivía en el sotabanco y tenía la tienda abajo, en el portal. ¡Qué tiempos aquellos! Un duro era un capital. No como ahora que no sé dónde vamos a llegar. A veces me dan tentaciones de dejarlo todo y retirarme. Acaba uno por asquearse de todo. Ya no hay palabra ni formalidad.

Dora, la madre, a quien competían las relaciones con el prestamista y su hábil manejo con vistas a los gastos extra del enlace próximo, le decía sin ton ni son:

— ¡Siempre será el mismo Don Eulogio! Nunca se sabe cuándo habla en serio. Es usted un hombre terrible. Claro que a las que le conocemos bien, no nos la da. Es todo corazón.

— Cierto, cierto — admitía Don Eulogio.

Y volviéndose hacia Pedro:

— ¿Y usted, joven, dónde proyecta establecerse?

La decana planeaba sobre la totalidad de la fiesta y vigilaba la decadencia del humor del joven, el mohín de sus labios, las miradas con que consumía la belleza de la nieta. De la mediocridad de sus relaciones y del odio reprimido que brotaba de las habitaciones circundantes ella no extraía conclusiones precipitadas, sino que ya veía una coquetona consulta en que una enfermera, no tan bella como la esposa pero de buen aspecto, diera paso a la numerosa clientela provinciana, aunque de menguados capitales excelente pagadora.

P.V.P. con I.V.A. **950 ptas.**

Precio sin I.V.A. 896 ptas.

EDITORIAL SEIX BARRAL, S. A.

TIEMPO DE SILENCIO

Luis Martín-Santos

910209 - 5

COMERCIAL PLANETA

REPONGAN .... ejemplares

P.V.P. con I.V.A. **950 ptas.**

Precio sin I.V.A. 896 ptas.

EDITORIAL SEIX BARRAL, S. A.

TIEMPO DE SILENCIO

Luis Martín-Santos

910209 - 5

COMERCIAL PLANETA

Pedidos .... ejemplares

día ....

— Usted debía venir a visitarme, Don Eulogio — se insinuó la viuda militara.

— Yo encantado, señora mía.

— ¿Por qué no viene a la cafetería? Tenemos una tertulia de viudas y de viudos. Todos vejestorios — escandalizó con risas.

— Déjale tranquilo. No me lo soliviantes — protestó Dora, fiel a su objetivo.

— ¿Y ustedes, se conocen desde hace mucho? — preguntó la madre de la amiga despechada, una vez satisfecha su hambre.

— No tanto, señora. No tanto. No somos tan viejos.

— Veinticinco años. Una friolera.

— ¿Por qué dice usted eso si es mentira? De sobras sabe que está hecho un pollo.

— Sí. Un pollito tomatero.

— ¿Te acuerdas de la kermesse benéfica de Lugo?

— ¡Claro que me acuerdo! ¡Qué tiempos! Si fue cuando pedisteis el retiro.

— En mala hora... el pobrecito. Se dejó asustar.

— ¿Y usted, no conocería a mi marido?

— No sé... ¿Fue cliente mío acaso?

— ¡Calle, Don Eulogio! ¡Siempre será el mismo! ¿Por qué iba a ser cliente?

— ¿Habéis visto la del Callao?

— Nosotros no, ¿y tú?

— Yo voy a ir mañana con un chico.

— Debe ser buena.

— Sí. Creo que es muy buena.

— Pero a usted siempre le han gustado las mujeres.

— ¡Qué quiere usted, señora! Uno no es de piedra. Si no fuera por ustedes la vida no sería cosa...

267

— Tiene que venir a la tertulia. Ya le digo, todos vejestorios. Usted será el más pollo.

— Te he dicho que no me lo solivianties.

— No temas, Dora, vente tú también.

— ¿Yo? Yo de casa a la iglesia, de la iglesia a casa. No
me sacas de ahí. Ya no estoy para tertulias.

— ¡Qué diremos las demás!

El timbre de la puerta repiqueteó insistentemente y la
atolondrada criada introdujo en pleno guateque, sin previo
aviso, a Matías que recibió el hedor de aceite frío de los churros de los que todavía quedaban restos abandonados sobre
una fuente de porcelana blanca en medio de la mesa.

Pedro alzó la vista y notó que se ponía rojo. Sacudió su
mano desprendiendo la adherida de Dorita. Toda la distinguida concurrencia miró a Matías.

— ¡Pase! ¡Pase! ¿Usted gusta? — dijo la abuela con
plena sangre fría.

— Gracias — dijo Matías —. Sólo venía a buscar a Pedro.

— No sé si conoces... — empezó Pedro, y quedó callado,
mientras Matías hacía una ronda de saludos por el comedor.

— Es un buen amigo de Pedro — explicó Dorita.

— Ya veo que estás ocupado — se disculpó Matías.

— Nada de eso, ahora mismo nos vamos — se atolondró
Pedro.

— ¡Pedro! — protestó Dorita —. Dijiste que nos llevarías
a mamá y a mí a la revista.

— Es que me había olvidado. Matías...

— ¡Nada, nada! No faltaba más. Ya me voy. Saldremos
otro día.

— No. Espera, Matías. Espera. Quiero irme contigo.

— ¡Pedro, no vas a hacerme eso! ¡Precisamente hoy!

— ¡Dijo usted que nos llevaría! — intervino Dora anhelante, olvidando la presencia de Don Eulogio —. No va a ser usted tan ordinario...

— ¡Cállate, Dora!

— Perdón, otra vez — dijo Matías —. Ya me voy. No tiene importancia.

— Yo ya tengo reservadas las entradas — explicó Dora —. Es mejor porque si no, las primeras filas...

Pedro, en pie, en medio del comedor, rodeado de los ahítos convidados, veía la cabeza de Matías que se iba alejando, que saludaba otra vez, que procuraba no mirarle fijamente, que sonreía, que se inclinaba, que se excusaba, que se reía un poco como para dentro, que desaparecía. Se dejó caer en su silla. Dorita estaba a su lado. Extendió la mano para que precisamente, con su movimiento lento y seguro de sí mismo, Dorita volviera a cogerla e inclinando, hasta tropezar con el suyo, su divino cuerpo caliente, musitara a su oído:

— Gracias, gracias... ¿Sabes? Mamá tenía tanta ilusión...

¡Qué diablo-sorprendente cojuelo-sorprendido espacio desnudado! ¡Qué refringencia de un aire inverosímil difracta las distancias y hace próximo el ensueño, la alucinación mescalínica, el inconsciente colectivo, las huríes que el profeta prometiera a los creyentes setenta veces siete con sus nueva virginidad cotinocturna envuelta en transparentes peplos, el arquetipo de lo que deseamos desde la cama solitaria de los trece años de edad, las pantorrillas que hemos comenzado a advertir en la calle cuando andando, simplemente andando, se despegaban del suelo ante nosotros con saltos de animales lustrosos, la opacidad de la carne, la apariencia de eternidad de una forma que no pesa, que salta, que vuela, que se eleva en el aire, que cae no por obedecer a los imperativos de la pesantez, sino más bien al ritmo de la música que precisa ser escandido de algún modo y que éste tan prosaico de volver a caer libremente elige, la ausencia de arrugas, de granos, de espinillas negras, de rubicundeces, de pliegues de una piel que ya desde la tercera fila, para unos ojos levemente miopes, a la tersura del mármol se asemeja! ¡Qué rostros deformados por una sonrisa coagulada, que apenas entreabren sus bocas cuando cantan, que apenas entornan sus ojos cuando guiñan, que apenas están ocupados por el pensamiento cuando maquinalmente provocan, que no corresponden a la mujer que bajo ellos se oculta pero sí a otra entidad más esencial que ya no en los cuerpos grácilmente agitados se contiene, sino en la propia alma avariciosa de quien como a signos de una escritura fácilmente comprendida — desde antes de haber nacido cada individuo —, por la especie los mira!

Envueltas en tales glorificaciones y chorros de luces coloreadas, haciendo caso omiso de los zurcidos con hilo diferente de las mallas, tapando con el resplandor de su belleza el cartón-piedra arrugado de las escenificaciones pintadas de amarillo, de ocre o de carmín, acumulando cada noche otra capa negra en la mancha de calor sudado en las axilas de sus túnicas folklóricas (de tamaño intercambiable para caso de huríes resfriadas), esperando que las deficiencias de su coreografía o de sus cánticos fueran perdonadas y aun inadvertidas por cuantos al brillante espectáculo concurren y por ellas mismas (no menos necesitadas — a falta de un salario mínimo decente — de una euforia incesante que a la mala alimentación sustituyera), ebrias de su foliculina y del resplandor de sus muslos blancos que las llamas de un instinto perfectamente encaminado contra sí concitan, las vicetiples penetraban en el escenario dispuestas en dos filas convergentes, inclinando levemente el cuello a un lado, el correspondiente al orificio negro tras el que el público se encrespa, moviendo los miembros de ese mismo costado con amplitud algo más opulenta que del otro, adelantando un paso-pasito y retrocediendo otro más corto, para repetir la suerte e irse así — como en un juego de niños — aproximando al punto central donde antes de que la catástrofe, o el choque, o la amalgama y concentración de los cuerpos lo oscurezca brotará por otra trayectoria (sorprendente pero esperada), la supervedette máxima que grita, alza los brazos en movimientos de vuelo o natación en seco y cubierta toda ella de papel de plata o escamas de pez, tiene el don de concentrar cuantos rayos de luz ociosamente hasta ahora han derivado sobre la confusión del espectáculo y conseguido así el fulgor y la suprema resplandescencia ciega los ojos de cuantos intentan verla tal cual es desde las primeras filas.

— ¡Qué guapa! — dice la madre apretando el codo contra el costado del novio que agarra con sus manos el brazo de la hija más bella pero momentáneamente desprovista de los artificios de la seducción, de la proclamación pública, de la brillantez de la desnudez de su forma más patente, apretando su hombro contra el del novio que ha pagado las entradas, que huele a su novia y coge su brazo, lo toca y siente el codo de la madre que le oprime cuando dice "qué guapa" y ella, la madre, se proyecta sobre el escenario también como si fuera la que se despojara de las vestiduras grises de la cotidianidad y planteara ante el rugido masculino la osadía de una orden de mando que dice "deseadme" y que consigue, al ser realizada, alcanzar algún irrealizable fin para el que el cuerpo de la hembra ha sido fabricado y hacia el que incesantemente tiende, a despecho de cuantas trabas y oposiciones trenza en torno a ella el confuso edificio de la cultura cuantas veces agrietado, otras tantas consolidado y acrecido.

— ¡No la mires así! — dice la novia poniendo una mano fría en el cuello del novio al que el codo de la madre oprime por el otro lado y que intenta mirar hacia su novia e ignora por qué le molesta que le diga "no la mires", porque lo que él ve en el escenario es una mujer gorda con una cadera muy gruesa cuya única virtud, aparte la proximidad a la perfecta forma esférica, es una cierta capacidad para los movimientos embolismáticos y para las agitaciones en que las tales caderas se ofrecen como no formando parte viva y elástica de un cuerpo, sino como una pieza metálica intercalada en un artilugio compuesto por un inventor con fines de vaivén y demostración de leyes físicas elementales, mientras que no logra ver sino un poco de brillo en los ojos de la novia que no es otra cosa sino un brillo reflejado de las luces malditas del escenario, donde las mujeres floridas se disponen ahora en rosetas y saltan o se acercan o se alejan cuando estalla un chiste y todo el mundo ríe con amplias carcajadas y las agitaciones del cuerpo de la madre le oprimen y la misma risa de la novia le oprime también, pues ha olvidado ya su advertir casto o celoso o avaricioso o simplemente burlón del "no mires" porque la risa es sana y no tiene nada de pecado.

Si el buen pueblo acumulado, sentado, apretado, sudante, oprimiente-oprimido, degustador de cacahuetes y almendras, productor de ruido de papel espachurrado de caramelos y patatas fritas (ruido que en el cine de barrio dificulta el éxtasis de la soltera sentimental y que aquí, por el contrario, se integra armoniosamente a los metales y a las cuerdas que brotan del foso al conjuro del también sudado profesor a cuya calva rosa dirige su mejor sonrisa la supervedette) desea la triunfal entronización de la imagen policromada de la mujer (como ellos, casi igual que ellos) con sus cachetes de carne fresca y sus piernas ligeramente amarillentas, rodeada de la música apropiada que escriben los que tan acertadamente saben interpretar el alma colectiva de las muchedumbres, envueltas en el recuerdo de la historia feudal y fabulosa de las populacheras infantas abanicadoras de sí mismas y de las duquesas desnudas ante las paletas de los pintores plebeyos, es para que los señores prosternados (que ocupan los palcos proscenios, las plateas y los reservados de las próximas tabernas) la adoren y decidan que sí, que en efecto, que es la misma hembra tan taurinamente perseguida, tan amanoladamente raptada desde un baile de candil y palmatoria hasta las caballerizas de palacio para regodeo de reyes que con menestrales juegan a la brisca, por la que el buen pueblo olvida sus enajenaciones y conmovido en las fibras más íntimas de un orgullo condescendiente, admite en voz baja — pero sincerísima — que vivan-las-caenas.

El amor del pueblo, para quienes lo quieren y comprenden, es amor no comprado, no mercantilizado, sino simplemente arrebatado, como corresponde, amor de buena ley: no es amor prostituido, sino amor matrimoniable, instituido sobre antiquísimas instituciones, bendecido por el necesario número de varones tonsurados y expuesto como ejemplo de coincidencia y de decoro, de equilibrio y paz no conturbada. ¿Para qué intentar buscarle cuatro pies al gato madrileño si la copla explicativa y lúcida que canta la supervedette va derramando historias y grandeza (rumbo, rumbosa), cuando dice con la boca roja y con todos los gestos de su cuerpo rodeado de escama de pez Eugenia — de Montijo — hazme con — tu amor — feliz — yo en cambio — voy a hacerte — de la Francia — emperatriz, sin que nadie pueda llamar compra o mercado o cambalache a una negociación de tan elevado tono poético, tan esperanzadoramente fornicatoria, tan felizmente alumbradora de canales de suez y de dividendos al trescientos dieciocho por ciento? Que esta imagen de la que fue, que triunfó con las mismas artes, que cualquier mujer del pueblo podría emplear su tuviera ocasión para ello, del descendiente del águila de la guerra y destructor de cuantas bibliotecas habían osado distribuir por la piel de toro los venales ministros de Carlos III, conforte y regocije y haga sentirse vengado al vencido pueblo que retrató el sordo a la luz de un farol entre mameluco y mameluco, exhalando chorros de sangre colorada en las mismas plazas' sobre las que sobrevuelan, aun ahora, nubecillas blancas, es materia de consolación y signo sagrado del establecimiento de la civitas dei sobre el páramo felipesco.

Por eso el buen guardia de servicio puede reír con el pueblo ese chiste procaz que tanto hace reír a cualquier bien nacido que no se obstine en hacerse mala sangre con no sé qué historias que ahora no vienen a cuento; por eso el mismo policía de la secreta puede reír alegremente, con el corazón tranquilo, sabiendo que en tal momento de risa el criminal y el policía y hasta el juez (si las envaradas ballenas de su corsé le toleraran doblarse en el difícil pliegue que es necesario para entrar en estas llamadas butacas) no son más que cristóforos de una alegría humana que a nadie odia y que no quiere fijarse en los imperfectos ademanes y aullidos de una bailarina torpe, sino en lo que tal bailarina significa y proclama, mensaje de alegría, de paz y de concordia secular; por eso nada puede ni quiere el severísimo censor contra estas manifestaciones de popular gozo y triunfo y considera suficientemente formado al abigarrado público como para saber que efectivamente existen hijos ilegítimos, que estas desgracias ocurren de un modo conocido por todos, que los niños no vienen de París y que, al final el tío del sinvergüenza responsable dejará caer una herencia sobre el bienaventurado vástago, con lo que el padre sirvergüenza de la hija tan simpática cuando violada podrá repanchingado en sillones a los que el pueblo también — ¿por qué no ha de ser reconocido? — tiene a veces acceso, fumarse los puros que originariamente y según las ciegas pero divinas leyes que disponen el reparto de los bienes terrenales, estaban reservados al seductor, a sus amigos y todo lo más a su chófer o a su criado de confianza.

— ¡Tiene gracia! — dijo la sofocada madre —. A mí es que este hombre me vuelve loca —. Aludiendo a una especie de muñeco de alambre, de edad avanzada, que saltaba en el aire, caía, volvía a saltar, hacía muecas, no entendía, ponía cara de tonto y finalmente, con un gesto grosero venía a decir que allá se las dieran todas, que mientras él pudiera agarrarse, siquiera fuera momentáneamente, a los semovientes monumentos que, vestidos de doncella de buena casa, deambulaban por las tablas toleraría el escarnio, el bofetón, la risa y la humillante patada del puntiagudo zapato negro del aristócrata propietario de cuantos bienes allí eran figurados en su huesudo trasero de hambres atrasadas. Porque él era listo y sabía cómo había que bandeárselas, porque él sabía dónde está la fuerza y dónde cae la debilidad, porque él sabía a favor de qué bando hay que situarse y porque él hacía tiempo, hacía mucho tiempo había olvidado — o nunca había sabido — cuanto pueda suponer un obstáculo o un engorro a este feliz proceso de adaptación. Si las risas más violentas, si las carcajadas más sinceras (unificadoras de hombres y de mujeres, de guardias y rateros, de miembros de la honorable claque y tenderos acomodados, de estudiantes universitarios y electricistas de la Standard, de honestos matrimonios y mantenidas en su noche libre) estallaban precisamente en el momento en que quedaba demostrada la verdad de este modo de pensar y la sabiduría de aquel espantapájaros astuto, es quizá porque ha podido ser descubierto por los sabios inventores de este género de espectáculos que sólo sobre el telón de fondo de la vileza del hombre, la impudicia femenina despide sus más detonantes destellos. O bien que sólo sobre el telón de fondo de la carne cubierta de lentejuelas, en la vileza de un hombre, puede reconocerse y sonreírla como a una vieja conocida la vileza de un pueblo.

Pedro también, sí, Pedro también, apretado por el codo de la madre, oprimido contra el brazo de la novia (tan terso, tan liso, tan suave escabel donde reclinar la cabeza), rodeado de pueblo por delante, por detrás, por arriba, por abajo, frente al pueblo sublimado del escenario, bajo el pueblo ululante del elevado gallinero, ante el pueblo vergonzante de las filas de atrás que no paga pero grita, ríe y aplaude, oliendo el sudor total que como una sola nube llenaba el teatro, reía y oía sus propias carcajadas tanto por el camino externo, aéreo, por el que llegaban anegadas en la comunidad total de la gran carcajada colectiva, cuanto a través de sus propios huesos, a través del cráneo duro y de la masa encefálica cuajada de neuronas estudiosas, sentía también su carcajada más despacio, más ronca, risa cansada ya a poco de iniciarse.

Como la vieja Dora se había empeñado en que tenía que llevarlas — aunque no tenía ninguna gana — tuvo que resignarse y llevarlas a la verbena. Para verbenas estaba él. Pero no hubo modo. Se había empeñado que sí, que sí, que ella nunca salía de casa y menos por la noche y que por favor que fuera galante con las señoras, así que las llevó. Estaba la noche fresca y Dora iba toda preocupada o haciendo como que estaba preocupada, melindreando con la florecita primorosa de su hija que se la iba a llevar aquel bárbaro vestida de blanco cualquier día de éstos y ya nunca más, nunca más estaría con la madre que la había criado a sus pechos y para la que era más querida que la niña de sus ojos si así puede decirse. Pero eso son los hijos, unos desagradecidos, unos ingratos y eso que ella no, que ella había sacrificado el porvenir de su vida y muchísimos posibles partidos de señorones riquísimos que la habían querido llevar cuando ella estaba en la floración o eclosión o infrutescencia de su palmito, deseada y seguida por los perros de los hombres que se arrastraban con la lengua fuera, pero ella erre que erre, contra viento y marea, de qué dificultosísima manera había tenido que luchar para conservarse toda entera para su querida hija a la que, no por ser flor de un mal paso, menos había querido que ya se sabe cuán tiernos son los frutos del amor prohibido. No quería ni pensar en el bailarín diabólico ni en la época en que el arrancamiento y el ruhm negrita habían sido causa de tan alocados desvíos. En cuanto que de la verbena se oía ya el chin-chin gustoso, hacia él iban acaloradamente los grupos en la noche un poco fresca pero que se disimula con bufanda de seda blanca y con chaqueta un poco prieta y con gorra visera bien puesta sobre el colodrillo. Ellas, algunas, ya gordas fondonas, de remango y aire concupiscente, enarbolaban sobre sus hombros mantones de manila con flecos de seda, a cuya vista volvía a sentirse triste de no haberse puesto el suyo, traído por el difunto coronel de las islas legítimas y adornado con aves del paraíso. Eran los mantones, colgados en la vitrina del cuarto de recibo, algo tan sutil que podía romperse, pero si se los hubiera puesto con cierto cuidadito y con las precauciones necesarias, todos habrían pensado qué bien, qué bien le caían. Dorita novia feliz iba de su novio bien cogida y a él le parecía agradable llevarla así viendo en ciertos momentos, al pasar bajo los faroles, con disimulo, el perfil de la carita que podría pasar por una virgencita sevillana o por cualquiera de las divinas imágenes que moldearon los dedos de los escultores idos que sabían lo que se hacían cuando derrochaban ángel, lágrimas brillantes en tamaño natural y colorcitos suaves para caras como de cera, que así estaba de virginal, aunque ya un poco cansada, la preciosísima Dorita con su talle cimbreante oscilando al lado mismo del codo del novio que sentía el roce y le hacía soñar en aquellas veladas cuando la veía columpiarse en la mecedora, después de la cena, con las finas piernas asomando por debajo de la falda. No tenía ganas de llevarlas pero la madre se empeñaba y que otra cosa podía él hacer, sino llegarse al recinto acotado donde la felicidad es permitida por las ordenanzas municipales, mirar hacia la zona de luz después de haber pagado los tiques de la entrada, buscar una silla o dos vacías al lado del aguaducho y comprar una raja de coco para Dorita que tenía ese antojo y se le quedó mirando con sus dientes blancos, brillantes, sanos, fuertes, fuera de los labios al morder la nuez de coco que crujía en la boca jugosa. Ella sonreía sintiendo raro gusto en masticar casi interminablemente el coco hasta que pasaba a la garganta, por dentro de su cuello largo de cisne, largo cuello tan lindo que él había besado. La madre pedía al camarero horchata, como si fuera verano, y el mozo le decía que no, que no, que no había horchata como si fuera verano, que ya hacía demasiado fresco para horchatas y que por qué no iba a tomarse más bien una cerveza mahou con aceitunas de las negras en aliño o incluso unas gambas que no estaban tan pasadas, pero ella erre que erre, ya que no había horchata tuvo que ser gaseosa. Porque bien que recordaba y no había ningún motivo para que echara el recuerdo en saco roto, las cosas que le pasaron cuando se dedicó, por descuido de una madre culpable y no excelente como ella misma, al consumo poco moderado de bebidas peligrosamente cargadas de alcohol o dios sabe qué demonio que lleva el ruhm negrita. Los músicos pobres, que con permiso del sindicato, algunas noches actuaban en aquel tablado de verbena y que a la mañana siguiente, aunque con algún retraso humanamente ignorado por sus jefes, deberían presentarse en la oficina para descabezar allí el reparador sueño matinal grato al noctámbulo, entonaban músicas de mambos y sobre todo de boleros pasados de moda y rumbas irrecognoscibles bajo la capa del chin-chin ibérico que nace en las orquestinas de los pueblos que tocan en la noche de verano, en una era que es la zona de suelo más lustroso de un municipio castellano y que al olor de la paja pisada y quitameriendas machacadas, ordenan el estrujarse de las parejas y seducen los reposos ensoñadores de los números de la guardia civil allí presentes para que se tenga la fiesta en paz. Pero aquí el baile era de más elevada calidad; no sobre suelo de era, sino sobre adoquín resistente se deslizaban los bien calzados pies ciudadanos. Entonces entró Cartucho por la puerta vestido de negro y miró todo alrededor sin distinguir presa estimable hasta que se fijó precisamente en la que tenía que fijarse, a la que ya debía conocer de vista, ya que si no, no se explican sus maniobras cautelosas. Cuando la vieja dijo podéis bailar hijos míos, Dorita sintió una cierta alegría dentro del repeluzno de la noche fresca sentada en una mesa tomando gaseosa con un novio que no dice esta boca es mía. Él era de esos que no saben casi bailar y para colmo si sabía bailar no era sobre adoquines desiguales, sino alguna vez, hacía tiempo, cuando de estudiante, había bailado en los bailes subterráneos donde ellos pueden entrar por cinco pesetas y derecho a consumición y las señoritas gratis sin derecho a consumición. Vamos para allá, se dijo, de todos modos, no hay manera de evitar este baile y además se entra en calor. La boca de Dorita todavía sabía a nuez de coco y ella orgullosa respiraba dándosele una higa del coco y algo entusiasmada con que al fin, por fin, había conseguido este novio majo. Porque si su madre no había conseguido sino sólo padre para ella, ella sí había conseguido, tal vez por ser más virtuosa, o por una permisión específica del destino que rige la senda de las hijas ilegítimas de incierta ascendencia por un lado y escaso dinero pero bonito, bonito cuerpo que ella, precisamente ella, fuera la excepción a una indeclinable fatalidad. E iban bailando sin conocer la posición de su cuerpo en el espacio relativo a la verdadera trayectoria de la marcha sino englobados en una única unidad móvil que gira sobre sí misma, al tiempo que se desplaza alrededor de la orquesta, como un par de planetas conjuntados o un par de satélites gemelos pendientes sólo el uno de la otra y la otra de él. Él con la mano puesta en la cintura comprueba la calidad flexible de este talle vivo de apariencia vegetal, sin embargo humano, ella poniendo una mano en la nuca viril que está caliente e inclinada hacia adelante, en esa zona en que las artes del peluquero permiten cierta desnudez de la forma muscular y ósea que expresa la inteligencia y la fuerza del varón que ellas se han conseguido y por eso les gusta poner ahí la mano y palpar esa especie de carril de savia varonil por donde desciende imaginada la imagen de sí misma que da al hombre su potencia y ascienden los zumos nutritivos que le permiten pensar en ella y desearla. Pero así, embelesados como estaban, llegaban a creer que su fenómeno era puramente privado y que por ninguno otro de los allí presentes podía ser vivido con la misma importancia con que era vivido por ellos, con la evidencia que surge de un deseo compartido por el cuerpo al mismo tiempo que por el alma. Pero no era así, sino que todo el sacrosanto pueblo emparejado, arracimado, sudado que allí de parecida manera luchaba contra la proximidad de la muerte que a todos nos ronda y de la que conocemos la calidad de gusano indetenible y de la que sentimos el berbiquí incesante horadándonos de parte a parte mientras que hacemos como que no lo oímos. Un chotis, esto es un chotis, dijo ella cantándole al oído, con palabras que llegaban envueltas en el aire de su boca, en su olor a coco y en el calor de su deseo, madrid, madrid, madrid, en méjico se piensa mucho en ti, que le parecía que quería decir, te quiero, te adoro, eres el fin de mi vida y nada puede haber para mí como tú eres sino que yo ya estoy así, parada, cogida de ti, para siempre, para siempre. Mientras los músicos pobres, oficinistas vergonzantes, tocaban, sin atreverse a hacer, como hacen los músicos ricos, risas, saltos y contoneos de cadera divertidísimos, sino que tocaban con toda su cara seria de músico de entierro que corresponde a los músicos pobres y ni siquiera el de las maracas o como se llamen esos chismes parecidos a sonajeros, ni siquiera ése, y ya es raro, se atrevía a sonreír como parece que el instrumento lo pide, sino que también ése cariacontecido y serio, digno y pesaroso, manejaba los instrumentos esféricos con su rostro de caballero en sepelio de conde de orgaz. El buen pueblo, con su permiso para divertirse se apretaba a la otra parte del pueblo que le había caído en suerte y procuraba, con ese pedacito de cosa, consolarse de los trabajos y los días que arrastradamente caen sin remedio sobre él y sacaba fuerzas de flaqueza para hacer como si se divirtiera y para olvidar los ojos de hito en hito de las comadres vigilando las evoluciones de sus hijas y las proximidades a las que el mutuo consuelo compelía. E inmóvil, rodeado de todos pero ausente, el hombre vestido de negro miraba de un modo al mismo tiempo atento y como distraído, con una colilla pegada en el labio de abajo. También había tiros al blanco en aquella verbena tan anima-

281

damente establecida por los cuidados de la tenencia de alcaldía para solaz del pueblo bajo y que no se diga que el Excmo. Ayuntamiento nada tiene que ver con que es preciso divertir al pueblo, que también la gente del pueblo tiene su corazoncito y qué caramba, hay que echar una canita al aire de vez en cuando. Así que se acercaron, después de pasado el éxtasis, a la cabina del tiro al blanco, dejando a la madre entregada a sus gaseosas y a sus nostalgias de auténtico mantón de manila y él le dijo que si quería tirar y ella dijo que no, que tirara él y él dijo que, la verdad, que no sabía apenas y ella que qué importaba, que tirase de todas maneras, porque tirando sobre un blanco tan próximo se puede cumplir, con más modestia, la misma función erótico-sexual que cazando un antílope en el África negra con el fin de que nuestra ausente-presente hembra pueda admirar el trofeo un día tendida, ligera de ropa o de espíritu, con una copa de champán al lado, en una piel de oso, en el salón donde los trofeos levantan sus cuernos innumerables hacia arriba, señalándonos así a todos la verdadera dirección en que se encuentra el cielo. El novio cogió la escopeta de aire comprimido que tira balines de plomo de tan grueso tamaño, sobre unas bolas de madera tan gordas, a tan corta distancia y que se desplazan tan lentamente, que a veces no se logra evitar dar en una de ellas con el regocijo consiguiente de la al lado contemplante y admirativa del poder viril del macho que, a distancia, con palo-de-fuego abate enemigos temibles defendiendo así la lejana, posible, presunta cuna y la cosa rosada de materia húmeda que en ella yacerá en su orinando, gritando, devorando el mismo cuerpo hecho leche de la víctima. Dorita admiraba la vertiginosa puntería de su novio conquistado, aquí apelmazado, aquí sometido a la realización de proezas y qué bien, qué bien, qué bien lo estaba pasando, aunque de primeras ella creía que se iba a aburrir porque ir a bailar con la madre de carabina es una cosa que ya no se hace, vaya, que está completamente anticuada y que no se estila. Y que además da mucha rabia. Y luego había un sitio donde se pega con un martillo muy pesado y una pieza de hierro sube por una especie de carril hasta que llega arriba y si llega arriba del todo da — clin — y se enciende una luz, lo que también llena de orgullo a quien lo consigue teniendo en cuenta la altura, realmente muy elevada en que espera la lamparita roja. Dale, dale, dijo Dorita, dale. Si yo no tengo fuerza, dijo él, pensando que por un momento tendría que soltarla y que había algo que le decía que no llegaría a dar lo suficientemente fuerte y que no debía dejarla a ella completamente sola, mientras cogiera el mazo con las dos manos, en medio de toda aquella muchedumbre de gentes funestas que no eran como él, a las que ella no pertenecía, de las que no formaba parte ella como formaba parte de él, pero ella dijo, vamos, no seas gallina y no tuvo más remedio que hacerle caso, mientras al lado de ella, justamente a su lado pero sin tocarla, se colocaba el hombre de pueblo vestido de negro con una colilla pegada al labio ya completamente apagada, que no la miraba a ella sino a él, mientras olía el olor de ella que había sudado bailando y que llevaba una mezcla de perfumes de la que ya se había desvanecido el olor de coco que antes había impregnado su aliento, entre los brillantes dientes blancos completamente enseñados al mundo exterior a través de la sonrisa siempre presente. Lástima que no haya tiovivos, verdad, dijo ella después que él se hubo esforzado inútilmente en dar con todas sus hábiles fuerzas en el aparato impulsor sin conseguir sino un mediocre resultado, mientras que un momento más tarde, el hombrecito aquel de aspecto siniestro, con sólo una mano izquierda y un rápido reviramiento de cuerpo ágil encendía la luz roja como un aviso de alarma so-

283

bre las pobrezas de la verbena llena de humanos semejantes a hormigas, menos borrachos de lo preciso para acercarse al límite de la única felicidad alcanzable. Y siguieron su periplo nocturno a través de la ausencia de la madre a la que ya casi habían olvidado, casi contentos de estar juntos por fin, muy inútilmente deambuladores de un lado para otro. Y llegaron al barquillero. Y compraron barquillos después de haber tirado a la rueda, donde les salió el trece u otro número cualquiera. Y llegaron a un extraña barraca donde un hombre hacía nubes de azúcar con una máquina que gira y Dorita dijo quiero, quiero y él compró y dijo toma. Y llegaron a un punto en que había una viejecita con un carrito chiquitín y que — otra vez — vendía nuez de coco y Dorita quiso otra rajita y él se la compró y le dio la rajita de coco y Dorita volvió a mordisquear aquella sustancia tropical. Te va a sentar mal, dijo el hombre de negro y le quitó de la mano la raja. Él estaba mirando para otro lado y no se dio cuenta y ella se le pegó un poco más, pero no dijo nada y se quedó mirando al hombre que le había quitado la raja de coco. Mira allí hay churros, dijo él, ebrio de la fiebre del obsequio, voy a traértelos. Porque una gran muchedumbre se interponía para llegar a la sartén y ésta era la única barraca de verdadero, verdadero éxito y en la que la mercancía era ávidamente consumida. Mocitas quinceñas paseaban con sus churros en la mano cuando ya habían conseguido adquirirlos y se pavoneaban churro en mano y llevándolo a veces hasta sus boquitas de rosa. Otros menestrales y menestrales, amontonados y revueltos con gruesas comadres de barrio, pretendían también hacerse con la preciada mercancía y extendían sus brazos hacia un hombre vestido de blanco que, con un enorme azucarero, salpimentaba de polvo blanco los cucuruchos llenos de placer para mortales humildes. Voy a ver si consigo, dijo él y se fue introduciendo en la masa de compradores, pero permanecía a pesar de sus esfuerzos a una distancia todavía no practicable y ni siquiera podía levantar su mano con las monedas en ella visibles como muestra muda de su pasión de consumo. Entonces, Cartucho cogió el brazo de Dorita y tiró de ella diciendo, vamos a bailar, guapa. Dorita dio un grito, pero nadie se enteró porque fijándose bien, se oían bastantes gritos a aquella hora en el recinto municipal acotado. Quién es usted, dijo luego Dorita y Cartucho le contestó calla, calla de una vez, al mismo tiempo que le clavaba en el costado su navaja abierta, en un golpe seco y decidido que había dado más de una vez y mientras Dorita caía al suelo llenándose de sangre poco a poco encima de un charco que de noche parecía negro y que crecía, él se iba hacia afuera sin esperar siquiera a ver la cara que pondría él cuando volviera con su gran paquete de churros y se encontrara con que la venganza había sido ejecutada, que no hay plazo que no se cumpla ni deuda que no se pague.

No, no, no, no es así. La vida no es así, en la vida no ocurre así. El que la hace no la paga. El que a hierro muere no a hierro mata. El que da primero no da dos veces. Ojo por ojo. Ojo de vidrio para rojo cuévano hueco. Diente por diente. Prótesis de oro y celuloide para el mellado abyecto. La furia de los dioses vengadores. Los envenenados dardos de su ira. No siete sino setenta veces siete. El pecado de la Cava hubo también de ser pagado. Echó el río Tajo el pecho afuera hablando al rey palabras de mane-tecel-fares. Cuidadosamente estudió el llamado Goethe las motivaciones del sacrificio de Ifigenia y habiéndolas perfectamente comprendido, diose con afán a ponerlas en tragedia. El que la hace la paga. No siempre el que la hace: el que cree que la hizo o aquel de quien fue creído que la había hecho o aquel que consiguió convencer a quienes le rodeaban al envolverse en el negro manto del traidor, pálida faz, amarilla mirada, sonrisa torva. ¿Hombre o lobo? ¿El hombre-lobo? ¿El lobo que era hombre durante las noches de luna llena? ¿El lobo feroz cuya boca es cuatro veces más ancha que la de un hombre? ¿El hombre lobo para el hombre? ¿La batida contra las alimañas dañinas que descienden al valle y estragan los rebaños? El hombre es la medida de todas las cosas: Mídase la boca de un lobo con la boca de un hombre y se hallará que es cuatro veces más grande y que la parte de paladar, tan tierna y sonrosada en la boca del hombre (y de la mujer) cuya zona posterior — especialmente delicada — suele ser llamada *velo* (en ambos sexos) a causa de su blandura y de sus aptitudes para la ocultación, es en el lobo por el contrario, de un alarmante colorido negruzco. "Imitaré en esto al sol que permite a las viles nubes ponzoñosas ocultar su belleza al mundo para (cuando le place ser otra vez él mismo) hacerse admirar más abriéndose paso a través de las sucias nieblas que parecían asfixiarlo. Así, cuando ya abandone esta vida y pague mi deuda, rebasaré las esperanzas que pudieran haber sido puestas en mí." Pero no parece comprensible que las cosas hayan tenido que ocurrir de esa manera, esta misma noche ya, sin esperar un poco.

Si no encuentro taxi no llego. ¿Quién sería el Príncipe Pío? Príncipe, príncipe, principio del fin, principio del mal. Ya estoy en el principio, ya acabó, he acabado y me voy. Voy a principiar otra cosa. No puedo acabar lo que había principiado. ¡Taxi! ¿Qué más da? El que me vea así. Bueno, a mí qué. Matías, qué Matías ni qué. Como voy a encontrar taxi. No hay verdaderos amigos. Adiós amigos. ¡Taxi! Por fin. A

Príncipe Pío. Por ahí empecé también. Llegué por Príncipe Pío, me voy por Príncipe Pío. Llegué solo, me voy solo. Llegué sin dinero, me voy sin... ¡Qué bonito día, qué cielo más hermoso! No hace frío todavía. ¡Esa mujer! Parece como si hubiera sido, por un momento, estoy obsesionado. Claro está que ella está igual que la otra también. Por qué será, cómo será que yo ahora no sepa distinguir entre la una y la otra muertas, puestas una encima de otra en el mismo agujero: también a ésta autopsia. ¿Qué querrán saber? Tanta autopsia; para qué, si no ven nada. No saben para qué las abren: un mito, una superstición, una recolección de cadáveres, creen que tiene una virtud dentro, animistas, están buscando un secreto y en cambio no dejan que busquemos los que podíamos encontrar algo, pero qué va, para qué, ya me dijo que yo no estaba dotado y a lo mejor no, tiene razón, no estoy dotado. La impresión que me hizo. Siempre pensando en las mujeres. Por las mujeres. Si yo me hubiera dedicado sólo a las ratas. ¿Pero qué iba a hacer yo? ¿Qué tenía que hacer yo? Si la cosa está dispuesta así. No hay nada que modificar. Ya se sabe lo que hay que aprender, hay que aprender a recetar sulfas. Pleuritis, pericarditis, pancreatitis, prurito de ano. Vamos a ver qué tal se vive allí. Se puede cazar. Cazar es sano. Se toma la escopeta de dos cañones como el tío Miguel, el hombre de la bufanda y pum, pum, muerta. Hay muchas liebres porque los cultivos son pocos. Es una gran riqueza de caza, el monte salvaje. Cazar, cazar todos los días de fiesta y por la tarde en verano, cuando ya ha caído el sol, entre los rastrojos y la jara a por liebres. Las perdices en el rastrojo, gordas como mujeres, después de la siega; en el rastrojo van cayendo, perseguidas a caballo. No pueden correr de tanto grano que han comido y el tío Miguel las va cogiendo con la mano cuando pierden el aliento. ¡Qué rica la perdiz en salsa

de perdiz, espesa, caliente, marrón como con aguas verdes! Y
las ancas de rana; a las ranas se las coge sin cebo, sólo con un
trapo rojo atado a un hilo, echan su lengua retráctil, la meten
en la boca con el trapo y ya está; ancas de rana, igual a pe-
chuga de pollo. ¡Qué buenas! Ancas redonditas, blancas;
hace diez años que no veo más ranas que para estudiar la circulación mesentérica en vivo, los hematíes pálidos como lentejas viudas por la red capilar y el animal desnudo, sin piel, ni
pelo, ni pluma, ya desollado antes de que se le agarre, hecho
un San Martín, el animal desnudo con su aspecto de persona
muerta antes de que se le mate, sólo las lentejas circulando
por la red venosa del mesenterio, la vivisección. Esto es, la
vivisección, las sufragistas inglesas protestando, igual exactamente, igual que si fuera eso, la vivisección. Ellas adivinan
que son igual que las ranas si se las desnuda, en cambio Florita, la desnuda florita en la chabola, florecita pequeña, pe-
queñita, florecilla le dijo la vieja, florecita la segunda que...
ajjj... Me voy, lo pasaré bien. Diagnosticar pleuritis, peritoni-
tis, soplos, cólicos, fiebres gástricas y un día el suicidio con
veronal de la maestra soltera. Las muchachas el día de la
fiesta, delante de la procesión, detrás del palio, rojas, carrillu-
das, mofletudas, mirando de lado hacia donde yo estoy as-
queado de verlas pasar, mirando sus piernas, sentado en el casino con dos, cinco, siete, catorce señores que juegan al ajedrez y me estiman mucho por mi superioridad intelectual y
mi elevado nivel mental. Ya está, Príncipe Pío. Sí, por arriba.
Luego se baja en un ascensor gratis con un tornillo por debajo que parece que le están dando... Comprar un megret
para el tren, hace tiempo que no leo policíacas, a mí policíacas. Por qué serán siempre gallegos los mozos, qué gana un
mozo, dónde tiene oculta toda esa fuerza. Tendrían que coger
los gallegos o asturianos porque andaluces y manchegos no

podrían. Hace falta fuerza. Son sanguíneos, sonrientes, grasientos, humildes, saben que son mozos de cuerda, se lo tienen bien sabido, no pretenden otra cosa que ser mozos del exterior, mozos del interior, llevar cuantos más bultos. Les basta contar uno, dos tres, cuatro, cinco, seis bultos y el bolso éste que lo llevará la señora, porque lleva dentro las joyas de la corona, de la corona real del rey de espadas, qué bobadas, por qué digo eso. No estoy bastante desesperado. La corona de laurel y mirto, símbolo de la gloria en los juegos olímpicos, subido sobre el podio y alzando el brazo en el saludo romano que luego fue resucitado. Recibir los parabienes del rey de Suecia, tan blanco, tan pálido, tan largo, que nunca ha tomado un verdadero sol y que además se le da una higa de la ciencia, que para eso la tienen y a él le toca ser rey. Pero por qué no estoy más desesperado. Las largas manos del rey de Suecia, con la corona de mirtos toda correctamente trenzada a la que se ha hecho ondulación permanente. Las gruesas nalgas del mozo que nunca se lava, que se sienta sobre un banco, cae en una taberna y vino tinto va, vino tinto viene, como Amador con sus belfos elocuentísimos, el hombre del destino, Amador, también gallego mozo de vivisección, Amador-Casandra, orejas que nacisteis para no oír, cerebros torpes que fuisteis creados para llevar el error a quienes os transportan. Amador, Amador tienes nombre de hombre fatal. ¿Es que voy a reírme de mí mismo? Yo el destruido, yo el hombre al que no se le dejó que hiciera lo que tenía que hacer, yo a quien en nombre del destino se me dijo: "Basta" y se me mandó para el Príncipe Pío con unas recomendaciones, un estetoscopio y un manual diagnóstico del prurito de ano de las aldeanas vírgenes. Escatológico, pornográfico, siempre pensando cochinadas. Estúpido, estúpido, las nalgas del mozo que sube sin esfuerzo con sus uno, dos, tres, cuatro, cinco, seis bultos a mi departamento y me los coloca en la redecilla. ¿Por qué redecilla? Y yo, sin asomo de desesperación, porque estoy como vacío, porque me han pasado una gamuza y me han limpiado las vísceras por dentro, empapando bien y me han puesto en remojo, colgando de un hilo en una especie de museo anatómico de vivos para que perciba bien las cualidades empireumáticas e higiénicas, desecadoras y esterilizadoras, atrabiliagenésicas y justicieras del hombre de la meseta, del hombre de la meseta, de este tipo de hombre de la meseta que hizo historia, que fabricó un mundo, que partiendo de las planas de la Bureba comenzó a pronunciar el latín con fonética euskalduna y así, añadiendo luego las haches aspiradas convertidas en jotas de la morisma, se fabricó ese ariete con el que fue por el mundo dando tumbos y ahora, reseco y carcomido, amojamado hombre de la meseta, puesto a secar como yo mismo para que me haga mojama en los buenos aires castellanos, donde la idea de lo que es futuro se ha perdido hace tres siglos y medio y el futuro ya no es sino la carcomida marronez que va tomando un cuerpo de buey puesto a secar y la carne vuelta mojama y gusta la mojama y hay hombres como yo, que se van acostumbrando poco a poco a tomar mojama con un vaso de vino y es mejor que el caviar y que el arenque y que el fuá ese de las landes. ¡Desdichados de los que no servimos para el éxtasis! ¿Quién nos auxiliará? ¿Cómo haremos para penetrar en las más avanzadas y recónditas y profundas de las Moradas donde nos es preciso habitar? Miraré las mozas castellanas, gruesas en las piernas como perdices cebadas y que, como ellas, pueden ser saboreadas con los dientes y con la boca o bien ser derribadas al suelo de un bastonazo donde se quedan quietas y no se retuercen como gusanos obscenos, sino que permanecen catatónicas, stelltotenreflex, reflejo de inmovilización, todo a lo

290

largo de la escala animal, el insecto, el sapo, la gacela, la enta-
moeba haemolithica, todas quietas, vírgenes purulentas, esperando. ¿Pero yo, por qué no estoy más desesperado? ¿Por
qué me estoy dejando capar? El hombre fálico de la gorra
roja terminada en punta de cilindro rojo con su fecundidad
inagotable para la producción de movimientos rectilíneos, ahí
se está paseando orgulloso de su gran prepucio rojo-cefálico,
con su pito en la mano, con un palo enrollado, dotado de
múltiples atributos que desencadenarán la marcha erecta del
órgano gigante que se clavará en el vientre de las montañas
mientras yo me estoy dejando capar. Hay algo que explica
por qué me estoy dejando capar y por qué ni siquiera grito
mientras me capan. Cuando castraban los turcos sus esclavos
en las playas de Anatolia para fabricar eunucos de serrallo, es
cosa sabida que se les dejaba enterrados en la arena de la
playa y que a muchas millas de distancia, los navegantes en
alta mar podían oír ininterrumpidamente, tanto de día como
de noche, sus gritos de dolor o más bien quizá gritos de protesta o despedida de su virilidad. Sistema eficaz de asegurar
la asepsia, enterrados hasta media cintura en la arena que es
una sustancia limpia, absorbente, que no permite que se pu-
dran las secreciones, que las elimina y que carece de gérmenes
patógenos, impregnada en iodo y otras sales marinas de acción carminativa. Pero mejor esto de ahora en que — efectivamente — no sólo no se grita, sino que ni siquiera se siente
dolor y por tanto no se puede servir de faro acústico a los in-
cautos navegantes. Pero ahora no, estamos en el tiempo de la
anestesia, estamos en el tiempo en que las cosas hacen poco
ruido. La bomba no mata con el ruido sino con la radiación
alfa que es (en sí) silenciosa, o con los rayos de deutones, o
con los rayos gamma o con los rayos cósmicos, todos los cuales son más silenciosos que un garrotazo. También castran

291

como los rayos X. Pero yo, ya, total, para qué. Es un tiempo de silencio. La mejor máquina eficaz es la que no hace ruido. Este tren hace ruido. Va traqueteando y no es un avión supersónico, de los que van por la estratosfera, en los que se hace un castillo de naipes sin vibraciones a veinte mil metros de altura. Por aquí abajo nos arrastramos y nos vamos yendo hacia el sitio donde tenemos que ponernos silenciosamente a esperar silenciosamente que los años vayan pasando y que silenciosamente nos vayamos hacia donde se van todas las florecillas del mundo. Pero no me siento suficientemente desesperado, siento un placer muelle en este arcaico instrumento que galopa, galopa, galopa como un animal con su traqueteo ruidoso de efecto hipnótico que hace coincidir su ritmo con el del electroencefalograma y que por un sistema de acomodación idéntico al que emplean los negros en las tribus primitivas, con sus tam-tam en las noches de fiestas bailando, bailando consiguen — ellos, sí, dichosos — llegar al famoso éxtasis, mientras que aquí ni aun el sueño se consigue. Si llegara al éxtasis, si cayera al suelo y pateara ante la misma cara del predicador viajero podría convertirme, atravesar el lavado necesario del cerebro prevaricador y quedar convertido en un cazador de perdices gordas y aldeanas sumisas. Pero no somos negros, no somos negros, los negros saltan, ríen, gritan y votan para elegir a sus representantes en la ONU. Nosotros no somos negros, ni indios, ni países subdesarrollados. Somos mojamas tendidas al aire purísimo de la meseta que están colgadas de un alambre oxidado, hasta que hagan su pequeño éxtasis silencioso. Tracatracatracatracatracatracatracatracatraca traqueteo tracatracatracatracatraca: se puede forma un ritmo, es cuestión de darle una forma, una estructura gestáltica, puede conseguirse un ritmo distinto según la postura en que se ponga a escuchar un ritmo cada dos, un ritmo cada tres, un ritmo cada cuatro y luego repetir, o bien otro ritmo como en las figuras ópticas se puede ver una copa o el perfil de una cara. Racionalismo mórbido, qué me importan a mí los ritmos, las figuras y las gestalten si me están capando vivo. ¿Y por qué no estoy desesperado? Es cómodo ser eunuco, es tranquilo, estar desprovisto de testículos, es agradable a pesar de estar castrado tomar el aire y el sol mientras uno se amojama en silencio. ¿Por qué desesperarse si uno sigue amojamándose silenciosamente y las rosas siguen sien... las rosas?... ajjj. Podrás cazar perdices, podrás cazar perdices muy gordas cuando los sembrados estén ya... podrás jugar al ajedrez en el casino. A ti siempre te ha gustado el ajedrez. Si no has jugado al ajedrez más es porque no has tenido tiempo. Acuérdate que antes sabías la defensa Philidor. El ajedrez es muy agradable y además al no estar desesperado, qué fácil será acostumbrarse si uno no está desesperado. Será muy fácil, no habrá más que estar quieto al principio porque, al moverse, puede rozarse la herida. Primero estar quieto. Entonces vendrá una mujer, una linda mujer a tu consulta y te dirá lo que padece, prurito de ano. Tú la diagnosticarás sin esfuerzo, le recetarás lo que necesita. Ella dirá, es simpático el nuevo. Por poco tiempo que tengas que esperar a que venga esa mujer tendrás tiempo para que se te pase. Se te habrá pasado todo. Entonces dirán, es mejor que el otro. El nuevo es mejor. Habrá algunos que todavía no, que todavía no, que todavía creerán que el viejo es mejor o que les dará vergüenza dejarlo. Mejor, porque si no, no tendrías tiempo suficiente para cazar perdices. Estarás así un tiempo esperando en silencio, sin hablar mal de nadie. Todo consiste en estar callado. No diciendo nunca nada de eso. Todo el mundo, poco a poco, verá cómo eres de bondadoso, de limpio, de sabio. Ahí está el páramo, el largo páramo igual que una piel aplicada directamente sobre el esqueleto. En esta época, donde hay árboles rojo-dorados de otoño, no hay nada más que tierra seca, paisaje masculino nunca castrado nunca, de donde quién sabe aún qué nuevas piedras pueden salir si se arranca la tierra. Granito redondo, acariciado por el aire durante tanto tiempo que se ha ido quedando redondo, piedras doradas, piedras negras, piedras rojas. Habrá un lagarto. No, ya no. En otoño se duermen. Allí la sierra azul acercándose, acercándose, esperando la perforación del tren, la sierra como si guardase un secreto. Allí está, es mejor que nada. Hay una esperanza. Al otro lado, todavía están los moros. Una cabalgada y los echamos, otra cabalgada y se van hasta la otra sierra, repoblar, repoblar, cargar la tierra de niños, de hombres, de mujeres que paren, henchirla hasta que se os vayan quedando delgados y cuando ya tengan tanta hambre que parezcan mojamas echarlos fuera y ya veréis, ya veréis lo que harán. Pero si ya no hay sitio donde echarlos qué hacemos nosotros. Aquí estoy. No sé para qué pienso. Podía dormirme. Soy risible. Estoy desesperado de no estar desesperado. Pero podría también no estar desesperado a causa de estar desesperado por no estar desesperado. A qué viene aquí ahora ese trabalenguas. Parece como si me gustaría decirlo a alguien. Alguien me tomaría todavía por ingenioso y no tendría que preguntarme de dónde viene mi ingenio, porque para qué iba a preguntarse de dónde viene mi ingenio. ¿Y qué demonios puede importarle a nadie si yo soy ingenioso o no soy ingenioso o si era ingeniosa la puta que me parió? ¡Imbécil! Otra vez estoy pensando y gozo en pensar como si estuviera orgulloso de que lo que pienso son cosas brillantes... ajj. El sol sigue tan tranquilo entrando en el departamento y allí se dibuja el Monasterio. Tiene todas sus cinco torres apuntando para arriba y ahí se las den todas. No se mueve. Tiene las piedras alumbradas por el

sol o aplastadas por la nieve y ahí se las den todas. Está ahí
aplastadito, achaparradete, imitando a la parrilla que dicen,
donde se hizo vivisección a ese sanlorenzo de nuestros pecados, a ese sanlorenzaccio que sabes, a ese sanlorenzón a ése
que soy yo, a ese lorenzo, lorenzo que me des la vuelta que ya
estoy tostado por este lado, como las sardinas, lorenzo, como
sardinitas pobres, humildes, ya me he tostado, el sol tuesta, va
tostando, va amojamando, sanlorenzo era un macho, no gritaba, no gritaba, estaba en silencio mientras lo tostaban tor-
quemadas paganos, estaba en silencio y sólo dijo — la historia
sólo recuerda que dijo — dame la vuelta que por este lado
ya estoy tostado... y el verdugo le dio la vuelta por una simple cuestión de simetría.

Impreso en el mes de mayo de 1988
en Romanyà/Valls
Verdaguer, 1
Capellades
(Barcelona)